Mia und Robert waren ein Geschwisterpaar, wie es vertrauter nicht hätte sein können. Bis der Bruder ihr aus heiterem Himmel eine Geliebte präsentierte, die er sogar zu heiraten gedachte. Warum hatte er ihr so lange Isabellas Existenz verschwiegen? Und warum ist Mia ausgerechnet entfallen, was sie in der Nacht getan hat, in der ihr Bruder umgekommen ist?

Petra Hammesfahr, geb. 1951, lebt als Schriftstellerin in der Nähe von Köln. Petra Hammesfahr gelangen mit ihren Romanen «Der Puppengräber» (rororo 22528), «Die Sünderin» (rororo 22755) und «Die Mutter» (rororo 22992) große Bestsellererfolge.

Im Rowohlt Taschenbuch Verlag liegen ferner vor: «Der gläserne Himmel» (rororo 22878), «Lukkas Erbe» (rororo 22742), «Das Geheimnis der Puppe» (rororo 22884), «Meineid» (rororo 22941), «Die Chefin» (rororo 23132), «Der stille Herr Genardy» (rororo 23030) sowie die Erzählungen «Der Ausbruch» (rororo Großdruck 33176).

PETRA HAMMESFAHR

Roberts Schwester

Roman

Rowohlt Taschenbuch Verlag

Veröffentlicht im
Rowohlt Taschenbuch Verlag GmbH,
Reinbek, April 2002
Copyright © 2002 by Rowohlt Taschenbuch Verlag
GmbH, Reinbek bei Hamburg
Der Roman erschien 1992 unter dem Titel
«Geschwisterbande»
Alle Rechte vorbehalten
Umschlaggestaltung any.way, Cathrin Günther
(Foto: Mauritius – Stock Image)
Autorenfoto: © Hergen Schimpf
Satz Aldus PostScript bei
Pinkuin Satz und Datentechnik, Berlin
Druck und Bindung: Clausen & Bosse, Leck
Printed in Germany
ISBN 3 499 23156 5

Die Schreibweise entspricht den Regeln
der neuen Rechtschreibung.

1. Kapitel

Sie fragten mich, ob Robert Feinde hatte.

Nein!

Sie sagten, jeder Mensch hat Feinde. Und es müsse doch zumindest *einer* da gewesen sein, der Grund genug hatte, ihm eine Kugel in den Kopf zu schießen.

Robert ist tot. Er war mein Bruder. Er war alles, was ich hatte, der einzige Mensch in meinem Leben, der mir wirklich wichtig war. Ein Geschäftsreisender entdeckte ihn am Freitagmorgen auf einem Rastplatz in seinem Wagen. Ein paar Stunden später kamen zwei Beamte der Mordkommission ins Haus.

Ich war in meinem Atelier. Es liegt neben dem Wintergarten an der Rückseite des Hauses und war mein Refugium, mein Platz der Erinnerung an glückliche und hoffnungsfrohe Zeiten. Wenn ich nicht gestört werden wollte, zog ich mich dorthin zurück. Und wenn ich es in meinem Bett nicht aushielt, übernachtete ich dort auf einer Couch.

Ich schlief noch, als sie kamen, und hörte die Türglocke nicht. Unsere Wirtschafterin Frau Schür war bereits unterwegs, um Besorgungen für das Wochenende zu machen. Isabell öffnete ihnen. Gerufen wurde sie nur Isa, das passte auch besser zu ihr. In meinen Ohren klang es immer ein wenig nach Eis, und treffender konnte man sie wirklich nicht beschreiben. Isabell Bongartz, geborene Torhöven, meine Schwägerin, ein spitzer Dorn in meinem Auge, Roberts zweite Frau.

Es fällt mir schwer, sie so zu bezeichnen. Sie war der Grund, dass ich in den letzten Wochen und Monaten mehr

Nächte auf der Couch in meinem Atelier verbracht habe als in meinem Bett. Mein Zimmer lag gleich neben Roberts Schlafzimmer. Unser Haus war nicht übermäßig hellhörig. Die Wände waren alles andere als dünn. Aber zwischen Roberts Zimmer und meinem gab es eine Verbindungstür. Obwohl sie von beiden Seiten durch Schränke verstellt war, hörte man sehr gut, wenn sich im Nebenraum zwei Menschen liebten.

Lieben? Wenn es nicht so furchtbar wäre, wenn es nicht in der Nacht zum Freitag Roberts Leben gekostet hätte, könnte ich vielleicht darüber lachen. Auf das angewandt, was sich in der Ehe meines Bruders abspielte, ist der Ausdruck Liebe so falsch wie ein Zweikaräter an der Hand eines Penners.

Isabell hat ihn nie geliebt, nicht eine Sekunde lang. Sie hat ihn benutzt, um aus dem Dreck herauszukommen und sich ihr Leben nach ihrem Geschmack einzurichten. Sie hatte ihm völlig den Kopf verdreht. Eingewickelt hatte sie ihn mit ihrem makellosen Puppengesicht, ihren Gardemaßen, ihrer Berufserfahrung, ihrer Jugend.

Sie war erst vierundzwanzig, achtzehn Jahre jünger als ich, elf Jahre jünger als Robert. Zierlich war sie, fast wie ein Kind. Meine kleine Hexe nannte Robert sie zu Anfang, vielleicht wegen ihrer rötlichen Haare, vielleicht wegen ihrer Kunst, sich einen Mann gefügig zu machen. Ich weiß es nicht. Es spielt auch keine Rolle mehr. Roberts kleine Hexe hat es geschafft, nach nur vier Monaten Ehe Roberts Witwe zu werden.

Ich erwachte an dem Freitagvormittag von ihrem Schrei. Ein durchdringendes «Nein», etwa in der Art, von der man sagt, dass es einem das Blut in den Adern gefrieren lässt. Mir gefror es nicht. Ich hatte Isabell rasch durchschaut. Ein durchtriebenes Biest mit einem ausgeprägten Hang zur Theatralik war sie.

Sie wusste vom ersten Tag an genau, an welchen Stellen sie mich treffen konnte. Deshalb vermutete ich nur, es sei wieder ein kostbares Stück zu Bruch gegangen. Eine der Gipsmasken, die ich vor langen Jahren von Roberts Gesicht angefertigt hatte, eine der Tonfiguren, die ihn noch als Knaben zeigten, oder ein anderes unersetzbares Teil, an dem ich hing.

Ich rechnete fest damit, dass sie gleich zu mir hereingestürzt käme und sich stammelnd und stotternd entschuldigen würde: «Mia, es tut mir so furchtbar Leid, mir ist aus Versehen …»

Sollte ich daraufhin heftig werden, war mir ein Tränenausbruch ebenso gewiss wie die Beteuerung, dass sie es wahrhaftig nicht mit Absicht zerbrochen hätte und bereit sei, den Schaden zu bezahlen. Und sollte ich sie darauf aufmerksam machen, dass der Schaden nicht zu bezahlen wäre und dass sie darüber hinaus nur mit unserem Geld bezahlen könnte, würde sie laut aufschluchzend mein Atelier wieder verlassen und im Hinausgehen vielleicht noch wissen wollen: «Was habe ich dir eigentlich getan, dass du immer auf mir herumhackst?»

Derartige Szenen spielten sich regelmäßig ab, meist in Roberts Gegenwart, weil sie sonst ihren Zweck nicht erfüllten. Allerdings passierte es auch, wenn er nicht in der Nähe war, damit Isabell nicht aus der Übung kam.

Robert war nicht in der Nähe, das wusste ich. Er hatte mir dienstags versprochen, an diesem Freitagmorgen meinen Wagen in die Werkstatt zu bringen. Auf ihn war hundertprozentig Verlass. Was er versprach, das hielt er auch, selbst dann, wenn er es nicht gerne tat. Meinen Wagen fuhr er höchst ungern. Und außer mir war er der Einzige, der ihn überhaupt fahren konnte.

Das Auto war eine Sonderanfertigung. Maßgeschneidert

für eine Frau, der nur ein Arm zur Verfügung stand, noch dazu der linke. Zahlreiche Bedienungselemente befanden sich im Fußraum. Auf den ersten Blick wirkte es befremdlich und schreckte ab. Aber es war nur eine Gewohnheitssache, damit umzugehen.

Ich hatte mich rasch daran gewöhnt, Scheibenwischer, Scheinwerfer, Klimaanlage, Fensterheber, Heckscheibenheizung und dergleichen mit dem linken Fuß zu bedienen. Nichts davon brauchte man unentwegt, und wenn man nicht ständig damit herumfummelte, fuhr sich der Wagen wie jeder andere.

Ich benutzte ihn normalerweise täglich. Dienstags war ich zuletzt damit in der Stadt gewesen. Als ich losfuhr, war mir der große Ölfleck auf dem Garagenboden nicht aufgefallen. Auf der Rückfahrt leuchtete dann die Ölkontrolle auf. Ich fuhr trotzdem auch noch das letzte Stück. Was hätte ich sonst tun sollen? Anhalten, die Motorhaube öffnen und den Ölstand kontrollieren? Das wäre eine mühselige Angelegenheit gewesen, die mir noch dazu keinen Meter weitergeholfen hätte.

Robert tat es dann für mich, als ich daheim ankam. «Da ist fast kein Tropfen mehr drin», sagte er mit einem Kopfschütteln. «Wie du es geschafft hast, damit nach Hause zu kommen, ist mir unbegreiflich.»

Er erklärte mir, was alles hätte geschehen können. Sprach von einem reißenden Schmierfilm im Motorblock und festgefressenen Kolben. Ich hatte keine Ahnung von technischen Dingen, verstand nur die Hälfte, und es war ja nichts geschehen. Schließlich lachten wir beide.

Ich wollte dann gleich für den Mittwoch einen Abschleppdienst bestellen. Aber Robert meinte, das sei überflüssig. Er wollte das lieber persönlich erledigen. Nach seinem ausführlichen Vortrag verstand ich nicht, wie er sich das vorstellte.

«Du hast mir gerade noch erklärt, man kann ihn nicht mehr fahren, ohne den Motor völlig zu ruinieren. Wie willst du denn damit bis zur Werkstatt kommen?»

Robert lachte immer noch. «Es geht schon», sagte er. «Er muss nur genügend Öl haben. Ich fülle einen Liter nach, besser zwei, damit schaffe ich es bestimmt. So weit ist es ja nicht.»

Er vermutete einen Defekt. Und der musste ganz plötzlich aufgetreten sein. Nur einen Tag zuvor, am Montag, hatte ich meinen Wagen zur Inspektion gebracht. Sie hatten auch einen Ölwechsel gemacht und alles war in Ordnung gewesen. Jetzt tropfte es sogar noch bei ausgeschaltetem Motor.

Robert untersuchte die Sache und meinte, es sei der Ölfilter. «Das sieht fast aus, als sei ein Loch drin», sagte er.

Und dafür gab es seiner Ansicht nach nur eine Erklärung. Dass die Werkstatt bei der Inspektion geschlampt, möglicherweise etwas beschädigt hatte. Deshalb wollte er persönlich vorsprechen und auf eine Kulanzregelung pochen.

Fehler in einer Werkstatt mochten vorkommen, auch in einem ansonsten zuverlässig arbeitenden Betrieb. Nur konnte ich es mir nicht so recht vorstellen.

Mir wäre es lieb gewesen, Robert hätte den Wagen gleich mittwochs oder donnerstags zur Reparatur gebracht. Ihn nicht zur Verfügung zu haben bedeutete für mich, zwei Tage im Haus festzusitzen und womöglich noch Isabells Gesellschaft ertragen zu müssen. Leider hatte Robert keine Zeit.

Mittwochs fuhr er in aller Frühe nach Frankfurt. Was er dort zu tun hatte, sagte er mir nicht. Etwas Geschäftliches konnte es theoretisch nicht sein. Finanzielle Transaktionen besprach er immer mit mir, allein schon weil ich zu allem mein Einverständnis geben musste. Natürlich war es möglich, dass er sich noch in Verhandlungen befand und mich damit nicht belasten wollte.

Donnerstags konnte Robert es ebenfalls nicht einrichten, sich um meinen Wagen zu kümmern. Er hatte einen Termin am Vormittag, über den er mir auch nichts sagen wollte. Nachmittags traf er sich mit Olaf Wächter, unserem Steuerberater. Und freitags kam die Polizei.

Es ging mir nicht gut an diesem Morgen. Ich hatte einige sehr hässliche Tage hinter mir. Am Dienstagabend hatte ich mich wohl etwas zu sehr aufgeregt. Zuerst die Sache mit meinem Wagen. Ein plötzlich aufgetretener Defekt – schlampige Arbeit in der Werkstatt! Das war lächerlich. Ich hätte meine linke Hand dafür ins Feuer gelegt, dass mein Wagen absichtlich beschädigt worden war – mit dem einzigen Ziel, mich daheim festzuhalten und auf meinen Nerven herumtrampeln zu können.

Aber als ich Robert gegenüber eine Andeutung in diese Richtung machte, schaute er mich nur so bedrückt und zweifelnd an. Ich kannte diesen Blick zur Genüge. Ausgesprochen hieß es: «Denk doch einmal vernünftig nach, Mia. Wer sollte denn ein Interesse daran haben, deinen Wagen zu beschädigen?»

Wer wohl! Dieses verfluchte Biest, dieses hinterhältige Aas, das keine Gelegenheit ungenutzt ließ, mich ins Unrecht zu setzen und als verrückt abzustempeln. Doch davon wollte Robert nichts wissen. Sprach ich es einmal offen aus, hörte ich nur ein gequältes: «Mia, bitte».

Und dann seine Fahrt nach Frankfurt, um die er so ein Geheimnis machte. Er war sehr nervös deswegen. Das beunruhigte mich natürlich. Mehrfach fragte ich ihn, was er dort zu tun hätte, aber er sagte nur: «Das erfährst du noch früh genug, Mia.»

Robert hatte nie Geheimnisse vor mir gehabt. Wenn er

jetzt damit begann, mir etwas zu verschweigen, musste er Gründe haben. Gute Gründe. Ich durfte nicht ausschließen, dass dieses elende Weib es geschafft hatte, ihn zu überzeugen. Mia ist nicht mehr bei klarem Verstand. Sie leidet an Paranoia, fühlt sich von allen verfolgt, von jedem bedroht und wird zur Gefahr für sich und ihre Umgebung.

Ich hatte Angst, große Angst. Es war in den letzten Wochen zu ein paar sehr hässlichen Zwischenfällen im Haus gekommen. Nicht einfach nur Tonscherben oder zerbrochene Gipsmasken. Und plötzlich war dieses Buch in der Bibliothek aufgetaucht. «Geisteskrankheiten, ihre Symptome und ihre Behandlungsmöglichkeiten.»

In der Nacht zum Mittwoch lag ich wach und grübelte stundenlang, warum diese mysteriöse Fahrt nach Frankfurt Robert so nervös machte, ob er tatsächlich so blind sein konnte, das üble Spiel nicht zu durchschauen, das mit ihm und mir getrieben wurde, und ob das Buch vielleicht der Beginn des letzten Aktes war. Vielleicht hoffte Isabell, dass Robert einen Blick hineinwarf und begriff, dass sich ihre Ansicht mit der Meinung einiger Fachleute deckte. Vielleicht hatte er schon hineingeschaut und wollte in Frankfurt einen Psychiater konsultieren.

Ich hatte sein Gesicht vor Augen, diese Abgespanntheit, den Hauch von Resignation, der seine Mundwinkel nach unten zog. Mir kam unwillkürlich ein Vergleich in den Sinn: Ein Mensch, der zwischen zwei Mühlsteinen zerrieben wird. Ein Mann zwischen zwei Frauen, Robert zwischen Isabell und mir.

Ich hätte ihm so gerne geholfen. Aber ich hatte immer nur einen Vorschlag für ihn. «Wirf sie endlich hinaus!» Und Robert hätte es nicht einmal übers Herz gebracht, einen Straßenköter vor die Tür zu setzen. Selbst wenn dieser Köter unentwegt nach ihm schnappte, hätte er noch nach einer humanen Lösung gesucht. Er war viel zu gutmütig und sensibel.

Erst gegen sechs Uhr früh am Mittwochmorgen schlief ich ein und erwachte einige Stunden später mit rasenden Kopfschmerzen. Mein gesamter Schädel schien mit glühendem Blei gefüllt. Ich konnte nicht atmen und nicht denken, aber natürlich tat ich es trotzdem. Und jeder Atemzug rührte das flüssige Blei um, jeder Gedanke drehte sich nur noch darum, dass ich tot sein wollte, erlöst von der Angst und der Qual.

Seit einem Autounfall vor zehn Jahren überfallen mich in unregelmäßigen Abständen diese furchtbaren Schmerzattacken. In den ersten beiden Jahren nach dem Unfall verging kaum eine Woche ohne Schmerz. Da hieß es noch, es sei die Folge einer Gehirnquetschung, die ich bei dem Unfall erlitten hatte.

Ich bekam damals Cliradon verordnet, ein Medikament, das nur bei schwersten Schmerzzuständen – zum Beispiel bei Krebs – verabreicht wird. Es enthält Morphin und macht süchtig. Schon nach kurzer Zeit war ich abhängig. Es folgte ein langer Klinikaufenthalt und anschließend eine Therapie.

Es war eine grässliche Zeit, vor allem weil es dann plötzlich hieß, es gäbe keine organische Ursache. Schädelverletzung hin, Gehirnquetschung her, der Grund für meine Schmerzen läge im seelischen Bereich.

Ich weiß gar nicht, bei wie vielen Ärzten ich seitdem war. Der eine verordnete dies, der andere das. Mein Kopf muss der Pharma-Industrie zu beträchtlichen Umsätzen verholfen haben. Ich schluckte die gesamte Palette der zur Verfügung stehenden Mittelchen hinauf und wieder hinunter. Manchmal kam ich mir vor wie ein Versuchskaninchen. Und nichts half.

Seit ein paar Monaten bekam ich wieder Cliradon verordnet. Nur händigte man nicht mir das Rezept aus. Robert musste es abholen und sich dafür verbürgen, dass ich nur in äußersten Notfällen eine Kapsel einnahm.

Es war ein Notfall, und Robert war nicht da. Als ich aufwachte, war er längst auf dem Weg nach Frankfurt, vermutlich schon angekommen, und ich wusste nicht, warum.

Den ganzen Mittwoch versuchte ich, mir selbst zu helfen, so gut es eben ging. Zuerst suchte ich in Roberts Arbeitszimmer nach den Cliradon-Kapseln. Statt meinem Medikamentenglas fand ich einige Hinweise über seine Termine. Einer Eintragung entnahm ich, dass er sich in Frankfurt mit einem Makler treffen wollte. Nur dachte ich dabei nicht an Immobilien. Ich dachte eigentlich überhaupt nicht, es ging mir viel zu schlecht. Und Frankfurt, das war die Börse, es konnte sich nur um einen Finanzmakler handeln. Es war auch ein Name vermerkt. Allerdings konnte ich der kurzen Notiz nicht entnehmen, ob es sich um den Namen des Maklers oder um einen zweiten Termin handelte.

In Roberts Schlafzimmer oder seinem Bad mochte ich nicht suchen. Isabell hätte nur wieder behauptet, ich wolle in ihren persönlichen Sachen schnüffeln.

Stattdessen ließ ich mir von Frau Schür Unmengen von Kaffee aufbrühen. Ich trank ihn mit Salz, Zitronensaft, einer halben Flasche Wodka und sechs Aspirin, über den Tag verteilt, ohne auch nur den Hauch einer Linderung zu spüren. Ich spürte auch nichts von dem Wodka, absolut nichts. Er trank sich wie Wasser, so schmeckte er auch. Frau Schür meinte, es müsse etwas mit meinen Geschmacksnerven nicht in Ordnung sein. Sie probierte einen Schluck, und ihr brannte es in der Kehle.

Als Robert am späten Mittwochabend endlich heimkam, wollte er mir keine Cliradon mehr geben. «Sei vernünftig, Mia», sagte er. «Du hast doch schon sechs Tabletten genommen, getrunken hast du auch. Ich kann das nicht verantworten. Versuch doch einmal mir zuliebe, ohne dieses verfluchte Zeug auszukommen. Ich bin sicher, du schaffst es.»

Er massierte mir den Nacken, die Schultermuskulatur und die Kopfhaut. Solange er massierte, war es erträglich. Als er aufhörte, kamen die Schmerzen in unverminderter Stärke zurück.

«Was hast du in Frankfurt gemacht?», fragte ich.

Robert lächelte. Es war kein fröhliches Lächeln, weiß Gott nicht. «Wir reden darüber, wenn es dir besser geht», sagte er.

Aber es ging mir vorerst nicht besser.

Auch in der Nacht zum Donnerstag lag ich wach in meinem Bett und hatte nur ein Bedürfnis, meinen Kopf gegen die Wand zu schlagen. Jedes Geräusch im Haus klang wie durch eine überdimensionale Lautsprecheranlage verstärkt in meinen Ohren.

Im Zimmer nebenan unterhielten sich Robert und Isabell länger als eine Stunde. Sie sprachen leise, Einzelheiten konnte ich kaum verstehen. Ich hörte nur zweimal meinen Namen und mehrfach den Namen Jonas. Also ging es wieder einmal um mich und mein gespanntes Verhältnis zu Isabells Bruder.

Ich hatte es ja – weiß Gott – nicht nur mit ihr allein zu tun. Wir lebten seit sechs Wochen zu viert im Haus. Zwei Geschwisterpaare, Robert und ich, Isabell und Jonas Torhöven, ein Ehepaar und zwei Krüppel.

Jonas Torhöven hatte es noch schlimmer getroffen als mich. Ich konnte mich wenigstens bewegen und hingehen, wohin ich wollte. Ich konnte mich in meinen Wagen setzen und davonfahren, wenn ich mir wieder einmal selbst zu viel oder im Weg war und mein Wagen nicht gerade literweise Motoröl verlor.

Jonas konnte nichts von alldem. Er saß im Rollstuhl. Ein Hüne – seine Körpergröße konnte ich nur schätzen, es mochten knapp zwei Meter sein. Von der Hüfte abwärts war er gelähmt. Seine Behinderung war wie meine Folge eines Autounfalls. Aber er konnte sich nicht abfinden mit seinem Zustand. Er verbrachte den Tag mit allen möglichen Trimmgeräten, Hanteln, Expander und was weiß ich für Kram. Und die halbe Nacht schaute er sich Pornofilme an. Er nannte es «in Erinnerung schwelgen».

Nun ja, er war erst einunddreißig und durchaus attraktiv, Schultern wie ein Ringer, muskulöse Arme. Dunkelhaarig wie Robert war er, hatte ein markantes Gesicht, das er zur Hälfte unter einem sauber gestutzten schwarzen Vollbart verbarg. Schmale Lippen, unruhige Augen. Er hatte etwas Lauerndes im Blick, etwas Verschlagenes, Bösartiges.

Warum soll ich einen Hehl daraus machen? Ich mochte ihn nicht. Ich mochte ihn ebenso wenig wie seine kleine Schwester. Für mich waren sie Eindringlinge und Zerstörer. Bevor Isabell aufgetaucht war, hatten Robert und ich zufrieden und glücklich miteinander gelebt. Und dann brachte sie uns auch noch diesen Koloss ins Haus.

Zu Anfang tat er mir Leid. Ich war nicht vom ersten Moment an gegen Jonas Torhöven eingestellt, wirklich nicht. Ich wusste schließlich aus eigener Erfahrung, wie das war, wenn einem plötzlich das Leben aus allen Fugen gerät.

Als wir die Nachricht von seinem Unglück erhielten, plädierte ich sogar dafür, ihn bei uns aufzunehmen. Ich dachte, dass er ein wenig Einfluss auf Isabell nähme, ihr ins Gewissen redete und sie davon abhielt, Freunde zu besuchen, die wir nie zu Gesicht bekamen.

Ein tragischer Irrtum, abgesehen vom letzten. Mit Freunde besuchen war Schluss, nachdem Jonas ins Haus gekommen war. Ansonsten muss er sich rasch entschlossen haben, gemeinsame Sache mit seiner Schwester zu machen. Aber so war es wohl immer, wenn es um Geld ging. Und wenn es um sehr viel Geld ging, vergaßen manche Leute alle Skrupel und setzten sich über alles hinweg, sogar über das Leben eines Mannes, der niemals einem Menschen etwas zuleide getan hatte, der stets bemüht war, es für alle erträglich und leichter zu machen.

Robert wollte mir auch am Donnerstag keine Cliradon geben. Er verließ das Haus sehr früh und kam über Mittag nicht heim. Den gesamten Vormittag wartete ich auf ihn. Zweimal kam Isabell in mein Zimmer und erkundigte sich in geheuchelter Anteilnahme, ob sie etwas für mich tun könne.

Beim ersten Mal erbot sie sich, nach den Cliradon-Kapseln zu suchen. Beim zweiten Mal wollte sie mir irgendein homöopathisches Mittel schmackhaft machen, mit dem sie angeblich früher einmal sehr gute Erfahrungen gemacht hatte. Sie wäre sogar bereit gewesen, rasch für mich in die Stadt zu fahren, um es zu besorgen.

«Bemüh dich nicht», sagte ich. Der Himmel allein wusste, was sie mir eingeflößt hätte. Vermutlich eine Prise von dem Unkrautvernichtungsmittel, mit dem wir vor Jahren gegen den Löwenzahn auf dem Rasen angegangen waren.

Nachmittags rief ich mehrfach im Büro von Olaf Wächter an. Seine Sekretärin gab mir jedes Mal die Auskunft, die beiden Männer seien nicht da, sie hätten sich irgendwo in der Stadt getroffen. Dann konnte es eigentlich nicht um eine Steuerangelegenheit gehen. So etwas besprach man schließlich nicht in einem Restaurant, das tat man im Büro, wo man sämtliche Unterlagen griffbereit hatte.

Ich fühlte mich so hilflos und im Stich gelassen. Während ich in meinem Bett lag und vor Schmerzen nicht mehr ein noch aus wusste, schäkerte Isabell zwei Zimmer weiter mit ihrem Bruder. Sie amüsierten sich königlich über meinen elenden Zustand. Ein paar Mal hörte ich sie beide lauthals lachen.

Gegen Abend hielt ich es nicht mehr aus. Robert war immer noch nicht daheim. Ich bestellte mir ein Taxi, zog mich an und verließ mein Zimmer.

Auf der Treppe kam Isabell mir entgegen. Sie trug ein Tablett in den Händen, das Abendessen für sich und ihren Pflegefall. Das holte sie grundsätzlich persönlich aus der Küche ab, ebenso das Frühstück und das Mittagessen. Niemand außer ihr durfte diesem ungehobelten Klotz zu nahe kommen, nicht einmal Frau Schür. Selbst seine Bettwäsche wechselte Isabell eigenhändig. Sie wusch ihm den Hintern und schrubbte sein Bad. Damit sich keine fremden Augen an seiner Hilflosigkeit weideten. Als ob Frau Schür sich an etwas geweidet hätte. Es war einfach lächerlich, was für ein Theater sie um ihn machte.

Mein Anblick verwandelte sie auf der Stelle in pures Erstaunen. «Willst du noch weg, Mia? Robert sagte, dein Wagen sei nicht in Ordnung.» Als ich darauf nicht reagierte, wollte sie wissen: «Fühlst du dich denn etwas besser? Weißt du, wo ich Robert erreichen kann? Ich müsste dringend etwas mit ihm besprechen.»

Ich beachtete sie nicht. Das Taxi wartete schon vor der Tür.

Ich ließ mich ins «Cesanne» bringen, eine kleine, intime Bar, in der die Geschäfte gut liefen. Die Hälfte davon gehörte uns. Ich hätte auch gerne die zweite Hälfte gekauft. Doch Robert konnte sich nicht dazu entschließen.

Jedes Mal, wenn ich ihn darauf ansprach, bekam ich zur Antwort: «Lass mich zuerst ein paar andere Dinge regeln, Mia. Wenn ich Zeit habe und mich in Ruhe damit beschäftigen kann, reden wir noch einmal.»

Auf diese Zeit konnte ich ewig warten.

Ich war oft im «Cesanne», fühlte mich wohl dort. Sämtliche Tische waren besetzt, als ich eintraf. Aber sitzen wollte ich ohnehin nicht, nachdem ich zwei Tage fast unterbrochen gelegen hatte.

Das Programm hatte noch nicht begonnen. Striptease, und nicht von der billigen Sorte. Die Mädchen im «Cesanne» waren sorgfältig ausgewählt. Es war keine dabei, die sich im Anschluss an die Show von einem Gast für private Dienste bezahlen ließ. Mit Serge war das anders, aber ich war auch nicht irgendein Gast.

Serge Heuser war Geschäftsführer im «Cesanne». Wenn er Lust dazu hatte, arbeitete er auch als Barkeeper. Ein hübscher Junge in Roberts Alter war er, er hatte sogar eine starke Ähnlichkeit mit Robert. Man hätte sie fast für Brüder halten können. Serge war allerdings etwas kräftiger gebaut. Zudem war er sehr ausdauernd und den Annehmlichkeiten des Lebens nicht abgeneigt. Ein schneller Wagen, eine teure Uhr, Urlaub nur an exklusiven Orten. Zusätzlich leistete er sich ein ausgefallenes Hobby. Er sammelte Staatsanleihen, für seine Altersabsicherung, sagte er.

Ich stellte mich zu ihm an den Tresen. Man musste den Teufel mit Beelzebub austreiben. Diese Erfahrung hatte ich in den letzten Monaten oft gemacht. Etliche von den Spezialdrinks, die Serge eigens für mich zusammenmixte. Sie waren erheblich stärker als Wodka. Und anschließend ein kräftiger junger Mann. Wenn es nicht gegen die Schmerzen half, wusste ich am nächsten Tag wenigstens, wovon mir so elend war.

Nach dem vierten oder fünften Glas hatte sich ein Großteil der Hitze aus meinem Kopf in den Magen verlagert. Denken konnte ich nicht mehr. Aber ich fühlte mich allmählich wieder wie ein Mensch und trank erst einmal weiter.

Kurz nach Mitternacht ließ Serge sich ablösen. Wir gingen hinauf. Ihm stand eine kleine Wohnung über dem «Cesanne» zur Verfügung. Es waren nur zwei Räume. Der Wohnraum mit Kochnische und das Schlafzimmer mit dem Duschbad daneben.

Serge half mir unter die Dusche und brachte mich danach ins Schlafzimmer. Große Umstände machte er nie. Er kannte mich und wusste, was ich brauche, wenn ich in diesem Zustand war.

Anschließend rief er Robert an. Und Robert kam, um mich heimzuholen. Ich weiß nicht genau, wie spät es war. Vielleicht zwei, möglicherweise auch etwas früher. Aber es konnte nicht sehr viel früher als zwei Uhr gewesen sein. Ich wusste es wirklich nicht. Ich wusste überhaupt nichts mehr.

Als Isabell endlos lange Minuten nach ihrem Schrei endlich mein Atelier betrat, als sie sagte: «Kommst du bitte, Mia. Da sind zwei Herren von der Polizei, sie möchten mit dir sprechen.» Da wusste ich nicht einmal, wie ich auf die Couch gekommen war.

Woran ich mich noch deutlich erinnerte, war ein kleiner Streit mit Serge. Ich hatte ihn um einen Gefallen gebeten, und er hatte sich geweigert. Ich erinnerte mich auch, dass ich anschließend rasch noch einmal unter die Dusche gegangen war. Um welchen Gefallen ich Serge gebeten hatte, war mir entfallen.

Mein Kleid lag auf dem Boden. Es war völlig zerknautscht und fühlte sich feucht an. Isabell wollte mir helfen, es anzuziehen. Damit es schneller ginge und die Herren nicht so lange warten müssten, sagte sie. Ich schlug ihre Hand beiseite. Sie war nun der allerletzte Mensch, von dem ich mich anfassen ließ.

Nach ihrem Schrei musste sie sich relativ schnell wieder gefasst haben. Ihre Hände zitterten leicht, und sie biss sich wiederholt auf die Lippen, das sah ich. Ansonsten wirkte sie ruhig. Allein deshalb konnte ich mir nicht vorstellen, dass etwas Schlimmes passiert sein sollte.

Natürlich fragte ich sie, was die Herren von mir wollten. Ich dachte, ich hätte in der vergangenen Woche vielleicht ein Stoppschild oder eine rote Ampel überfahren. Gut einen Monat vorher hatte ich auch einmal Ärger mit einer Politesse gehabt. Sie wollte mir den Behindertenparkplatz nicht zugestehen, er sei für Rollstuhlfahrer reserviert, behauptete sie. Dass ich so einen Kerl zu Hause hatte, hielt sie für eine freche Antwort. Woraufhin ich ihr erklärte, was ich mir unter einer frechen Antwort vorstellte. Ich vermutete, dieses bornierte Geschöpf hätte Anzeige wegen Beleidigung erstattet.

Und Isabell sagte: «Es geht um Robert.»

Es klang nicht bedrohlich oder Furcht einflößend. Es war nur ein belangloser Satz, als hätte Robert die rote Ampel ignoriert oder die Politesse beschimpft. Und um ehrlich zu sein, ich war noch nicht so weit klar, dass ich aus einem beiläufigen Satz eine grausame Schlussfolgerung hätte ableiten können.

Ich folgte Isabell in die Halle und warf im Vorbeigehen einen Blick in den Spiegel. Scheußlich sah ich aus, wie jemand, der eine Nacht durchgesoffen hatte. Meine Lider waren geschwollen, das linke Auge gerötet, das rechte starr. Es konnte sich nicht mehr röten, es war aus Glas. Das Haar hing mir wirr und strähnig um den Kopf, mein Gesicht war aufgedunsen. Die Narben auf der rechten Gesichtshälfte sahen aus wie gezackte Blitze.

Serge hatte in der Nacht eine Bemerkung darüber gemacht. Als wir hinauf in seine Wohnung gingen, hatte er gefragt: «Hat die Kleine dich wieder gereizt?» Und auch gleich festgestellt: «Dein Gesicht steht auf Sturm. Da sorge ich lieber für ein bisschen gutes Wetter.» Dann hatte er mir noch einen Drink gemixt.

Es fiel mir erst in dem Moment wieder ein. Ich hatte noch

etwas getrunken, ehe wir unter die Dusche gegangen waren. Und Serge hatte gegrinst, als ich das Glas ansetzte. «Hübsch austrinken», hatte er verlangt. «Dann wirst du gleich fliegen, Mia.»

Mir war auch, als hätte Robert noch etwas gesagt, über mein Aussehen oder meinen Zustand, während der Fahrt oder später, als wir beim Haus ankamen. Aber ich wusste beim besten Willen nicht, ob ich mir das nur einbildete.

Isabell ging vor mir her zur Bibliothek. Sie hatte die beiden Männer dort hineingeführt. Plötzlich wirkte sie anders, irgendwie geduckt und verängstigt. Sie ging nicht mehr, sie schlich – mit hängenden Schultern und eingezogenem Kopf, als erwarte sie einen Schlag in den Nacken.

Es fiel mir zwar auf, aber ich maß dem keine besondere Bedeutung bei. Ein Schauspiel vor Fremden, mehr sah ich darin nicht. Zwei Herren von der Polizei. Unvermittelt dachte ich an meinen Wagen, an einen Unfall. Mir wurden die Knie weich.

«Was ist denn mit Robert?», fragte ich.

Oben auf der Galerie sah ich den Rollstuhl stehen. Jonas schaute gespannt in die Halle hinunter. Isabell drehte sich nicht einmal um, als sie mir antwortete. «Er ist tot.» Dann begann sie zu schluchzen.

Was denkt man in solch einem Augenblick, wenn man noch nicht wieder richtig denken kann? Er ist tot! Es war so abstrakt. Es war unmöglich, völlig ausgeschlossen. Es konnte nur ein mieser Trick sein, um mich in die Knie zu zwingen – vor Zeugen. Und dann die Einweisung in die Psychiatrie.

Die beiden Männer hatten es sich in zwei Sesseln bequem gemacht. Der ältere erhob sich, als wir hereinkamen. Er war etwa so groß wie ich und stark untersetzt. Ich schätzte ihn auf Mitte fünfzig. Er stellte sich und seinen Begleiter vor. Sein Name war Wolbert, einfach nur Wolbert. Einen Dienstgrad nannte er nicht, was mich in meiner Ansicht bestärkte, dass Isabell nur irgendeine Teufelei im Sinn hatte.

Den Namen des anderen vergaß ich gleich wieder. Er war noch sehr jung, trug eine Jeanshose und eine Lederjacke. Strohblond war er, hatte Unmengen von Sommersprossen im Gesicht und auf den Händen. Und hellhäutig war er, mit einem leichten Stich ins Rote. Ein Knabe wie in Buttermilch gebadet, da half auch die martialische Lederjacke nicht viel.

Wolbert war die Ruhe in Person. Der Buttermilchknabe dagegen wusste nicht, wohin mit seinen Händen. Er schob sie von den Jacken- in die Hosentaschen, zog sie wieder heraus, massierte seine Finger und fummelte an der Gürtelschnalle seiner Jeans. Sein Blick spiegelte Unsicherheit.

Vermutlich erschrak er vor meinem Aussehen. Er starrte mich an, als hätte er gerade eine unheimliche Begegnung der dritten Art, wahrscheinlich sogar der vierten – irgendein widerlich schleimiges Ding, von dem uns die Wissenschaft weismachen wollte, dass es über eine Art von Intelligenz verfügen musste. Sonst wäre es kaum in der Lage gewesen, die Reise von seinem Heimatplaneten zu uns anzutreten.

Wie ich diesen Blick hasse! Die Vorsicht in den Augen, wie ein überdimensionales Stoppschild an einer Vorfahrtsstraße, und quer über die Stirn ein «Ach, du Schande» geschrieben. Um die Lippen kräuselt sich ein halbes Dutzend Fragen: «Wie ist denn das passiert? Wie lebt man mit solch einem Gesicht? Ist es überhaupt noch ein Leben?»

Nein, verdammt, es war schon lange keines mehr.

Seine Augen waren grau, ein sehr helles, fast wässriges Grau mit einem dunklen Kranz um die Iris. Seltsam, worauf man achtet in solch einer Situation. Wenn jeder Nerv vor Anspannung zittert. Wenn jede Hirnzelle zu pulsieren beginnt: Mach jetzt bloß keinen Fehler, Mia, ein falsches Wort, eine unbedachte Geste, und du steckst in einer Zwangsjacke.

Wäre es nur darum gegangen. Es wäre leichter zu ertragen gewesen.

Wolbert setzte wohl voraus, dass Isabell mich bereits umfassend informiert hätte. «Wir haben ein paar Fragen an Sie», begann er.

Natürlich, Dutzende von Fragen hatten sie. Ob Robert Feinde hatte. Aber das kam erst später. Ich wusste zuerst gar nicht, was er von mir hören wollte. Mein gesamter Verstand war fixiert auf eine Zwangseinweisung, alles andere hatte abgeschaltet, auch das Begreifen. Ich konnte zuhören, aber nicht erfassen, worum es ging.

Wolbert erkundigte sich, wann Robert in der Nacht das Haus verlassen habe, ob mir bekannt sei, mit wem er sich habe treffen wollen. An meiner Stelle antwortete Isabell mit einer Stimme, die hin und wieder von einem winzigen Schluchzer durchbrochen wurde.

Sie war großartig in ihrer Rolle, spielte die schockierte junge Witwe mit einer Intensität, dass auch einem erfahrenen Psychologen keine Zweifel an der Echtheit ihrer Gefühle gekommen wären. Und ich hing noch bei Wolberts Frage. Eine Verabredung in der Nacht? Blödsinn.

Plötzlich sah ich mich wieder auf dem Bett in Serges Schlafzimmer liegen. Serge stand beim Telefon, nackt und schön, muskulös und erregend. Ich hörte seine Stimme: «Jetzt spinn nicht rum, zieh dich endlich an, Mia. Verflucht, es kann dich doch nicht so umgehauen haben.»

Was hatte er mir gegeben, dieser kleine Mistkerl? Er musste irgendetwas in den letzten Drink getan haben. «Hübsch austrinken, dann wirst du gleich fliegen, Mia.»

Ich war geflogen, quer durch den Himmel der tausend Lüste. Und wie ich da auf seinem Bett lag, war ich noch nicht wieder auf dem Boden. Serge sagte ins Telefon: «Hallo, Rob, ich bin's.» Er lachte kurz, schielte zu mir hinüber und sagte: «Genau, Rob. Tut mir Leid, dass ich deswegen störe. Aber sie fühlt sich nicht gut, und du weißt ja, wie sie dann ist. Wenn ich sie in dem Zustand in ein Taxi setze, verprügelt sie den Fahrer.»

Dann horchte er und sagte: «Nein, Rob, wirklich nicht. Keinen Tropfen Wodka.» Und ehe er auflegte, sagte er: «Ach, ehe ich's vergesse. Sie ist nicht mehr in der Bar. Ich hab sie in meine Wohnung gebracht, schien mir besser so. Es ist ziemlich voll unten, und Gerede muss es nicht unbedingt geben.»

Robert kam, natürlich kam er sofort. Er kam immer sofort, wenn Serge ihn anrief. Er war auch nicht wütend auf mich, machte mir keine Vorwürfe, dass er wegen mir aus dem Schlaf gerissen worden war. Er fragte, ob ich noch Schmerzen hätte. Aber er war nicht richtig bei der Sache und gab mir eine Cliradon, noch ehe ich geantwortet hatte.

Dann unterhielt er sich noch mit Serge. Worüber sie sprachen, darauf achtete ich nicht. Ich war nicht in der Lage, darauf zu achten. Schließlich nahm Robert meinen Arm und half mir die Treppe hinunter. Wir gingen zum Hinterausgang, daran erinnere ich mich noch. Und da hörte es auf.

Blackout. Ein Drink zu viel, vermischt mit irgendeinem Teufelszeug, ein bisschen Ecstasy vielleicht. Danach noch eine Cliradon, die allein schon ausreichte, einen Menschen außer Gefecht zu setzen.

Dass Wolberts Fragen nicht auf meinen Geisteszustand abzielten, begriff ich allmählich. Sie umkreisten behutsam das, was Isabell ausgesprochen hatte. Robert ist tot. Ich konnte es denken. Fühlen konnte ich es nicht.

Isabell sprach immer noch mit dieser mühsam gefassten Stimme. Ihre Schluchzerei hatte sie inzwischen eingestellt. Stattdessen zerrupfte sie nun das Papiertaschentuch, mit dem sie sich zuvor die Augen getupft hatte.

Sie erzählte von zwei Anrufen. Der erste habe Robert aus dem Bett geklingelt, kurz nach zwei in der Nacht. Er hätte ihn im Schlafzimmer entgegengenommen, sich angezogen und ihr nur gesagt, er müsse noch einmal weg. Der zweite Anruf sei gekommen, als Robert auf dem Weg nach unten war. Das Telefon in seinem Arbeitszimmer, der Geschäftsanschluss.

Es gab mehrere Telefone im Haus und zwei Hauptanschlüsse, privat und geschäftlich. Der Privatanschluss war in der Halle installiert, dazu gab es vier Nebenstellen. Eine in Roberts Schlafzimmer, eine in meinem Zimmer, eine in der Küche und eine in meinem Atelier. Für den Geschäftsanschluss gab es nur einen Apparat, das Telefon auf Roberts Schreibtisch. Es war mit einem Anrufbeantworter gekoppelt, den Robert automatisch einschaltete, wenn er den Raum verließ.

Man hörte bei geschlossener Tür nämlich kaum, wenn dieses Telefon klingelte. Da musste man schon direkt an der Tür vorbeigehen. Allein deshalb war das, was Isabell behauptete, unmöglich. Dass sie im ersten Stock etwas gehört haben könnte, war völlig auszuschließen. Es konnte höchstens sein, dass Robert auf den Anruf aufmerksam geworden war, als er durch die Halle ging.

Er sei ins Arbeitszimmer gegangen und hätte das Gespräch entgegengenommen, behauptete sie. Wer angerufen hatte, wusste sie angeblich nicht. Robert hätte das Haus ohne Erklärung verlassen.

Wolbert fand das ungewöhnlich. Er wollte wissen, ob es häufiger vorgekommen sei, dass Robert nachts aus dem Haus gerufen wurde und am nächsten Morgen noch nicht zurück war.

«Dass er morgens noch nicht wieder hier war, ist bisher nie vorgekommen», sagte Isabell. «Ich dachte, es hinge mit dem zweiten Anruf zusammen. Das musste etwas Geschäftliches sein. Und über Geschäfte sprach mein Mann mit mir nicht. Was den ersten Anruf betrifft, ja, das kam häufig vor. Robert fuhr immer sofort los. Wohin, sagte er nie. Aber das musste er auch nicht.»

Beim letzten Satz hatte sie ihre Stimme ein wenig angehoben. Um das noch zu unterstreichen, warf sie mir einen Blick zu, aus dem Wolbert seine Schlüsse ziehen mochte oder nicht.

Mir war so elend. Es war mühsam, das alles aufzunehmen und ein paar Gedanken zusammenzuraffen. Es war ein Drahtseilakt. Noch war ich oben auf dem Seil. Es schwankte beträchtlich, aber irgendwie schaffte ich es, die Balance zu halten.

Den ersten Anruf nahm ich auf mich. Ich erklärte, dass ich den vergangenen Abend im «Cesanne» verbracht hatte, um einige Dinge mit dem Geschäftsführer zu besprechen. Das war glaubhaft. Sie konnten jederzeit nachprüfen, dass die Bar zur Hälfte uns gehörte. Ich sagte auch, dass ich den Geschäftsführer bat, meinen Bruder anzurufen, damit Robert seine Zustimmung zu einer kleinen personellen Veränderung geben konnte. Und weil es mir nicht gut gegangen sei, hätte Robert sich erboten, rasch persönlich vorbeizukommen und mich gleich mit heimzunehmen.

Alles andere ging die Polizei nichts an. Mit wem ich ins Bett stieg, war allein meine Sache. Davon hatte nicht einmal Robert gewusst. Auf Serge konnte ich mich verlassen. Er gäbe niemals zu, dass alles im Leben seinen Preis hatte.

Der Buttermilchknabe ließ mich nicht aus den Augen. Und jedes Mal, wenn ich seinen Blick zu erwidern versuchte, schaute er rasch zu Boden, als schäme er sich. Wolbert war freundlich, sehr rücksichtsvoll und trotzdem hartnäckig. Er stellte fest, dass personelle Veränderungen nicht unbedingt fen war. Nur war ich nicht in meinem Bett aufgewacht. Aber vielleicht hatte das nichts zu bedeuten. Vielleicht hatte Robert nur gedacht, im Atelier fände ich mehr Ruhe.

«Er blieb noch einige Minuten bei mir», sagte ich. «Dann ging er nach oben.» Er musste nach oben gegangen sein, wohin auch sonst, mitten in der Nacht?

Isabell schüttelte erneut den Kopf und erklärte: «Mein Mann kam nicht zurück ins Schlafzimmer. Er fuhr noch einmal weg. Das war gegen halb drei. Ich war wieder eingeschlafen, nachdem er das Haus zum ersten Mal verlassen hatte. Als sie zurückkamen, wachte ich auf. Sie sprachen in der Halle noch miteinander.»

Wieder starrte sie mich an, als wolle sie mich mit ihrem Blick hypnotisieren. Worauf wollte dieses Miststück hinaus?

Der Buttermilchknabe betrachtete den Schutzumschlag des Buches. Es lag mitten auf dem Tisch. «Geisteskrankheiten, ihre Symptome und ihre Behandlungsmöglichkeiten».

Ich war nicht geisteskrank. Ich war nur mit meinen Nerven am Ende. Sie hatten es geschafft, mich so weit zu bringen, sie und ihr ach so hilfloser Bruder.

Wolbert machte sich Notizen. Sprachen noch miteinander! Wenn sie das in ihrem Schlafzimmer gehört, sogar davon aufgewacht war, mussten wir sehr laut gesprochen haben. Hatte ich Robert eine Szene gemacht, weil er mir nicht sagen wollte, warum er in Frankfurt gewesen war, was er vormittags in der Stadt zu tun gehabt und was er nachmittags mit Olaf Wächter besprochen hatte? Das konnte ich mir nicht vorstellen.

«Reiß dich zusammen, Mia. Mein Gott, jetzt sei doch vernünftig. Hör mit dem Theater auf, hör mir zu.» Es war Roberts Stimme, die mir durch den Kopf geisterte. Wann hatte er verlangt, dass ich ihm zuhörte? Ich bildete mir das doch nicht ein.

«Worüber sprachen Sie denn?», fragte Wolbert.

Und in dem Moment fiel mir ein, dass Robert noch einmal bei mir gewesen war, sehr früh am Morgen und nicht allein. Ich erinnerte mich deutlich. Seine Hand an meiner Schulter, kein Rütteln, nur ein leichter Druck, und sein Flüstern dicht neben meinem Ohr. «Mia, schläfst du?» Dann ein kleines, kehliges Lachen. «Sie schläft wie ein Murmeltier.»

Ich hatte wohl den ersten Rausch ausgeschlafen und war ein Stück weit an die Oberfläche getaucht. Nicht weit genug nach oben. Es war zu mühsam gewesen, die Augen zu öffnen und ihm zu antworten.

Die Antwort war von Isabell gekommen, mit einem gehetzten, heiseren Zischen von der Tür aus. «Bist du verrückt? Willst du sie aufwecken?»

Er hatte noch einmal gelacht, etwas lauter diesmal, etwas dunkler, und dabei hatte er sich von mir entfernt. «Keine Sorge. So schnell wacht sie nicht auf, nicht in dem Zustand. Von dem, was sie getankt hat, könnten wir beide eine ganze Woche feiern.»

Dann schloss sich die Tür. Und ich hatte einmal kurz geblinzelt, hatte den ersten, fahlen Streifen Tageslicht am Fenster bemerkt und war gleich wieder weggesackt. Es musste zwischen vier und fünf gewesen sein.

Und es tat weh, sich daran zu erinnern. In seiner Stimme war so viel Abfälligkeit gewesen, so viel Gleichgültigkeit. So hatte er sonst nie von mir gesprochen. Vielleicht hatte er es nur getan, weil sie dabei war und es so hören wollte. Vielleicht hatte er gedacht, mir ein wenig mehr Ruhe vor ihren Schikanen zu verschaffen, wenn er sich benahm, als sei er auf ihrer Seite.

Und jetzt war er tot. Es war immer noch so abstrakt, in keiner Weise real.

Sie sprachen immer noch von der Nacht. Warum verschwieg Isabell, dass Robert am frühen Morgen noch einmal bei mir gewesen war, zusammen mit ihr? Es konnte nur einen Grund geben. Die Erkenntnis kam so unvermittelt, dass sie mir den Atem abschnürte.

Natürlich war Robert von dieser zweiten Fahrt zurückgekommen, und sie hatte ihm aufgelauert. Sie hatte gedacht, es sei eine einmalig günstige Gelegenheit, ein mysteriöser Termin mitten in der Nacht. Da konnte sie nicht seelenruhig zuschauen, dass er noch einmal nach mir sehen wollte. Sie folgte ihm, um sich mit eigenen Augen zu überzeugen, in welchem Zustand ich war. Deshalb die Panik in ihrer Stimme. «Willst du sie aufwecken?»

Das durfte auf keinen Fall geschehen. Mia musste schlafen wie eine Tote, durfte nichts hören und nichts sehen. Aber Mia hörte ein bisschen. Ihre Stimmen und die Schritte auf der Treppe, die Schritte von beiden wohlgemerkt. Robert war zusammen mit ihr hinaufgegangen. Sie hatte ihn in seinem eigenen Schlafzimmer getötet!

Es spielte keine Rolle, wo man ihn gefunden hatte. Isabell sah aus, als könne sie gerade mal ihr Handtäschchen und das Scheckbuch tragen, aber das täuschte. Eine Frau, die täglich mit einem vermutlich zwei Zentner schweren Klotz umging, schleifte auch einen Toten die Treppe hinunter, zerrte ihn zu seinem Wagen, fuhr ihn hinaus an eine einsame Stelle.

Die Polizei musste sein Schlafzimmer auseinander nehmen und Roberts Körper auf entsprechende Verletzungen untersuchen lassen. Hautabschürfungen, Blutergüsse. Gab es noch Blutergüsse nach Eintritt des Todes? Egal.

Ich wollte es diesem Wolbert erklären. Er lächelte mich an, irgendwie gütig und verständnisvoll. Und in meinem Kopf hämmerte es: Robert ist tot. Er ist tot!

Da begriff ich endlich, warum sie hier saßen. Zwei Herren von der Polizei. Zwei Männer in Zivilkleidung. Zwei Beamte der Mordkommission. Wolbert und ein Milchgesicht, das den Eindruck machte, als vertrüge es kein Sonnenlicht und bekäme die Zähne nie auseinander.

Isabell sprang auf und rannte zum Telefon in der Halle, als ich zu schreien begann. Ich rutschte aus dem Sessel auf die Knie, das fühlte ich noch. Ich schlug mit der Stirn auf den Fußboden, das fühlte ich auch. Und ich konnte nicht aufhören zu schreien, einfach nur laut und unartikuliert zu schreien. Mir wurde entsetzlich heiß. Und als ich mich wieder aufrichten wollte, kippte die Bücherwand mit all den dicken Wälzern nach rechts. Dann war es leer und dunkel. Robert war tot, und ich konnte ohne Robert nicht leben. Ich hatte auch erst angefangen zu leben, als er geboren wurde.

2. Kapitel

Damals war ich sieben, und bis dahin war Leben für mich ein sinnloses Einerlei gewesen. Vater hatte sehr spät geheiratet, und Mutter war kränklich. In meiner Erinnerung ist sie ein fades, bleiches Etwas, das ich nie stören durfte, das unentwegt Ruhe brauchte.

Es war jedes Mal eine Erholung, wenn Mutter für ein paar Monate in ein Sanatorium verschwand. War sie dann wieder daheim, durfte ich nicht laufen, nicht springen, nicht hüpfen, nicht rufen, nicht lachen, nicht weinen. Immer hieß es gleich: «Pst, Mia, nicht so laut, die Mama schläft.»

Verschiedene Haushälterinnen wechselten sich damit ab, mir auf Vaters Anordnung das Leben zu verbieten. Keine feste Bezugsperson heißt das in der Psychologie.

Als ich fünf war, zog Lucia zu uns ins Haus. Sie kam als Pflegerin für meine Mutter, die danach noch ungefähr ein halbes Jahr lebte. Das soll – um Gottes willen – nicht heißen, dass Lucia ihr Sterben in irgendeiner Weise beschleunigt hätte. Es ging eben zu Ende, und Lucia war die Letzte, die sich um dieses elende Bündel Mensch kümmerte, es wusch und fütterte, den Schweiß von der Stirn wischte, falls es Schweiß auf Mutters Stirn gegeben haben sollte. Ich weiß es nicht. Ich sah sie in dem halben Jahr vielleicht noch dreimal und nur durch die offene Tür, wenn ich gerade auf der Galerie vorbeiging und Lucia im selben Moment das Zimmer verließ, um etwas für sie zu holen.

Lucia war in einem kleinen Ort in der Nähe von Madrid geboren, ganze achtzehn Jahre jung, ein Engel, randvoll mit Geduld, die Sanftmut in Person, ohne Scheu oder gar Ekel vor allem, was menschlich und natürlich ist. Das begriff auch Vater sehr schnell. Lucia war wie geschaffen, um einen Mann zu trösten, der sich vermutlich kaum noch erinnerte, wie es war, mit einer Frau zu schlafen.

Wann er das erste Mal zu Lucia ins Bett stieg, kann ich nur raten. Keinesfalls solange Mutter noch lebte. Er war in dieser Hinsicht – wie soll ich sagen – gehemmt, verklemmt oder vom alten Schlag. Er hielt seinen Treueschwur – bis dass der Tod euch scheidet. Und selbstverständlich war es für ihn Ehrensache, das junge Mädchen zu heiraten und Lucia so die Ehre zurückzugeben, nachdem er sie ihr genommen hatte. Das war ein gutes Jahr nach Mutters Tod. Vater war damals schon neunundvierzig.

Und noch ein gutes Jahr später wurde Robert geboren. Er war ein sehr zufriedenes Kind und ein wunderschönes noch dazu, äußerlich und innerlich. Er war wie seine Mutter, völlig ohne Falsch, gut und geduldig, sanft und freundlich bis in die letzte Faser seiner Existenz. Daran hat sich nie etwas geändert.

Für mich war Robert immer ein Idealmensch. Und er wurde für mich rasch zum Inbegriff von Liebe und Geborgenheit. Daheim sein, das war für mich nicht das Haus, es war Roberts Nähe. Wenn ich ihn nachts im Nebenzimmer wusste, konnte ich innerhalb weniger Minuten einschlafen. Holte Lucia ihn einmal zu sich ins Bett, war er ein Zimmer weiter von mir entfernt, und es dauerte schon eine Stunde, ehe ich zur Ruhe kam.

Vater war viel unterwegs. Seinen Beruf gab er mit Kaufmann an. Er hatte von seinem Vater ein kleines Vermögen geerbt und war vollauf beschäftigt, ein großes daraus zu machen. Er kaufte und verkaufte alles, was sich kaufen und verkaufen ließ. Aktien, Immobilien, Beteiligungen, Anteile.

Ich habe damals nicht verstanden, was genau Vater machte. Ich hatte auch kein Interesse an seinen Geschäften. Es war immer genug Geld da, um all die kleinen und großen käuflichen Träume zu erfüllen. An Puppen, Kleidern und Schuhen hat es mir nie gemangelt. In materieller Hinsicht habe ich niemals etwas entbehren müssen. Und für den Rest sorgte Robert. Wenn er ein Zimmer betrat, hatte ich das Gefühl, der Tag wurde heller.

Ich weiß noch, dass ich mich in der Schule regelmäßig prügelte, wenn jemand sagte: «Er ist doch nur dein Stiefbruder.»

Schon als Kind war ich fest entschlossen, ein Leben lang mit ihm zusammenzubleiben. Ich brauchte ihn. Wenn ich im schwarzen Keller meiner Depressionen saß, war er der Einzige, der mich zurück ans Tageslicht holen konnte. Er musste nur in meiner Nähe sein, mich anlächeln, vielleicht noch seine kleine Hand auf meine legen oder mir durchs Gesicht streichen, dann ging es mir gut. Als ob er mit einer simplen Berührung oder mit seinem Lächeln einen Teil seiner kraftvollen Ruhe, dieser inneren Ausgeglichenheit, auf mich hätte übertragen können.

Genauso war es, wenn ich in Wut geriet, wenn ich am liebsten alles um mich herum kurz und klein geschlagen hätte. Ich musste nur seine Stimme hören, dann fühlte ich, wie sich im Innern etwas entkrampfte, wie mir leichter wurde. Und wenn ich glaubte, innerlich zu vertrocknen, brachte er mit seiner Zärtlichkeit neues Leben in die Wüste.

Lucia hatte es rasch aufgegeben, sich um mein seelisches Gleichgewicht zu bemühen. Sie behandelte mich wie ein Explosivgeschoss, ganz vorsichtig und bedächtig. Vater ging mir nach Möglichkeit aus dem Weg. Als ich das entsprechende Alter erreichte, drängte er darauf, ich solle im Ausland studieren. Er machte etliche Vorschläge, die in seinen Augen verlockend erscheinen mochten. Als alles nichts half, verwies er auf seine Jahre. «Mia, ich bin zu alt, um mich täglich auf die Palme bringen zu lassen. Mit dir kann man doch nicht vernünftig reden.»

Nach solchen Auseinandersetzungen saß Robert bei mir, hielt meine Hand, strich über meine Wangen und bettelte förmlich: «Sei nicht traurig, Mia. Du bist gar nicht schwierig, das meinen sie nur. Ich finde dich toll und ganz in Ordnung. Ich hab dich wirklich sehr lieb.»

Als ich zwanzig war, schlossen wir einen Kompromiss. Vater kaufte ein Anwesen in Spanien und verbrachte von da an einen Großteil seiner Zeit in dem milden Klima, wie er das ausdrückte. Natürlich begleitete Lucia ihn. Von vier Wochen im Monat waren sie höchstens noch eine daheim. In der restlichen Zeit waren wir uns selbst überlassen, Robert und ich.

Er war dreizehn, ging zur Schule. Ich studierte an der Kunstakademie. Für den Haushalt hatte Vater Frau Schür eingestellt. Sie hatte damals sogar ein Zimmer im Haus und kümmerte sich um alles, machte uns jedoch in keiner Weise Vorschriften.

Es war eine herrliche und unbeschwerte Zeit. Wenn ich am Nachmittag heimkam, war Robert oft noch mit Freunden unterwegs. Aber er kam pünktlich zum Abendessen. Danach saß er oft stundenlang reglos und mit unermesslicher Geduld auf einem Stuhl. Ich zeichnete ihn, fertigte Gipsmasken von seinem Gesicht, formte seinen Kopf und seinen Körper aus Ton.

Und als ich endlich die für mich ideale Materie fand, schlug ich ihn aus Steinen und Marmorblöcken. Sitzend, liegend, stehend, Figuren von unterschiedlicher Größe. Mein Meisterwerk damals war eine Vogeltränke für den Garten. Ein vierzehnjähriger Junge in Lebensgröße hält in seinen ausgebreiteten Händen eine Landschaft mit Hügeln und einem kleinen

See. Aus heutiger Sicht mag das kitschig anmuten, damals empfand ich es nicht so. Und ich kann auch heute noch stolz sagen: «Das ist meine Arbeit.»

Einmal in der Woche gaben wir telefonisch unseren Bericht nach Spanien durch. Es geht uns gut, wir kommen wunderbar zurecht, es ist alles in bester Ordnung. So war es auch. So war es jahrelang.

Nur konnte ich nie einem Menschen erklären, was Robert mir in dieser Zeit bedeutet hat, ohne damit gleich ein paar unsinnige Vorstellungen heraufzubeschwören.

Als er siebzehn war, ging ich an einem Sonntagmorgen in sein Zimmer, um ihn zu wecken. Es war im August, das Fenster stand weit offen. Er lag auf dem Bett, hatte nachts in der Schwüle die Decke völlig zurückgeschlagen. Und er trug nicht einmal einen von diesen kleinen Slips.

Ich hatte damals bereits etliche wilde Romanzen hinter mich gebracht und schon eine Unmenge nackter Körper gesehen, schöne und weniger schöne. Das gehörte zum Studium. Auch Roberts Körper war mir vertraut. Er hatte mir oft genug Modell gesessen, auch unbekleidet. Es war immer alles ganz normal und natürlich gewesen.

Bruder und Schwester und keine absurden Gedanken. Absurde Gedanken hatte ich auch an dem Augustmorgen nicht. Wie er da schlafend auf dem Bett lag, war er nur die Verkörperung von Schönheit und Unschuld. Er war einfach vollkommen, ein junger Mensch mit straffen Formen, der mit sich selbst und seiner Umwelt in völliger Harmonie lebte und um sich herum eine Aura von Frieden verbreitete.

Ich hätte niederknien mögen in diesem Moment. Es gab danach keinen Mann mehr, den ich nicht mit Robert verglichen hätte. Und es gab keinen, der neben ihm bestehen konnte.

mitten in der Nacht geklärt werden mussten, auch dann nicht, wenn es sich um das Personal einer Nachtbar handelte. Also hätte ich doch vermutlich einen anderen Grund gehabt, meinen Bruder zu bemühen, statt mir ein Taxi zu nehmen.

Ja, verdammt! Kopfschmerzen und Übelkeit. Und in dem Zustand vertrug ich das Autofahren nicht sonderlich gut. Mir hatte nicht der Sinn danach gestanden, mich mit einem Fremden auseinander zu setzen und um schonende Fahrweise zu bitten. Außerdem hatte mein Bruder das Medikament bei sich, das ich bei starken Kopfschmerzen brauchte. Das reichte ihm dann als Erklärung.

«Hat Ihr Bruder während der Fahrt mit Ihnen über den zweiten Anruf gesprochen?», wollte er wissen.

«Nein», sagte ich.

Vielleicht hatte Robert etwas gesagt, und ich erinnerte mich nur nicht daran. Bestimmt hatte er das, er sprach über alles Außergewöhnliche mit mir. Und ein Anruf auf dem Geschäftsanschluss um zwei Uhr nachts war mehr als außergewöhnlich. Im Grunde war er völlig ausgeschlossen.

«Was haben Sie gemacht, als Sie hier ankamen?», fragte Wolbert.

Woher sollte ich das wissen? Ich wusste doch nicht einmal mehr, dass wir ankamen. «Ich habe mich sofort hingelegt», sagte ich.

Isabell riss voller Protest die Augen auf, starrte mich an, schüttelte den Kopf und presste die Lippen aufeinander. Aber wenigstens schwieg sie. Und die beiden Männer waren auf mich fixiert.

«Und Ihr Bruder», fragte Wolbert, «was tat er?»

Normalerweise brachte Robert mich ins Bett, wenn er mich bei Serge hatte abholen müssen. Er blieb dann auch immer bei mir, bis er sicher sein konnte, dass ich eingeschla-

Als er mit zwanzig zum ersten Mal ein Mädchen ins Haus brachte, glaubte ich zu ersticken. Es war keine Eifersucht, auch wenn man mir das später einreden wollte. Sie war ein unbedeutendes junges Ding, zu schrill, zu bunt, zu oberflächlich, um ihn länger als ein paar Tage zu faszinieren. Nur wusste ich damals noch nicht, wie rasch er die Oberfläche durchschaute. Und ich hatte Angst, ich hatte panische Angst.

Ich wollte, dass er glücklich wurde. Ich wollte, dass er von einer Frau bekam, was er selbst geben konnte. Und ich wusste, dass es keine gab, die ihm gerecht werden konnte, dass er sich sein Leben lang mit Mittelmäßigkeit begnügen musste. Nur dieses Wissen schnitt mir die Luft ab.

Ich wurde krank, Asthmaanfälle, diffuse Beschwerden im Unterleib, und nirgendwo eine konkrete Ursache. Ich pilgerte von einem Arzt zum anderen, ehe ich endlich den richtigen für meine Art von Krankheit fand. Doktor Harald Piel, Facharzt für Neurologie und Psychotherapie.

Piel fragte mich, ob ich mit Robert schlafen möchte.

Ich sagte: «Nein.»

Piel fragte mich immer wieder. Er fragte so lange, bis ich endlich ja sagte, damit er zu fragen aufhörte.

Zwei Jahre lang war ich bei ihm in Behandlung. Als Robert mit vierundzwanzig zum ersten Mal heiratete, war ich seit langem geheilt. Davon war sogar Piel überzeugt. Ich hatte gelernt, mich damit abzufinden, dass es auch für einen Mann wie meinen Bruder überall nur Normalität geben konnte. Ich konnte keine Göttin aus dem Olymp herabsteigen lassen, um ihn zu lieben. Ich konnte aus Lehm keine Eva für ihn formen und ihr meinen Atem einhauchen. Ich konnte auch keine Idealfrau für ihn aus Stein schlagen.

Seine erste Frau Marlies war ein hübsches Mädchen, keine Schönheit, aber nett, lieb, umgänglich und anschmiegsam, in keiner Weise außergewöhnlich und in keiner Weise berechnend. Sie stammte selbst aus einer wohlhabenden Familie, war nicht an Geld interessiert, nur an ihm. Sie vergötterte ihn. Ich denke, Marlies war sich jederzeit bewusst, dass sie mit Robert an ihrer Seite zu den vom Schicksal Begünstigten zählte.

Ich mochte sie sehr gerne und kam gut mit ihr aus. Piel sagte später, Marlies habe sich mir bedingungslos untergeordnet. Ich hätte in ihr nie die Konkurrentin um Roberts Gunst gesehen, folglich hätte ich sie akzeptieren können als Anhängsel meines Bruders. Aber Piel hatte sich in mehr als einem Punkt geirrt. Und er war nicht der Mann, der Irrtümer eingesteht.

Ich wollte Robert niemals für mich alleine. Und ich habe ihn nie als Mann begehrt, jedenfalls nicht bewusst. Mag sein, dass ich manchmal ein paar Phantasien hatte. Nachts vor allem, wenn es im Haus so still war, dass ich jedes Geräusch aus dem Nebenraum hören konnte.

Das erregte Flüstern, das verhaltene, lustvolle Stöhnen, später dann diesen heiser klingenden, kurzen Laut des Höhepunktes. Ich wusste immer, es war Robert, der diesen Laut ausstieß. Marlies war zu farblos für leidenschaftliche Ausbrüche. Und Robert, ich musste ihn nur ansehen, um zu wissen, wohin er eine Frau mitreißen konnte, wenn sie nur bereit war, ihm zu folgen.

Für mich war es faszinierend zu erleben, dass zwei so unterschiedliche Menschen wie Vater und Lucia sich ausschließlich mit ihren Vorzügen in einem Dritten vereinigt hatten. Von Vater hatte Robert die Größe, die schlanke Figur, die gepflegten Hände und das sichere Gespür für gute Geschäfte. Von Lucia hatte er das ebenmäßige Gesicht, die Haarfarbe – ein sehr dunkles Braun –, den sanften, gradlinigen Charakter, die perfekt geschwungenen Lippen und die Augen. Fast schwarze Augen, so dunkel, dass man Iris und Pupille nicht unterscheiden konnte. Ein Blick wie der Glutrest in einem Kamin. Man sieht ihn und weiß, dass man aus diesem Rest augenblicklich ein neues Feuer entfachen kann. Man muss nur ein wenig Holz nachlegen und ihn anhauchen.

Alleine im Bett zu liegen und ihm zuzuhören führte zwangsläufig zu bestimmten Vorstellungen. Aber ich besaß doch genug Verstand, um zu wissen, dass es Grenzen gab. Und andere Männer. Ich war einunddreißig damals, keine ausgesprochene Schönheit. Aber apart, diesen Ausdruck hörte ich oft.

Beruflich hatte ich gerade den Durchbruch geschafft und einige Galeristen zu Lobeshymnen veranlasst. Ich war auf dem besten Weg, mir einen großen Namen in der Kunstszene zu machen. Und sehr vermögend war ich dank des Geschäftssinns unseres Vaters, was auf viele Männer ebenfalls sehr anziehend wirkte.

In unserem Steuerberater Olaf Wächter hatte ich einen Mann gefunden, bei dem ich sicher sein durfte, dass er nicht ausschließlich auf mein Geld schaute. In der Öffentlichkeit vorzeigen konnte ich ihn auch jederzeit. Ein Mann in den besten Jahren, mit exzellenten Manieren, ehrgeizig, ledig, gebildet, gut aussehend. Kein Vergleich mit Robert, aber ein recht passabler Liebhaber mit ausreichendem Gespür für Kunst und dem festen Willen, mit mir glücklich zu werden.

Häufig saßen wir abends zu viert auf der Terrasse und schmiedeten Zukunftspläne. Marlies träumte von einem Baby. Robert wollte noch warten. Er fühlte sich noch nicht reif genug für eine weitere Verantwortung. Vater war im Jahr zuvor gestorben, und Robert hatte die Geschäfte übernommen. Er tat sich anfangs etwas schwer damit und war gerade erst dabei, sich mit Olafs Hilfe einen Überblick zu verschaffen.

«Ein Kind», sagte er immer, wenn Marlies zu schwärmen begann, «das hat doch Zeit.»

Und ich wünschte mir, er möge ihr so bald als möglich eins machen. Ich dachte, dass ich ihn auf Geschäftsreisen begleiten könnte, wenn Marlies mit einem Baby beschäftigt war und daheim bleiben musste. Wir wussten zu dem Zeitpunkt noch nicht, dass sich ein Großteil unserer Geschäfte per Telefon am Schreibtisch erledigen lassen würde. Robert war viel unterwegs. Manchmal begleitete Marlies ihn, doch meist war ihr das zu anstrengend. Hotels fand sie unbequem, mochten sie noch so komfortabel sein.

Mir war es an Roberts Seite nirgendwo zu anstrengend oder unbequem. Wir hätten sogar ein Doppelzimmer nehmen können. Warum auch nicht, er war mein Bruder. Und jetzt war er tot.

Ein Loch in den Kopf geschossen. Es hätte mein Kopf sein müssen. Mittwochs und donnerstags war ich vor Schmerzen beinahe verrückt geworden. Freitags war es nur noch ein dumpfer Druck, verursacht von Serges Spezialdrinks und der Leere, diesem schwarzen Loch, in das ich mit meinem Begreifen hineingefallen war.

Ich hörte Gemurmel, als ich daraus wieder auftauchte. Die Stimmen von Isabell und Piel. Sie standen bei der Tür und unterhielten sich flüsternd. Ich lag wieder auf der Couch in meinem Atelier. Und einen winzigen Moment lang dachte ich, es sei nur ein wüster Albtraum gewesen.

Es war kein Albtraum. Ich verstand genau, was Isabell zu Piel sagte. «Ich mache mir große Vorwürfe. Ich hätte mich nicht auf Ihre Ferndiagnose verlassen dürfen. Sie haben ja nicht gesehen, in welchem Zustand sie war. Ich dachte, sie bringt uns noch alle um. Ich hätte sofort die Polizei rufen müssen.»

Die beiden Polizisten waren inzwischen weg. Ich hatte keine Ahnung, wie lange ich in der Dunkelheit zugebracht hatte. Ich blinzelte ins Licht. Es schmerzte im Auge.

Als ich den linken Arm über die Stirn legte, wurde Piel aufmerksam. Er kam zur Couch, Isabell blieb bei der Tür stehen und starrte aus ängstlichen Augen zu mir herüber.

Ich wünschte mir, ich hätte weinen können. Aber ich hatte keine Tränen. Ich empfand keine Trauer. Ich dachte, es müsste brennen im Innern. Es müsste ein unerträglicher Schmerz in der Herzgrube sein. Ich war innerlich nur ganz trocken. Und jetzt war niemand mehr da, der Leben in die Wüste hätte bringen können.

Piel gab sich Mühe. Er war ein kleines, verschrumpeltes Männchen. Bei meinem ersten Besuch war er Anfang vierzig, da hatte er noch durchaus imponierend gewirkt, wenn er in seinem Sessel saß und mit dem Stift auf den Notizblock in seinem Schoß oder gegen die Sessellehne klopfte.

«Können Sie erklären, was an Ihrem Bruder so faszinierend auf Sie wirkt, Mia? Ist es vielleicht nur die Tatsache, dass er der einzige Mann ist, den Sie nicht haben können?»

Vielleicht hätte ich ihm nie erzählen dürfen, wie viele Männer ich gehabt hatte. Es waren sehr viele, als ich das erste Mal bei Piel in Behandlung war. Meist reizten sie mich nur für eine Nacht, manchmal war es schon nach einer Stunde vorbei. Piel nannte es eine rastlose Suche nach einem Ersatz. Und es lief immer auf die bewusste Frage hinaus, ob ich mit Robert schlafen wollte.

«Nein», sagte ich. «Ich will es auch nicht erklärt bekommen.»

Was ich wollte, kümmerte Piel natürlich nicht. «Sie haben

ihn häufig unbekleidet gesehen», meinte er. «Was war denn an dem bewussten Augustsonntag so anders?»

Irgendwann reichte es mir und ich sagte: «Er hatte eine Erektion.»

Piel war mit meiner Antwort zufrieden. Für ihn war die Sache einfach. In seinen Augen hielt ich mich für die Göttin, die vom Olymp herabsteigen konnte, um Robert auf den Gipfel der Lust zu führen. Und ich war die Göttin, die vom Olymp herabschaute auf all die kleinen Spießer und Querulanten, auf all die nichtigen, dummen, ahnungslosen Versager.

Von seinen Erkenntnissen war Piel nie abgewichen. Nur hatte er mit den Jahren einen Großteil seiner Autorität eingebüßt. Er war eben alt geworden. Aber er war immer noch der Mann, der mein Innerstes nach außen gekehrt und dann versucht hatte, es in seine Schablonen zu pressen.

Oft hatte ich mir gewünscht, es möge ihm gelingen. Weil in seinen Schablonen kein Platz war für die Wut und die Depression. Dass beides hinter mir blieb, wenn er mich durchquetschte und mich den Normen anpasste. Oder dass er endlich eine Erklärung fand, die ich ebenso akzeptieren konnte wie er. Solch eine Erklärung schien es nicht zu geben.

Piel beugte sich über mich und griff nach meiner linken Hand. «Wie fühlen Sie sich, Mia?»

Blöde Frage. Wie sollte ich mich fühlen? Ich hatte niemals ein eigenes Gefühl besessen außer Zorn und Ohnmacht. Ich hatte immer nur Robert, und Piel wusste das.

«Wissen Sie, mit wem Ihr Bruder sich in der Nacht noch getroffen hat?», fragte er.

Ob er sich jetzt auch noch als Spitzel für die Polizei betätigen wollte? Der Verhörspezialist für Extremfälle. «Lassen Sie mich das machen, meine Herren. Ich weiß, wie man mit ihr umgehen muss. Sie ist ein sehr schwieriger Mensch, ausschließlich auf ihren Bruder fixiert. Aber aus diesem Grund wird sie uns helfen, den Fall aufzuklären. Ich bin überzeugt, dass sie alles tun wird, um die Schuldigen am Tod ihres Bruders zu überführen.»

Darauf kannst du Gift nehmen, du Gartenzwerg, dachte ich. Dieses verdammte Aas wird bezahlen. Und ich werde mich nicht damit zufrieden geben, dass sie hinter Gittern verschwindet. Ich werde sie mitsamt ihrem Bruder in die Hölle schicken, die sie Robert in den letzten Wochen bereitet haben.

Piel zog sich einen Stuhl heran und setzte sich neben die Couch. Er sprach in dem einschläfernden Ton auf mich ein, mit dem er mir auch die letzten Wahrheiten aus der Nase ziehen zu können glaubt. «Ihre Schwägerin meint, Sie müssten es wissen, Mia. Sie haben doch noch mit Robert gesprochen.»

«Gestritten», rief Isabell von der Tür aus herüber.

Piel warf ihr einen unwilligen Blick zu und bedeutete ihr mit einer ebensolchen Geste, sie solle den Mund halten. Doch so leicht war sie nicht einzuschüchtern. Sie kam sogar einen Schritt näher.

«Angebrüllt hat sie ihn. Sie ging mit der Faust auf ihn los und trat nach ihm. Robert hatte Mühe, sie sich vom Leib zu halten. Ich stand auf der Galerie und wollte ihm helfen. Aber ich hatte Angst. Sie war völlig durchgedreht. Er soll bei ihr bleiben, schrie sie. Sie wird verrückt, wenn er nicht bei ihr bleibt. Als ob sie noch verrückter werden könnte, als sie ohnehin schon ist.»

Sie schluchzte laut, drehte den Kopf von uns weg und schlug sich auch noch beide Hände vor das Gesicht. Dieses falsche Aas bot eine gute Show. Mir konnte sie damit nicht imponieren.

«Sie hat ihm das Leben zur Hölle gemacht», schluchzte

sie. «Robert war am Ende. Er hat mir in den letzten Wochen mehrfach versprochen, dass er ein Haus für uns suchen wird. Er hielte es nicht länger aus mit ihr unter einem Dach, sagte er jedes Mal.»

Piel betrachtete sie mit dem für ihn so typischen neutralen Gesichtsausdruck. Er wusste genauso gut wie ich, dass sie log. Er musste es wissen. Robert hätte mich niemals verlassen. Und ich hatte Piel oft genug erklärt, was man von Isabell zu halten hatte. Endlich wandte er sich wieder mir zu.

«Seit wann hatten Sie diesmal starke Kopfschmerzen, Mia?»

Welche Fragen als nächste kämen, wenn ich ihm diese beantwortete, wusste ich nur zu gut. Was haben Sie am Dienstag gemacht, Mia? Was hat Robert getan? Worüber haben Sie mit ihm gesprochen? Wann ging er zu Bett? Ging er zusammen mit seiner Frau? Wann sind Sie zu Bett gegangen? Wie lange haben Sie noch wach gelegen? Unterhielt Robert sich noch mit seiner Frau? Wie viel davon konnten Sie verstehen, Mia?

Wir hatten dieses Frage- und Antwortspiel mehr als fünf Dutzend Mal in allen Variationen durchexerziert, einschließlich der dazugehörigen wohlmeinenden Vorträge.

Ich wünschte mir, dass Piel verschwand und mich in Ruhe ließ. Ich hatte so viel zu erledigen. Ich musste Lucia benachrichtigen. Ich musste Olaf anrufen. Ich musste Serge fragen, worüber Robert in der Nacht noch mit ihm gesprochen hatte. Ich musste schlafen.

Irgendwann gab Piel auf. «Wir reden am Montag miteinander», sagte er, als er zur Tür ging. «Ich werde sehen, dass ich einen Termin für Sie freimachen kann und rufe Sie an.»

Isabell brachte ihn zur Haustür. Ich blieb auf der Couch liegen. In meinem Kopf ging alles durcheinander. So sehr ich mich auch abmühte, ich konnte mich nicht an die letzte halbe Stunde mit Robert erinnern. Nur dass er später noch einmal bei mir gewesen war, wusste ich mit Sicherheit.

Am späten Nachmittag brachte Frau Schür mir einen Teller Suppe. Sie sah verweint aus. Sie hatte Robert geliebt, verehrt hatte sie ihn, vergöttert, angebetet. Zuerst sprach sie kein Wort außer dem Befehl, dass ich die Suppe essen sollte, und zwar restlos.

Frau Schür ging auf die sechzig zu. Sie gehörte der Generation an, für die eine gute Mahlzeit Leib und Seele zusammenhielt. Ich tat ihr den Gefallen und vertrieb damit wenigstens einen Teil der Übelkeit aus dem Magen. Sie blieb neben mir stehen, bis der letzte Tropfen aus dem Teller war.

Als sie den Teller wieder an sich nahm, sagte sie in ersticktem Ton: «Die junge Frau ist weggefahren. Sie muss die Leiche identifizieren, sagte sie. Sie wollte sich auch die Stelle anschauen, an der es passiert ist.» Dann begann sie zu weinen.

Und ich lag einfach nur da, konnte nicht einmal denken. Es gab unzählige Fragmente in meinem Kopf. Kein einziges war konkret genug, dass ich es hätte packen und mehr daraus machen können. Ein wüstes Chaos war es, ein Gemisch aus vagen Eindrücken, Hass und Verzweiflung.

Mir war danach, aufzustehen, in die Küche zu gehen, mir eines von den großen Messern zu holen. Und dann die Treppe hinaufsteigen, zum Zimmer am Ende der Galerie gehen. Jetzt war Jonas dort allein. Ein Mann im Rollstuhl, für ihn brauchte ich nicht unbedingt ein Messer. Ich hätte ihn zur Treppe schieben und mit ihm abrechnen können, ehe seine Schwester zurückkam. Und wenn sie dann kam, sollte sie sich ihren Bruder noch einmal in Ruhe anschauen. Sie sollte genau wissen, wie das ist, bevor ich mich mit ihr beschäftigte.

Es ist gerade neun Monate her, dass Robert sie mir vorgestellt hat. Seine große Liebe, die Frau seines Lebens. Wie passend! Die Frau, die ihn das Leben gekostet hat!

Mitte Dezember war es. Ich hatte vier Wochen bei Lucia in Spanien verbracht, wie in den letzten Jahren auch. Robert liebte den Wintersport, nur aus Rücksicht auf mich war er daheim geblieben. Bis ich mich dann eben zu meinen Besuchen bei Lucia entschloss. Er sollte doch für mich nicht auf sein Vergnügen verzichten müssen.

Als ich aus Spanien zurückkam, war er irgendwie verändert. Ein bisschen stiller als sonst, in sich gekehrt war er. Auf mich wirkte er wie ein Mensch, der unentwegt mit sich selbst um eine Entscheidung ringt. In den vergangenen acht Jahren hatte ich ihn häufig so nachdenklich erlebt.

Seine Ehe mit Marlies hatte leider nur kurze Zeit gedauert. Bei dem Unfall vor zehn Jahren, der mich das rechte Auge, die Beweglichkeit des rechtes Armes und einiges mehr kostete, kam Marlies ums Leben.

Zwei Jahre lang trauerte Robert um sie. Er schien vergessen zu haben, dass es zwei Geschlechter gibt. Ich war die einzige Frau, um die er sich rührend bemühte. Was in seiner Macht stand, tat er, um mir das Leben wieder erträglich zu machen. Dann besann er sich allmählich zurück auf sein Alter und seine Natur.

Ich wusste immer, dass er nicht lebte wie ein Mönch. Und er wusste, dass ich Angst hatte, er könne an die falsche Frau geraten. An eine, die ihn nur ausnutzte, die in ihm vordergründig nicht den Mann sah, sondern das Scheckbuch. Wir hatten ausführlich darüber gesprochen. Deshalb verschwieg er mir viele kurze Affären.

Wenn es für ihn eine Sache war, die sich nur auf wenige Nächte beschränkte, verlor er kein Wort darüber. Wenn er jedoch glaubte, es könne eine feste Beziehung aus einer neuen Bekanntschaft werden, erzählte er mir davon. Ich erfuhr in allen Einzelheiten, wie, wo und unter welchen Umständen er die betreffende Frau kennen gelernt hatte, was er über ihre Familie wusste, welchen Beruf sie ausübte, wie er sie einschätzte. Anschließend lud er sie für ein Wochenende ein, damit ich sie kennen lernte. Und danach bat er mich regelmäßig um meine Meinung.

Es war nicht so, dass er sich von mir abhängig fühlte oder nur versuchte, es mir recht zu machen. So war es wirklich nicht. Er selbst sagte einmal, dass er meine Menschenkenntnis schätzte. Und irgendwie war es seltsam. Oft musste ich die Frauen nur ansehen, ihnen eine halbe Stunde gegenübersitzen, sie ein paar Worte reden hören, dann wusste ich genau, wie sie dachten. Nicht, was sie dachten, das nicht. Aber ihre Art, ihr inneres Wesen, ihren Charakter erkannte ich innerhalb kürzester Zeit.

Oberflächlichkeit, Berechnung, diese besondere Art von innerer Kälte, die sich nur auf das eigene Ich konzentrieren konnte und einen Partner fast völlig ausschloss. Ich spürte das. Und Robert legte großen Wert darauf zu erfahren, was ich spürte.

Ich beschrieb es ihm, und meist kam er dann nach einigen Wochen, lächelte verlegen und meinte: «Du hattest wieder einmal Recht, Mia. Es war doch nicht die Richtige.»

Ich ließ ihm Zeit, als ich ihn im Dezember tagelang so grüblerisch sah. Er sollte selbst entscheiden, ob ihm eine neue Beziehung wichtig genug war, mich um meine Einschätzung zu bitten. Dann saßen wir an einem Abend in der Bibliothek. Das war zwei Tage vor Heiligabend. Er las in einem Wirtschaftsmagazin, plötzlich schaute er auf und lächelte beinahe schuldbewusst.

«Ich muss dir etwas beichten, Mia», begann er. «Seit Tagen nehme ich mir vor, mit dir darüber zu sprechen, und schiebe es vor mir her. Aber einmal musst du es ja erfahren. Ich habe vor einiger Zeit eine Frau kennen gelernt.»

Vor einiger Zeit, sagte er. Ob es sich dabei um Wochen oder Monate handelte, ließ er offen. Ich ging von ein paar Wochen aus, von der Zeit eben, die ich bei Lucia in Spanien und Robert mit Olaf Wächter in der Schweiz verbracht hatte.

Er hob die Achseln, ein untrügliches Zeichen von Unbehagen und Unsicherheit. «Sie ist noch sehr jung, Mia», sagte er. «Und sie hat es nicht leicht gehabt bisher. Ihre Eltern hat sie sehr früh verloren und sich allein durchschlagen müssen. Du kannst dir denken, dass es für ein junges Mädchen unter solchen Umständen nicht gerade einfach ist. Man trainiert sich etwas an, das auf andere wie Kampfgeist wirkt. Wenn man zeigt, wie verletzlich man ist, hat man schon verloren. Ich sagte das nur, damit du aus ihrem Verhalten keine falschen Schlüsse ziehst. Im Grunde ist sie sehr naiv und ein bisschen hilflos. Du kennst diesen Typ, gutmütig, gutgläubig, ein leichtes Opfer für jeden, der nichts Gutes im Sinn hat. Die Stacheln sind nur eine Attrappe.»

Und ob ich diesen Typ kannte. Er saß mir gerade gegenüber. Seine ausführliche Erklärung zeigte, dass er bereits zu einem Urteil gekommen war und nun befürchtete, ich könne zu einer anderen Einschätzung gelangen.

«Ich möchte, dass du sie kennen lernst», sagte er. «Und ich möchte, dass du weißt, wie ernst es mir diesmal ist. Sie bedeutet mir sehr viel, Mia. Wenn du einverstanden bist, werde ich sie für das nächste Wochenende einladen.»

Er hätte sie vermutlich schon gerne über die Feiertage ins Haus geholt. Das Fest der Liebe. Dass er darauf verzichtete, beeindruckte mich stark. Mit dem nächsten Wochenende war ich einverstanden. Und ich war in keiner Weise voreingenommen, das muss ich ausdrücklich betonen.

Ich schätzte Roberts Menschenkenntnis nicht viel geringer ein als meine eigene. Hätte er nicht selbst ein gerüttelt Maß davon besessen, wäre er nicht regelmäßig binnen weniger Wochen zu derselben Ansicht gelangt wie ich. Und ich habe ihm seine Ansichten nicht eingeredet! Er beendete eine Affäre nicht mir zu Gefallen, auch wenn es auf Außenstehende, speziell auf Olaf Wächter, vielleicht so wirken mochte.

Nach Roberts Erklärung setzte sich in meinem Kopf eine bestimmte Vorstellung fest. Eine junge Frau, die gelernt hatte, sich in der Welt zu behaupten. Es mochte ihr manchmal schwer fallen, aber sie schaffte es, setzte sich durch und sehnte sich dabei nach einem Platz, an dem sie nicht kämpfen und keine Stacheln zeigen musste, an dem sie um ihrer selbst willen geliebt wurde. Guter Gott, ich dachte tatsächlich, er hätte die ideale Frau gefunden.

Und dann kam sie, Isabell Torhöven. Sie kam mit dem Zug, Robert holte sie am Bahnhof ab. Schon als ich sie auf das Haus zukommen sah, fiel mir ihr Blick auf. Ein sehr abschätzender Blick und ein sehr flinker. Ihre Augen waren überall gleichzeitig, als könne sie nicht schnell genug alles in sich aufnehmen und ausrechnen, wie viel es wert sein mochte.

Es hatte nichts mit Stacheln zu tun, nichts mit kämpferischem Verhalten und Sich-selbst-Behaupten. Es war nur ein Ausbaldowern, so nannte man das wohl in ihren Kreisen.

Allein der Weg vom Bahnhof zu uns heraus musste ihr klar gemacht haben, dass wir nicht eben arm waren. Vornehme Wohngegend nannte es sich. Je näher man dem Stadtrand kam, umso größer wurden die Grundstücke und umso weiter lagen die Häuser von der Straße entfernt. Unsere Einfahrt war etwa dreihundert Meter lang. Und das Haus war sehr groß. Man sah ihm an, dass es mit einer Menge Geld gebaut worden war und dass man eine Menge Geld brauchte, um es zu unterhalten und zu pflegen.

Isabell hatte einen Blick dafür. Ich dachte an Roberts Worte. Jung, das traf zu. Aber naiv oder gar hilflos war sie vermutlich nie gewesen.

Robert war ängstlich und besorgt, als er uns einander vorstellte. Er bettelte mich förmlich mit Blicken an, sie zu mögen. Isabell schüttelte meine Hand, als sei es selbstverständlich, dass man zur Begrüßung die Linke gereicht bekommt. Sie schrak nicht eine Sekunde lang vor meinem Aussehen zurück. Daraus schloss ich, dass Robert sie gründlich vorbereitet hatte. Es gehörte trotzdem noch eine große Portion Selbstbeherrschung und Verstellungskunst dazu.

Nicht einmal Olaf Wächter, der nun gewiss an meinen Anblick gewöhnt war, schaffte es, mein Gesicht zu betrachten, ohne nach zwei Sekunden in dieses krampfartige Grinsen zu verfallen. Das konnte nur Serge, und er ließ sich dafür bezahlen. Und Robert konnte es, weil er mich liebte – mich, nicht mein Gesicht, nicht meinen rechten Arm und nicht das verlorene Auge.

Isabell sagte, wie sehr sie sich freue, mich endlich kennen zu lernen. Ich wartete auf die Standardfloskel, dass Robert bereits so viel von mir erzählt habe. Die ersparte sie uns. Stattdessen strahlte sie mich an. Sie selbst hielt es wohl für ein offenes, herzliches und natürliches Lächeln.

Aber natürlich an ihr war nur das frische, rosige Gesicht. Nicht den kleinsten Hauch von Rouge trug sie auf den Wangen, keinen Lidschatten, keinen Lippenstift. Nur ihre Fingernägel waren blutrot lackiert und so lang, als sei es bei Strafe verboten, eine Nagelfeile zu verwenden. Ich kannte diese Art von Fingernägeln nur aus dem «Cesanne». Die Stripperinnen schmückten sich damit.

Ich hatte von Frau Schür das Gästezimmer am Ende der Galerie für sie herrichten lassen. Robert trug ihren Koffer hinauf, zeigte ihr das Zimmer und das angrenzende Bad. Sie mokierte sich darüber, dass sie nicht bei ihm schlafen konnte. «Das ist ja wie im Mittelalter», hörte ich sie sagen.

Roberts Antwort verstand ich nicht. Nur seine Stimme hörte ich, den warmen, herzlichen Ton, die Besorgnis darin, weil etwas nicht nach ihrem Geschmack war.

Ich ging in die Küche, kümmerte mich um den Kaffee und begriff es nicht. Dieses Mädchen strahlte eine Kälte aus, die mir eine Gänsehaut verursacht hatte, als ich ihre Hand schüttelte. Robert musste es doch ebenso fühlen wie ich, er war so sensibel. Wenn ihm bisher entgangen war, mit wem er sich eingelassen hatte, musste Isabell Torhöven über entschieden mehr verfügen als bloße Verstellungskunst.

Frau Schür hatte so weit alles vorbereitet, am Vormittag noch einen Kuchen gebacken, eine Bratenplatte, etwas Fisch und einen Salat für den Abend angerichtet, sogar den Tisch im Esszimmer bereits für den Kaffee gedeckt.

Eine Stunde nach Isabells Ankunft saßen wir uns an diesem Tisch gegenüber. Sie hatte ihr Reisekostüm gegen ein schlichtes Kleid getauscht. Es war ein hellgrünes Kleid, das einen schönen Kontrast zu ihrem roten Haar bot. Ich glaubte Roberts Geschmack zu erkennen. Dass sie sich in seiner Gegenwart umgezogen hatte, bewies eine Vertrautheit, die wohl über ein paar gute Tipps für die Garderobe hinausging.

Am rechten Arm trug sie einen breiten Goldreif. Wenn er echt war – und das war er, wie ich später feststellte –, hatte er seinen Preis gehabt. Und dann musste man sich fragen, von wem eine junge Frau, die sich allein hatte durchbringen müssen, das Geld für solch ein Schmuckstück bekommen hatte. Immerhin war sie erst dreiundzwanzig, als Robert sie mir vorstellte.

Um den Hals trug sie ein schlichtes Collier. Ein Geschenk von Robert, das musste mir niemand eigens erklären. Ich kannte seine Vorliebe für dezente Preziosen. Er schätzte es nicht, wenn jemand seinen Besitz auf protzige Weise zeigte. Und was, wenn nicht solch eine Demonstration, sollte dieser Goldreif am Arm sein? Sieh her, was ich habe, ich bin nicht angewiesen auf das, was du hast.

Da waren auf Anhieb ein paar eklatante Widersprüche, allein schon äußerlich. Isabell gab sich redlich Mühe, die kleine Unschuld hervorzukehren. Am Gespräch beteiligte sie sich anfangs nur sehr zurückhaltend. Vor jedem Sätzchen vergewisserte sie sich mit einem raschen Blick bei Robert, dass sie nichts falsch machte.

Das war keine Schüchternheit, auch wenn Robert es gerne so sehen wollte. Es war Berechnung, ein behutsames Sondieren, erst einmal das feindliche Terrain erkunden, das war es. Ich bin ganz sicher, sie wusste vom ersten Moment an, dass sie bei mir vorsichtig sein musste.

Nach dem Kaffee wurde sie gesprächiger. Die Blicke zu Robert wirkten nicht mehr fragend, nur noch verliebt. Wir gingen ins Kaminzimmer. Robert schenkte uns Cognac ein. Ich nahm in einem Sessel Platz, sie wählten die Couch. Mehrfach sah ich sie verstohlen nach seiner Hand tasten. Jedes Mal tat sie, als sei es ihr peinlich, dass ich es bemerkte. Da kam dann ein Lächeln wie die Entschuldigung eines Kindes, das beim Griff in die Keksdose ertappt worden ist.

Hin und wieder nippte sie an ihrem Cognac und benahm sich, als hätten diese drei Tropfen schon eine ungeheure Wirkung auf sie. Sie begann von sich zu erzählen, fand gar kein Ende.

Robert nannte es später Offenheit. Er durchschaute ihr Verhalten einfach nicht. Selbst ein Mensch, der keinen Alkohol gewöhnt war, wurde nicht nach drei Tropfen plötzlich so mitteilungsbedürftig.

Ihre Eltern seien einfache Menschen gewesen, erklärte sie. Die Mutter nur Hausfrau, der Vater am Bau beschäftigt. Gestorben seien beide an einer Lebensmittelvergiftung. Nach dem Tod ihrer Eltern habe sie ihre Ausbildung bei einer Bank abbrechen und einen Job annehmen müssen, in dem sie genug verdiente, um auf eigenen Füßen zu stehen.

Womit sie ihren Lebensunterhalt verdiente, verschwieg sie. Das erfuhr ich später durch eigene Nachforschungen.

Sie lebte allein, das betonte sie ausdrücklich, ganz allein in einer kleinen Wohnung in Frankfurt. Es gab zwar einen Bruder, doch der war seit langen Jahren im Ausland. Er hatte ein Ingenieurstudium absolviert und war in der Entwicklungshilfe tätig.

Mit einem derart selbstlosen Helfer in der Familie ließ sich natürlich Eindruck schinden. Sie ließ sich eine Weile darüber aus, dass er an einem Bewässerungsprojekt mitarbeitete und den größten Teil seiner Zeit in der Wüste verbrachte. Nur selten war er in Tunis, wo sich das Planungsbüro befand.

«Wir haben uns immer sehr gut verstanden», behauptete sie. «Aber seit Jonas von daheim weg ist, haben wir kaum noch Kontakt.»

Ich fand das merkwürdig. Wenn ich im Winter für einige Wochen nach Spanien flog, rief Robert mich jeden Abend an. Wir hätten uns gar nicht vorstellen können, wochenlang nichts voneinander zu hören. Wenn er selbst Urlaub machte, schrieb er zudem noch Briefe oder Karten.

«Jonas schreibt nicht gerne», sagte Isabell. «Er hat ja auch nicht so viel Zeit. Und telefonisch ist er fast nie zu erreichen. Er ist ja meist auf der Baustelle.»

Als ob es dort keine Telefone gegeben hätte, gerade auf

einer Baustelle – wo heutzutage fast jeder ein Handy mit sich herumschleppte.

Am nächsten Tag zeigte sie mir ein Foto ihres Bruders. Es sei vor gut einem Jahr aufgenommen worden, behauptete sie, als Jonas zwei Wochen Urlaub in der Heimat machte. Die Aufnahme zeigte einen kräftigen, dunkelhaarigen Mann Ende zwanzig, Anfang dreißig. Von seinem Gesicht war auf dem kleinen Bildchen nicht viel zu erkennen. Aber einen Vollbart trug er darauf noch nicht. Isabell stand neben ihm und lachte zu ihm auf. Er hatte einen Arm um ihre Schultern gelegt und sie einen um seine Hüften.

Es wirkte sehr vertraut. Kleine Schwester, großer Bruder, ein fast rührender Anblick, wäre da nicht der schmale Streifen um ihren Hals gewesen. Ich hatte keine Lupe zur Hand. Aber ich hätte jeden Eid geschworen, es war das Collier. Roberts Geschenk.

Ich fragte ihn noch am gleichen Abend, ob und wann er ihr die Halskette geschenkt hatte.

«Zu Weihnachten», sagte er und wollte wissen, warum ich fragte. Und als ich es ihm sagte, meinte er, ich müsse mich irren.

Das zog ich nicht in Betracht. Natürlich konnte ein Schmuckstück, das Robert erst kurz zuvor verschenkt hatte, kaum auf ein Foto geraten sein, das vor gut einem Jahr entstanden war. Entweder war das Geschenk viel früher gemacht oder das Foto viel später aufgenommen worden.

Dass Robert mich mit der Zeitangabe belog, schloss ich aus. Ich war völlig sicher, dass es sich um ein neues Foto handelte. Es sah aus, als sei es frisch aus dem Entwicklungslabor gekommen. So etwas sieht man doch, speziell wenn ein Foto in einer kleinen Handtasche aufbewahrt wird. Da sind rasch die Ecken abgestoßen. Das war nicht der Fall.

Und damit stellte sich die Frage, wer der Mann auf dem

Foto war, wenn Jonas Torhöven sich tatsächlich zuletzt vor gut einem Jahr in der Heimat aufgehalten hatte.

Ich hatte noch einige Fragen mehr. Von wem zum Beispiel der breite Goldreif stammte? Von Robert nicht, das klärte sich rasch. Ihm hatte sie erzählt, es sei ein Erbstück. Dafür war es viel zu modisch, außerdem haben einfache Menschen nur selten Gold zu vererben.

Dann war da auch noch die Tatsache, dass es nicht die geringste Ähnlichkeit zwischen Isabell und dem Mann auf dem Foto gab. Es gab zwar auch zwischen Robert und mir keine Ähnlichkeit. Aber wir hatten verschiedene Mütter gehabt. Bei Isabell und Jonas Torhöven war das nicht der Fall.

Ich war überzeugt, dass sie sich mit einem Liebhaber hatte ablichten lassen, kurz nachdem Robert ihr das Collier geschenkt hatte. Und dann besaß sie die Dreistigkeit, ihn uns als ihren Bruder zu präsentieren.

Robert hielt an seiner Überzeugung fest und schlug sogar vor, ich solle mit Piel darüber reden. «Mia», sagte er. «Denk vernünftig nach. Du hast Isa doch nicht gebeten, ein Foto ihres Bruders zu zeigen. Sie hat es von sich aus getan. Welchen Grund sollte sie haben, einen Liebhaber als ihren Bruder auszugeben?»

Woher hätte ich wissen sollen, welche Gründe sie hatte? Vermutlich empfand sie einen widerlichen Spaß daran, uns – ich benutzte diesen Ausdruck höchst ungern, fand ihn in diesem Fall jedoch sehr passend – zu verarschen.

Robert war schockiert. «Mia, du siehst etwas, ziehst einen bestimmten Schluss, leitest weitere Schlüsse daraus ab, und für dich sind es gleich Tatsachen. Aber du kannst nicht einfach eine Behauptung aufstellen, die durch nichts bewiesen ist. Es kann irgendeine Kette sein. Isa trägt häufig Modeschmuck. Und selbst wenn es das Collier wäre, das ich ihr geschenkt habe, ich könnte es ihr schon vor einem Jahr geschenkt haben. Wenn du dich erinnerst, ich sagte zu Weihnachten, damit muss nicht unbedingt das letzte gemeint gewesen sein.»

«Vor einem Jahr kanntest du sie doch noch gar nicht», sagte ich.

«Was macht dich so sicher?», fragte er.

«Du hättest sie mir schon vor Monaten vorgestellt», sagte ich. «Und ich habe gesehen, dass es ein völlig neues Foto war. Robert, ich kann dir genau sagen, was sie vorhat. Sie hat einen Kerl in Frankfurt und denkt gar nicht daran, sich von ihm zu trennen. Ist dir nicht aufgefallen, wie verliebt sie zu ihm aufschaute? Sie will dich nur ausnehmen, und das tut sie mit seinem Einverständnis. Du darfst dich von ihr nicht verletzen lassen, Robert.»

Mit Piel sprach ich natürlich nicht über meinen Verdacht, jedenfalls nicht sofort. Auch bei Robert schnitt ich das Thema Liebhaber vorerst nicht wieder an. Ich hielt ihn für vernünftig genug, in absehbarer Zeit selbst zu erkennen, dass ich Recht hatte. Aber Robert war einfach nur verliebt.

Als Isabell das zweite Wochenende in unserem Haus verbrachte, schlief sie bereits in seinem Zimmer. Er selbst wies Frau Schür darauf hin, dass ein Gästezimmer nicht gebraucht wurde. Isabell legte sich keinerlei Zwänge auf. Ihr Stöhnen übertönte alles, was mir in dieser Hinsicht bis dahin zu Ohren gekommen war. Ein widerliches Getue war es, so falsch wie alles an ihr.

Ich lag wach und sah im Geist den Mann auf dem Foto in ihren Armen. Gleichzeitig sah ich ihre langen roten Krallen über Roberts Rücken fahren. Mir war übel, ich hatte Kopfschmerzen und dachte an Piel, an seine endlosen Vorträge über meine Eifersucht. Ich war nicht eifersüchtig. Ich gönnte Robert von ganzem Herzen jedes Vergnügen, seine Lust und seine Befriedigung. Ich dachte mir nur, dass er mit einem Mädchen aus dem «Cesanne» mehr Ehrlichkeit bekommen hätte. Da hätten wir gewusst, woran wir waren.

Isabell war auch am nächsten Wochenende unser Gast und am übernächsten. Und sie verlor nicht viel Zeit, Robert gegen mich aufzuhetzen. Ende Februar wurde ich zufällig Zeugin eines Gespräches, das an ihrer Absicht keinen Zweifel ließ.

Sie waren im Keller, planschten ausgelassen im Schwimmbad herum. Eine Viertelstunde hatte ich ihnen Gesellschaft geleistet, allerdings nur auf dem Beckenrand gesessen. Schwimmen mochte ich nicht. Ich wusste gar nicht, ob ich es noch konnte. Eine geübte und ausdauernde Schwimmerin war ich eigentlich nie gewesen. Es hatte mir gereicht, gemächlich einige Bahnen durchs Wasser zu ziehen. Aber mit nur einem Arm hatte ich es noch nie probiert.

Als Isabell zu drängen begann, ich solle auch ins Wasser kommen, es sei so herrlich erfrischend, und falls nötig, könne sie mir Hilfestellung geben, ging ich nach oben, um mir etwas zu trinken zu holen. Ich brauchte im Februar noch keine Erfrischungen. Draußen waren es nur knapp fünf Grad über null, und sie benahm sich, als hätten wir Hochsommer.

Als ich zurückkam, saß sie auf dem Beckenrand und ließ die Beine ins Wasser baumeln. Ich hatte die Tür noch nicht erreicht, da hörte ich sie sagen: «Ich habe das Gefühl, deine Schwester mag mich nicht. Egal, was ich ihr anbiete, alles lehnt sie ab.»

Nun, so viel hatte sie mir noch nicht offeriert. Genau genommen war ihre Hilfestellung beim Schwimmen das erste Angebot gewesen. Und Robert sagte: «Mia ging auch früher nicht gerne ins Wasser.»

«Verstehe ich nicht», gab sie zurück und strampelte mit

den Beinen, dass ich das Wasser spritzen hörte. «Wenn ich einen Pool im Keller hätte, müsstest du mich rausprügeln.»

Warum saß sie dann auf dem Rand? Dass Robert sie rausgeprügelt hatte, glaubte ich kaum. Nach zwei Sekunden Stille fuhr sie fort: «Es ist nicht allein ihre Ablehnung von eben. Das kann ich ja noch verstehen, wenn ich nur einen Arm hätte, vielleicht hätte ich auch Angst.»

Ich hatte zwei Arme und hoffte, dass Robert sie darauf aufmerksam machte. Aber sie war noch nicht fertig.

«Ist dir noch nicht aufgefallen, wie sie mich immer anschaut? Manchmal habe ich das Gefühl, sie will sich in meinen Kopf bohren.»

Hätte ich das nur gekonnt, dann hätte ich es getan. Wieder hörte ich das Plätschern im Wasser. Robert verursachte keine Geräusche, er hielt sich mit spärlichen Bewegungen vor ihr auf der Stelle. Ich war langsam näher an die Tür gegangen und konnte ihn sehen, seinen Rücken, den Hinterkopf, seine Arme dicht unter der Wasseroberfläche. Und sie im Profil. Den Kopf hielt sie gesenkt, zeichnete mit den Beinen Kreise ins Wasser. Eine wunderhübsche Geste der Verlegenheit, um den nachfolgenden Worten das richtige Gewicht zu verleihen.

«Und da ist noch etwas, Robert. Es ist mir peinlich, dir das zu sagen. Aber ich glaube, sie hat in meinen Sachen geschnüffelt.»

Das war eine bodenlose Frechheit. Ich hatte nicht geschüffelt. Ihren Koffer hatte ich nicht angerührt, nur kurz in ihrer Handtasche nach dem Foto gesucht. Ich wollte es einmal mit der Lupe anschauen, um sicherzugehen, dass sie das Collier trug, das Robert ihr geschenkt hatte.

Nur hatte ich das Foto nicht gefunden. Weder dieses noch andere. Das raffinierte Luder hatte vermutlich begriffen, welchen Fehler sie gemacht hatte. Vielleicht hatte Robert ihr in seiner Gutgläubigkeit sogar von meiner Vermutung erzählt.

Ich wartete darauf, dass er sie energisch zurechtwies. Dass er zumindest sagte, sie müsse sich irren, mir käme nie der Gedanke, in den Sachen unserer Gäste zu schnüffeln. Das tat er nicht, stattdessen fragte er: «Bist du sicher?»

Da wusste ich, dass mir ein harter Kampf bevorstand, wenn ich ihm die Augen öffnen wollte.

Ich habe ihn verloren, meinen Kampf und meinen Bruder. Robert hat wohl noch begriffen, nur leider zu spät, viel zu spät. Er hat sie einfach unterschätzt, ihre Skrupellosigkeit nicht gesehen, ihre Kaltblütigkeit nicht einkalkuliert. Sie hat wahrhaftig nicht viel Zeit an ihn verschwendet.

3. Kapitel

Es war ein entsetzliches Gefühl, zu liegen, zu grübeln und zu wissen, dass ich jetzt allein war, wirklich und endgültig allein. Und Isabell feierte ihren Triumph – zusammen mit ihrem Bruder. Ich hätte sie auf der Stelle töten können, beide. Wenn ich nur in der Lage gewesen wäre, die Treppe hinaufzusteigen. Ich konnte nicht einmal von der Couch aufstehen.

Erst am späten Nachmittag schaffte ich es bis zur Toilette. In der Halle bemerkte ich das Polizeisiegel an der Tür zu Roberts Arbeitszimmer. Es war ein Witz, absurd war es, und ich konnte es mir nicht erklären. So dumm konnte dieser Wolbert nicht sein. Andererseits, wusste ich denn, was Isabell ihm alles erzählt hatte nach meinem Zusammenbruch?

Vielleicht war er ebenso auf ihre Masche hereingefallen wie Robert, der sich anfangs auch von haarsträubenden Fakten nicht überzeugen ließ. Und ich hatte eine Menge haarsträubender Fakten zusammengetragen.

Nach dem Wochenende im Februar, als ich begreifen musste, wie sehr Robert ihr bereits verfallen war, beauftragte ich einen Privatdetektiv. Ich hoffte, mit dem geeigneten Material könnte ich Robert zur Einsicht bringen. Schon nach zwei Tagen erhielt ich telefonisch einen ersten Bericht, der mir den Atem verschlug.

Ich hatte ihre Fingernägel richtig zugeordnet. Isabell Torhöven war ein Barmädchen, genauer gesagt, sie arbeitete als Animierdame in einem Nachtclub von zweifelhaftem Ruf. Und da wollte sie von drei Tropfen Cognac ihre Hemmungen verlieren? Wie hätte sie etwas verlieren können, was sie nie besessen hatte?

Der Detektiv hatte in den beiden Tagen noch mehr in Erfahrung gebracht. Unter anderem, dass Isabell vor einiger Zeit ein Verhältnis mit einem Gast begonnen hatte, das noch andauerte. Es war nicht nur eine Affäre, sie ließ sich aushalten von diesem Mann, ohne allerdings ihre Arbeit aufzugeben. Der Beschreibung nach musste es sich um den dunkelhaarigen Mann auf dem Foto handeln.

Ich wollte schon aufatmen. Doch einige Tage später legte mir der Detektiv etliche Fotos vor. Und die Aufnahmen zeigten Robert an Isabells Seite, vor ihrer Wohnung und in der Nachtbar. Er fuhr zu der Zeit häufig nach Frankfurt, zweimal pro Woche mindestens. Und er blieb meist über Nacht.

Dann lag ich in meinem Bett und wurde vor Schmerzen halb wahnsinnig. Am nächsten Morgen fuhr ich zu Piel und bettelte um Cliradon. Nach einem wohlmeinenden Vortrag bekam ich ein Rezept für ein anderes, wirkungsloses Mittelchen in die Hand gedrückt. Und zum Abschied wieder den Rat, dass ich mich von Robert löse, dass ich ihn freigeben müsse für ein eigenes Leben.

Piel fand es nicht weiter tragisch, dass mein Bruder sich mit einer Nutte eingelassen hatte. Wenn man ihn ein wenig ausnehmen sollte, es träfe doch keinen armen Mann. Am sinnvollsten sei es, Robert seine trübe Erfahrung allein machen zu lassen, wenn er ohnehin taub geworden wäre für meine Warnungen. Ich selbst könne daraus ebenfalls eine wichtige Erkenntnis gewinnen, meinte Piel.

Als ich mit siebenundzwanzig Jahren zum ersten Mal bei ihm in Behandlung gewesen war, hatte er mir ausführlich erklärt, meine Liebe zu Robert sei genau genommen eine ausgeprägte Hassliebe. Ich hätte meinen Bruder vom Tag seiner Geburt an beneidet, weil er all das besaß, was es für mich nicht gab und niemals geben konnte. Eine Mutter, die stets für ihn da war, nie ein lautes oder gar böses Wort an ihn verlor, die ihn mit ihrer warmherzigen Art einhüllte und ihm all die Zärtlichkeit gab, die er brauchte, die ich weder von einer Mutter und noch von sonst jemandem bekommen hatte. Und einen Vater, der in seinem Stolz auf den wohlgeratenen Sohn zeitweise über jedes normale Maß hinausschoss und hundertmal am Tag die Vorzüge und den Wissensstand «seines Roberts» herunterbetete, wobei er meine Existenz und meinen Anteil an Roberts Fortschritten geflissentlich übersah.

Damit sei Robert für mich zu einem gnadenlosen Räuber geworden, meinte Piel. Er hätte mir mit seinem sanften Wesen – im übertragenen Sinne – die letzte Scheibe Brot aus der Hand gerissen und mich, obwohl er selbst im Überfluss lebte, am ausgestreckten Arm verhungern lassen. Aber mein Stolz hätte mir niemals erlaubt, eine Entbehrung einzugestehen. Ich hätte mir und aller Welt beweisen müssen, dass es einen Menschen gab, der besser war als mein Bruder, nämlich mich.

Ich war es gewesen, die ihm das Laufen und das Sprechen beigebracht hatte. Ich war es gewesen, die mit Kunststückchen und allerlei Unfug ein Lächeln nach dem anderen auf sein Gesicht zauberte. Ich war es gewesen, die ihm während seiner Schulzeit Mathematikformeln erklärte und auch das eine oder andere Referat für ihn schrieb. Ich war es schließlich, die ihn aus Gips, aus Ton und aus Stein formte.

Ich hatte ihm beigebracht, schon mit fünfzehn ein Auto zu fahren. Ich hatte seine sexuelle Aufklärung übernommen. Kurz und gut, ich hatte keine Mühe gescheut, ihn für mich einzunehmen, an mich zu binden und von mir abhängig zu machen. Robert war mein wertvollster Besitz. Er war das Ding in meinem Leben, das mich über alle anderen hinaushob. Das konnte ich mir nicht wegnehmen, nicht beschädigen und erst recht nicht zerstören lassen von einer Isabell

Torhöven. Wenn jemand zerstören durfte, was ich geschaffen hatte, dann wäre ausschließlich *ich* das gewesen.

Ich habe niemals Robert, ich habe nur Piel gehasst für seine Ergüsse. Er degradierte meinen Bruder zu einem Stück Gips, Ton oder Stein. Nicht eine einzige Sekunde lang habe ich für Robert etwas anderes empfunden als Liebe und das Bedürfnis, ihn zu beschützen. Ich hatte ihn niemals um etwas beneidet. In all den Jahren hatte ich nichts weiter gesucht und gewollt als seine Nähe und sein Glück. Und Isabell Torhöven war sein Untergang.

Aber Piel wollte das nicht wahrhaben. Er kannte sie nicht, hatte noch nie einen Blick auf sie geworfen, kein einziges Wort mit ihr gewechselt und maßte sich doch ein Urteil über sie an. Im Grunde war das nur ein Beweis seiner Selbstüberschätzung.

Als er endlich begriff, dass die kleine Nutte andere Pläne hatte, als sich nur eine Weile von Robert aushalten zu lassen und dabei so viel wie möglich abzukassieren, legte Piel sich eine neue Meinung zu. Plötzlich vertrat er die Ansicht, der Beruf einer Frau ließe nicht unbedingt Rückschlüsse auf ihren Charakter zu. Dass er sich damit selbst widersprach, fiel ihm nicht auf.

Vor Jahren hatte er behauptet, mein Beruf, die Bildhauerei, zeige meine unterschwellig vorhandene Neigung zu Gewalttätigkeit. Es sei meine Art der Selbstkontrolle, mich mit Hammer und Meißel an einem Stück Stein auszutoben. Und es entspräche meiner Selbsteinschätzung, noch einem leblosen Ding meinen Willen aufzuzwingen, indem ich es in eine bestimmte Form brachte.

Ich begann damit, die Nächte, in denen Robert nicht heimkam, im «Cesanne» zu verbringen. Dabei kam ich zwangsläufig mit Serge ins Gespräch. Seine Ähnlichkeit mit Robert machte es mir leichter, ihm auch Dinge anzuvertrauen, über die ich normalerweise nicht sprach. Zum Beispiel, dass ich seit Jahren zu Piel ging, obwohl ich ihn für einen ausgemachten Stümper hielt.

Anfangs fragte Serge, warum ich nicht einfach den Therapeuten wechselte. Darauf gab es nur eine Antwort. Ich wollte nicht noch einmal von vorne anfangen, dieses Bohren und Stechen an all den Punkten, an denen es wehtat. Trostlose Kindheit, ein Bett voller Puppen, Plüschbären in allen Größen, aber nie ein gutes Wort, nie eine streichelnde Hand in den ersten sieben Jahren.

Und irgendwann sagte Serge: «Du brauchst keinen Seelenklempner, Mia. Du brauchst einen Mann, dann hast du zwei streichelnde Hände und einiges mehr. Wegen der paar Kratzer in deinem Gesicht solltest du keine Hemmungen haben. Du hast doch bestimmt Vorzüge, mit denen sich ein paar kleine Mängel ausgleichen lassen.»

Es ergab sich dann so. Mir war bis dahin nicht der Gedanken gekommen, mir einen Mann zu kaufen. Aber es hatte ein paar Vorteile. Wer zahlt, fühlt sich nicht wie ein Almosenempfänger. Und es lenkte ein wenig ab. Ich fragte mich jedenfalls nicht, in welchem Bett Robert gerade lag und wie viel er dafür zahlen musste.

Großartige Hoffnungen oder Illusionen machte ich mir nicht. Ich musste schließlich nur in den nächsten Spiegel schauen, um genau zu wissen, was einen Mann wie Serge Heuser veranlassen konnte, sich mit mir einzulassen. Aber es störte mich nicht. Geld hatte ich genug, und er war sein Geld wert.

Zeitweise dachte ich sogar daran, die Therapie bei Piel abzubrechen, ehe er mir erklären konnte, dass ich mit Serge am Ende meiner «rastlosen Suche nach einem Ersatz» angelangt sei. Jedes Mal, wenn ich mit ihm hinauf in seine kleine Wohnung stieg, war mir bewusst, wie Piel es beurteilen musste.

Ich glaube fast, es stellte einen besonderen Reiz dar. Ein wenig Phantasie und ein paar Drinks konnten die kleinen Unterschiede zwischen Serge und Robert völlig verwischen.

Ein paar Mal nahm ich mir vor, es ihm zu erzählen. Das tat ich dann doch nicht. Und die Therapie brach ich auch nicht ab. Manchmal war es ja ganz amüsant, sich Piels Versionen anzuhören. Wenn ich ihm lange genug zugehört hatte, kam ich oft selbst auf die Wahrheit, sofern es bei der Seele überhaupt eine Wahrheit gab.

Dann kam der zweite Bericht des Detektivs. Er war ausführlicher als der erste. Auch der Mann war sein Geld wert. Er hatte keine Mühe gescheut, Licht in Isabells Vorleben zu bringen.

Ihre Eltern waren tatsächlich sehr einfache Leute gewesen und an einer Lebensmittelvergiftung gestorben. Ihr Bruder Jonas wurde von ehemaligen Nachbarn als ehrliche Haut bezeichnet, ein fleißiger und redlicher junger Mann, der sich mit Nachtarbeit das Ingenieurstudium finanziert und die «Kleine», wie Isabell von ihren früheren Nachbarn genannt wurde, nach dem Tod der Eltern an der kurzen Leine gehalten hatte. Als Jonas ins Ausland ging, verschwand Isabell ebenfalls aus dem Mietshaus, in dem sie aufgewachsen war.

Aber der Detektiv hatte sich nicht nur in der Nachbarschaft umgehört. Und so kam einiges mehr zusammen. Isabell hatte nur ein knappes halbes Jahr bei einer Bank gearbeitet. Mit neunzehn hatte sie einen Mann kennen gelernt, Horst Fechner. Schon nach kurzer Zeit war sie zu ihm gezogen. Und verlassen hatte sie ihn erst an dem Tag, an dem die kleine Wohnung frei wurde, für die Robert sämtliche Kosten trug.

Das bedeutete, sie hatte noch in Horst Fechners Bett gelegen, als Robert ihr das Collier schenkte. Sie war nach ihrem ersten Besuch in unserem Haus und auch noch nach dem zweiten und dem dritten zurück zu diesem Mann gefahren.

Dass sie mich mit der Wohnung belogen hatte, kümmerte mich nur am Rande. Es bewies, dass ich mich nicht geirrt, dass ich in allen Punkten Recht gehabt hatte. Der Mann auf dem Foto konnte nur Horst Fechner sein.

Ich glaubte vor Wut zu platzen, als ich mir vorstellte, dass Robert sie hier zum Bahnhof gebracht, sich mit einem langen Kuss und ein paar sehnsüchtigen Worten von ihr verabschiedet hatte. Und in Frankfurt hatte Fechner sie schon erwartet. Da konnte sie ihm gleich berichten, dass alles hervorragend lief, dass man sich vielleicht nur vor Roberts Schwester ein bisschen in Acht nehmen müsse. Ein misstrauischer Mensch, diese Mia Bongartz, wachsam und hellhörig, keinesfalls so leicht zu täuschen wie ihr gutmütiger Bruder.

Ich war nach diesen Informationen absolut sicher, dass die Trennung von Fechner nur ein Täuschungsmanöver war. Von einer Kollegin aus der Nachtbar hatte der Detektiv erfahren, dass Isabell diesem Mann regelrecht hörig sei und auf seine Veranlassung auch mit Gästen der Bar schlief.

Damit war mir klar, was Robert ihr bedeutete. Sie und Fechner hatten wohl rasch erkannt, dass bei ihm mehr zu holen war als der Lohn für eine halbe Stunde. Also spielte sie Robert auf Fechners Betreiben das verliebte und anschmiegsame Weibchen vor.

Ich muss zugeben, dass mich der zweite Bericht des Detektiv einerseits aufregte und andererseits beruhigte. Vor diesen Fakten konnte Robert die Augen nicht verschließen. Er musste augenblicklich die Konsequenz ziehen, sollte ihm dieses Material unter die Augen kommen.

Warum habe ich es ihm nicht sofort gezeigt? Ganz einfach weil ich dachte, dass sich dieses saubere Pärchen mit etlichen zigtausend zufrieden gäbe und das Interesse verlöre. Und wie Piel gesagt hatte, es traf keinen armen Mann.

Ich war – weiß Gott – nicht einer Meinung mit Piel. Nur in dem einen Punkt stimmte ich mit ihm überein. Robert musste diese Erfahrung machen. Ich wünschte ihm keine Enttäuschung, wirklich nicht. Aber er wollte doch meine Hilfe nicht. Und ich wollte mich nicht aufdrängen, nicht ständig von ihm hören, ich solle mit Piel darüber reden. Vor allem wollte ich ihm nicht gewaltsam seine Illusionen nehmen. Das sollte Isabell selbst besorgen.

Ich ging von einigen Wochen aus, im Höchstfall einigen Monaten. Auch wenn Eifersucht in diesen Kreisen nicht üblich war, über kurz oder lang musste Horst Fechner es leid sein, sein Liebchen zu teilen. Für ihn stand eine Menge auf dem Spiel, wenn man es richtig bedachte. Er durfte es nicht so weit kommen lassen, dass dieses Luder ihn abservierte, weil es bei Robert bequemer und sie auf den Geschmack gekommen war.

Als dann der dritte Bericht des Detektivs kam, schien genau das eingetreten zu sein. Horst Fechner hatte die Wohnung aufgegeben, in der er fast vier Jahre lang zusammen mit Isabell gelebt hatte. Für mich war es ein herber Rückschlag.

Vier weitere Wochen bezahlte ich den Detektiv für die Observation von Isabells Wohnung und der Nachtbar. Ich war sicher, dass Horst Fechner seine Goldeselin nicht so ohne weiteres aufgegeben hatte. Ich wollte ein aktuelles Foto von ihm und bekam nur noch eine saftige Rechnung. Fechner war untergetaucht.

Wie vom Erdboden verschluckt, sagte der Detektiv und bedauerte: «Es heißt, er hätte sich ins Ausland abgesetzt. Mit Bestimmtheit kann ich es leider nicht sagen. Ich habe nur ein paar Gerüchte in der Bar aufgeschnappt.»

«Und warum?», fragte ich. «Es muss doch einen Grund geben.»

Der Detektiv hob vielsagend die Schultern. «Bei solchen Kerlen weiß man nie, ob sie Ärger mit der Polizei oder mit ihren Kumpanen haben. Bei Fechner scheint beides zuzutreffen.»

«Es könnte auch eine Finte sein», sagte ich. «Vielleicht hat er bemerkt, dass Isabell unter Beobachtung stand. Er kann es nicht riskieren, in ihrer Nähe gesehen zu werden, solange mein Bruder bei ihr ein und aus geht.»

Dass Fechner ihn bemerkt hatte, glaubte der Detektiv nicht. Er verstehe seinen Job und sei vorsichtig gewesen, meinte er und riet mir abzuwarten. Seiner Ansicht nach musste sich Isabells große Liebe zu Robert bald in Rauch verwandeln.

«Sie können getrost auf die Sehnsucht vertrauen», sagte er und grinste. «Nach allem, was ich über die Affäre gehört habe, hält sie es ohne Fechner keine vier Wochen aus. Glauben Sie einem alten Hasen. Ich kenne diese Sorte. Möglich, dass sie von einem Dasein als umsorgte Ehefrau träumt. Aber leben könnte sie so nicht. Die braucht den Nervenkitzel und ab und zu eine Tracht Prügel. Das bekommt sie von Ihrem Bruder nicht. In ein paar Wochen macht sie sich aus dem Staub und auf die Suche nach ihrem Herrn und Meister, verlassen Sie sich darauf.»

Es klang tröstlich, eine Garantie, auf die ich vertrauen könnte, war es jedoch nicht. Ich beauftragte ihn, weiter zu observieren und Fechners Aufenthaltsort in Erfahrung zu bringen. Dann konnte ich Isabell einen guten Tipp geben, wenn die Sehnsucht sie übermannte. Sollte das nicht geschehen, wollte ich ein wenig nachhelfen. Ich spielte mit dem Gedanken, ihr eine gewisse Summe zu bieten, wenn sie freiwillig verschwand.

Und nur drei Tage später eröffnete Robert mir, dass er sie heiraten wollte. Das war Anfang April. Der Termin stand bereits fest.

Es kam so unvermittelt. Er zog mir den Boden unter den Füßen fort. Im ersten Moment wusste ich gar nicht, was ich antworten sollte. Dann versuchte ich, ihm schonend beizubringen, was ich erfahren hatte. Ich dachte, ich hätte genug in der Hand.

Nur wollte ich nicht gleich mein schwerstes Geschütz auffahren und begann behutsam: «Du solltest nichts überstürzen, Robert. So lange kennst du sie doch noch nicht. Sie ist jung und sehr hübsch, ich verstehe durchaus, dass sie dich reizt. Wenn du mit ihr schlafen willst, tu das. Andere tun es auch. Sie ist eine Nutte.»

Robert reagierte zuerst mit Erstaunen. «Unsinn, Mia, wie kommst du auf so eine absurde Idee?» Als ich ihm darauf nicht gleich antwortete, meinte er: «Ich weiß, dass du Isa nicht magst. Aber ich muss dich doch bitten, dich mit deinen Ausdrücken zu mäßigen.»

«Frauen, die vier Jahre lang mit einem Zuhälter zusammenleben, sich auf sein Kommando mit anderen Männern ein- und von ihnen aushalten lassen, nennt man aber so», sagte ich.

Robert kniff irritiert die Augen zusammen. «Woher weißt du von Fechner?»

«Heißt das, du weißt auch von ihm?», fragte ich.

«Zuerst bekomme ich eine Antwort», verlangte er.

Also erzählte ich ihm, dass ich mir Sorgen um ihn gemacht und zu seinem Schutz einen Detektiv engagiert hatte, der im Verlauf seiner Tätigkeit einige unerfreuliche Tatsachen ans Licht gebracht hatte.

Zu Beginn meiner Erklärung lächelte Robert noch. Als ich zum Ende kam, fragte er: «Findest du das fair, Mia?»

Dann begann er, fing an mit einem: «Es tut mir Leid, Mia.» Er hatte mich belogen. Mehrfach versicherte er, es sei nicht Isabell gewesen, die ihn veranlasst habe, mir gegenüber nicht offen zu sein. Das glaubte ich ihm nicht. Ich war mir sicher, er hatte ihr gleich zu Beginn ihrer Bekanntschaft von mir erzählt, von unserer Vertrautheit, von dieser intensiven Beziehung. Und sie hatte ihm geraten zu schweigen, damit ich ihre Rechnung nicht durchkreuzen konnte, ehe sie aufgegangen war.

Er kannte sie bereits seit zwei Jahren und hatte in der ganzen Zeit kein Wort darüber verloren. Er hatte mir sogar andere Frauen vorgestellt, allerdings nicht, um mich zu täuschen. «Ich wollte Isa nicht an mich binden», sagte er. «Sie erschien mir viel zu jung. Ich wollte ihr nur helfen, sich von Fechner zu lösen.»

Kennen gelernt hatte er sie nach einer erfolgreichen geschäftlichen Transaktion. Ein Finanzmakler hatte ihn in diese Bar eingeladen, um einen Triumph zu feiern. An dem Abend war sie nur ein hübsches, junges Ding gewesen, amüsant und unterhaltsam. Ein Mädchen, mit dem man ein paar nette Stunden verbrachte. Ob diese Stunden in seinem Hotelzimmer ihren Ausklang fanden, sagte er mir nicht. Ich wollte es auch gar nicht so genau wissen.

Im ersten Jahr hatte er sie nur gelegentlich gesehen, wenn er über Nacht in Frankfurt bleiben musste und nicht den ganzen Abend allein im Hotel sitzen wollte. Nach und nach hatte sie ihm das Drama ihrer Existenz offenbart. Und dabei waren sie sich allmählich näher gekommen – wohl ungefähr so, wie ich Serge Heuser näher gekommen war.

An eine feste Beziehung hatte Robert zu Anfang nicht gedacht. Und noch vor sechs Monaten habe es den Anschein gehabt, dass es mit ihr keine gemeinsame Zukunft geben könne, sagte er. Deshalb hatte er versucht, Abstand zu wahren, sie nicht so nahe an sich heranzulassen, dass ein endgültiger Abschied schmerzte.

So wie er es schilderte, wurde mir rasch klar, dass er mehrfach versucht haben musste, den Schlussstrich zu ziehen. Nur konnten Isabell und ihr Liebhaber das nicht zulassen. Einen fetten Fisch ließ man nicht wieder von der Angel. Man hielt ihn fest am Haken und zog ihn behutsam an Land. Ich begriff, warum Fechner untergetaucht war. Nur um Robert den Eindruck zu vermitteln, die Bahn sei frei. Im Dezember hatten sie dieses Spielchen schon einmal mit ihm getrieben.

Als ich bei Lucia in Spanien war und ihn mit Olaf Wächter in der Schweiz wähnte, als er mich jeden Abend anrief, um zu fragen, ob es mir gut ginge, als ich ein halbes Dutzend Ansichtspostkarten aus dem Skiurlaub von ihm erhielt, hatte er vier Wochen mit Isabell verbracht – in der Wohnung, die Horst Fechner gemietet hatte und normalerweise mit ihr teilte. Fechner hatte angeblich zur selben Zeit eine kurze Haftstrafe verbüßt. Und Olaf war allein in der Schweiz gewesen, ausgestattet mit einem halben Dutzend vorgeschriebener Postkarten. Den Vorschlag, mich auf diese Weise zu hintergehen, hatte er gemacht. Von selbst wäre Robert auch nicht auf solch eine Idee gekommen.

An Fechners Haftstrafe glaubte ich nicht. Das hätte der Detektiv garantiert in Erfahrung gebracht und auch mit Freuden berichtet. Der gesamte Rest war mehr als ein Schock für mich.

In ein Flugzeug gesetzt wie ein Gepäckstück, das sonst nur im Weg war. Jeden Abend am Telefon belogen, vermutlich während Isabell daneben stand. Da musste bei ihr der richtige Eindruck entstanden sein.

«Ich wollte dich nicht hintergehen, Mia», sagte Robert.

«Ich wollte nur verhindern, dass du dir Sorgen machst. Und das hättest du getan, wenn ich dir gesagt hätte, dass Isa mit einem vorbestraften Mann zusammenlebt, der zurzeit mal wieder einsitzt. Olaf meinte, mit den Postkarten könnte ich mir ein bisschen Luft verschaffen.»

Er begriff nicht, was er angerichtet hatte, als er dieser widerlichen Nutte und ihrem Zuhälter vormachte, dass man mich getrost an der Nase herumführen durfte.

Persönlich kennen gelernt hatte Robert Horst Fechner nie. Ein paar Fotos von ihm hatte er gesehen und eine Menge über ihn reden hören. Das meiste natürlich von Isabell, aber er hatte auch in der Bar ein wenig aufgeschnappt. Ein unangenehmer Zeitgenosse, brutal und gewöhnlich. Dabei durchaus attraktiv, genau der Typ, der auf junge Frauen eine bestimmte Wirkung habe, meinte Robert.

«Sie hat zu spät bemerkt, mit wem sie sich eingelassen hatte. Und sie hatte nicht den Mut und die Kraft, sich von ihm zu trennen. Er war lange Jahre der Einzige, der in gewisser Hinsicht für sie sorgte. Sie fühlte sich abhängig und verpflichtet. Du darfst nicht übersehen, wie jung sie noch ist, Mia. Sie hatte doch nie die Chance, Selbstbewusstsein zu entwickeln.»

Immer wieder habe Isabell betont, dass sie Horst Fechner verlassen wolle. Und stets habe sie sich vor seiner Reaktion gefürchtet. Angeblich hatte er ihr gedroht, ihr hübsches Gesicht in Streifen zu schneiden, ihr jeden Knochen zu brechen und ihr sämtliche Zähne auszuschlagen, wenn sie ihren Koffer packen sollte.

Natürlich hatte Robert ihr geglaubt. Sie hatte ihm wohl auch verschiedentlich Verletzungen gezeigt.

«Er hat sie mehr als einmal geschlagen», sagte er. «Nicht nur mit Händen oder Fäusten. Mir hat sich der Magen umgedreht, als ich ihre Wunden sah.»

Und wie hätte es anders sein können, Robert hatte sich verpflichtet gefühlt, diesem armen, bedauernswerten Geschöpf zu helfen. Ihn interessierte nicht, wie der Detektiv Isabell eingeschätzt hatte. Schwachsinn nannte er das.

«Mia, ich liebe sie», sagte er. «Ich liebe sie mehr, als ich dir begreiflich machen kann. Und ich kenne sie lange und gut genug, um zu wissen, dass sie mich ebenfalls liebt. Zu Anfang war es von ihrer Seite aus vielleicht nur Dankbarkeit. Aber jetzt ist es mehr, viel mehr. Ich verstehe, dass du Bedenken hast. Gib ihr trotzdem eine Chance, bitte, tu es mir zuliebe.»

Er verlangte von mir, dass ich augenblicklich aufhörte, hinter ihr herspionieren zu lassen, anderenfalls müsse er ernsthaft in Betracht ziehen, ein Haus zu suchen, in dem er in Frieden mit Isabell leben könne.

«Wenn dieser Detektiv noch Geld zu bekommen hat, gib es ihm», sagte er. «Und sag ihm, damit sei der Auftrag erledigt. Wir legen keinen Wert darauf zu erfahren, wo Horst Fechner sich derzeit aufhält, mit wem er sich trifft und wie er sich die Zeit vertreibt. Wenn du dich nicht daran hältst, Mia, wenn du irgendwann mit neuen Erkenntnissen aufwartest, dann gehe ich. Und wenn ich vorübergehend in ein Hotel ziehen muss.»

Ich fühlte mich so hilflos, war nach diesem Gespräch tagelang wie gelähmt und so verzweifelt, dass ich keinen klaren Gedanken fassen konnte. Nicht einmal meinen wöchentlichen Termin bei Piel konnte ich wahrnehmen. Stattdessen fuhr ich zu Olaf Wächter. Ich machte ihm Vorwürfe. Er rechtfertigte sein Verhalten auch noch, machte erst gar nicht den Versuch zu bestreiten, dass er Robert zu diesem Betrug angestiftet hatte.

«Es wurde höchste Zeit», sagte er. «Auf diese Weise konnte er sich zumindest über seine Gefühle für Isa klar werden.

Die vier Wochen haben ihm auch genug Mumm gegeben, dir endlich einmal die Stirn zu bieten. Seit Monaten wollte er mit dir reden und wagte es nicht. Dass du ein Haar in der Suppe findest, wusste er ebenso gut wie ich. Aber Gott sei Dank lässt er sich davon nicht beeinflussen, bis jetzt jedenfalls nicht. Damit das so bleibt, wäre es wirklich die beste Lösung, wenn er vorübergehend in ein Hotel zieht und ein Haus für sich und Isa sucht.»

Von Horst Fechner wollte Olaf nichts hören. Robert hatte ihm einiges erzählt. Ihm reichte das. Er warf nicht einmal einen Blick auf die Berichte des Detektivs, winkte nur ab, als ich sie ihm auf den Schreibtisch legte.

Zwei Wochen vor der Hochzeit zog Isabell bei uns ein. Es war mein Vorschlag. Auf diese Weise wollte ich Robert zeigen, dass es keinen Grund gab, mich zu verlassen. Und ich glaubte auch, sie kontrollieren zu können, wenn sie in meiner Nähe war.

Robert war erleichtert und dankbar, dass ich mir alle erdenkliche Mühe gab. Manchmal kam er mir vor wie ein großer Junge, der sich über ein Geschenk freute. Er genoss diese beiden Wochen in vollen Zügen. Jede freie Minute verbrachte er mit ihr. Er schlief bei ihr in einem der Gästezimmer, ließ in der Zeit sein altes Zimmer herrichten, alles nur vom Feinsten. Er überhäufte sie mit Geschenken. Kein Wochentag verging, an dem er nicht mit ihr in die Stadt fuhr, an dem sie nicht mit neuer Garderobe, Schmuckstücken oder anderen Dingen zurückkam. Und am Wochenende führte er sie aus, ging mit ihr ins Theater, in Restaurants, in ein Konzert.

Für mich waren diese vierzehn Tage bis zur Hochzeit eine einzige Qual. Mit jeder Stunde verlor ich ein Quäntchen mehr von der letzten Hoffnung, dass Isabell noch verschwand. Wo Fechner sich aufhielt, hatte ich leider nicht mehr erfahren. Aber ich war überzeugt, dass er sich in unserer Nähe herumtrieb und sie davon wusste. Dass sie nur deshalb der Trauung so gelassen entgegenschauen konnte, weil Fechner jederzeit für sie erreichbar war.

Ich war bereit, ihr zu folgen, sollte sie allein in die Stadt fahren. Nur ging sie ohne Robert keinen Schritt vor die Tür. Ich schlief meist nur ein paar Stunden am Nachmittag, wenn sie zusammen unterwegs waren. Nachts passte ich auf, ob sie mit Fechner telefonierte. Aber so dumm war sie nicht, das im Haus zu tun.

Wenn Robert einmal keine Zeit für sie hatte, hing sie an meinen Fersen und war sanft wie ein Lamm. Ausführlich ließ sie sich erklären, wie sich Roberts Tagesablauf normalerweise gestaltete, wie unser Haushalt funktionierte, wer sich um den Garten kümmerte und so weiter und so weiter. Mehrfach stellte sie fest: «Dann gibt es für mich hier aber nicht viel zu tun.»

«Es gibt eine Menge zu tun für dich», widersprach ich. «Eine gute Ehe führen und dafür sorgen, dass Robert glücklich ist.»

Sie lachte mich aus. «Dafür muss ich nicht sorgen, Mia. Das ist er schon.»

Ja, das war er, beide Augen mit der rosa Brille bedeckt, beide Ohren mit Liebesgeflüster verstopft, das Hirn in den siebten Himmel entführt. Und er war nicht der Einzige, der sich von Isabells Show täuschen ließ.

Zwei Tage vor der Trauung traf Lucia ein und ließ sich um den kleinen Finger wickeln wie ein Gummiband. Mehr als einmal hörte ich von ihr: «Roberto hat eine sehr gute Wahl getroffen. Sie ist ein liebes Mädchen und so hübsch.»

Die kleinen Nadelstiche, die sich mir tief ins Fleisch bohrten, nahmen weder Robert noch Lucia wahr. Isabell ließ sich keine Gelegenheit entgehen, mich massiv auf meine Behinderung oder mein Aussehen zu stoßen. Aber das tat sie nur, wenn sie mit mir allein war. Und jedes Mal kleidete sie ihre Anspielungen in das Mäntelchen des rein menschlichen Interesses.

«Hast du noch nie daran gedacht, dein Gesicht operieren zu lassen, Mia? Wenn ich solche Narben hätte, hätte ich mich längst unters Messer gelegt. Die plastische Chirurgie kann doch heute so viel. – Warum hast du damals nicht angefangen zu malen, Mia? Das muss doch auch mit einem Arm möglich sein. Und Robert sagte, du hast immer sehr gut gezeichnet. – Darf ich dich etwas fragen, Mia? Halt mich nicht für unverschämt, es interessiert mich wirklich. Wie machst du das mit nur einer Hand, wenn du dir den BH anziehst oder die Strümpfe? Ich könnte das nicht.»

Es war regelrechter Psychoterror. Manchmal dachte ich, sie sei bei Piel in die Lehre gegangen. Sie wusste jedenfalls genau, an welchen Stellen sie mich treffen konnte. Ich sprach mehrfach mit Piel darüber. Er vermutete, meine Probleme mit Isabell begründeten sich in ihrem Aussehen. Eine gesunde, hübsche, junge Frau an der Seite meines Bruders, da müsse ich zwangsläufig befürchten, meine Macht über Robert zu verlieren.

Niemand wollte sehen, was tatsächlich vorging, niemand wollte begreifen. Selbst Lucia war taub für Horst Fechner und Isabells Vergangenheit. Sie hörte mir nur mit gerunzelter Stirn zu und meinte: «Hast du nicht damals auch vermutet, Marlies habe unlautere Absichten?»

Das hatte ich eigentlich nicht. Ich hatte nur kurzzeitig angenommen, da sei noch ein anderer Mann im Spiel. Marlies war als Siebzehnjährige für einige Wochen mit einem Studenten liiert gewesen. Sie sprach offen über diese Beziehung und schien ihr irgendwie nachzutrauern. Das hatte mich natürlich stutzig gemacht. Aber das hatte sich als völlig harmlos herausgestellt. Der Student war für Marlies nur die erste große Liebe gewesen, ein umgänglicher junger Mann aus guten Verhältnissen, kein Vergleich mit Horst Fechner.

Nur wollte Lucia das nicht wahrhaben. «Roberto hat dir erklärt, dass du dich geirrt hast», sagte sie. «Warum willst du das nicht einsehen, Mia? Du hast ein Foto gesehen, auf dem Isa eine Halskette trägt und neben ihrem Bruder steht. Und daraus machst du eine üble Geschichte von einem anderen Mann. Das ist nicht richtig, Mia. Es gab zwar einen anderen Mann, Isa hat mir von ihm erzählt. Aber sie ist glücklich, dass er fort ist.»

Lucia lud Robert und Isabell ein, die Hochzeitsreise in Spanien zu verbringen. Für mich waren es noch einmal vierzehn Tage, in denen ich wie auf glühenden Kohlen saß. Es mochte ja sein, dass ich mich bei dem Foto geirrt hatte. Aber Fechner war kein Hirngespinst, er existierte. Und wenn Robert mir noch hundertmal am Telefon beteuerte, dass er über allen Wolken schwebe. Ich wusste, dass Isabell ihn rasch zurück auf die Erde holen würde.

Ich hatte Recht. Nur dass sie ihn auch noch ein Stück weit hineinstoßen wollte, das hatte ich nicht erwartet.

Wolbert und sein schweigsamer Lehrling kamen am Samstagvormittag zurück, um ihre Farce von Ermittlung fortzusetzen. Sie kamen nicht gleich zu mir, sondern schauten sich zuerst gründlich in Roberts Arbeitszimmer um.

Freitags hatten sie den Raum nicht betreten können, die Tür war verschlossen gewesen, und der Schlüssel lag entweder im Polizeipräsidium oder in der Gerichtsmedizin. Robert hatte ihn bei sich getragen. So hatten sie nur das Siegel aufs Türschloss geklebt für den Fall, dass es noch einen zweiten Schlüssel im Haus gab, was jedoch nicht zutraf.

Es war mehr als seltsam. In all den Jahren hatte Robert

niemals sein Arbeitszimmer verschlossen. Frau Schür erzählte mir später, sie habe schon donnerstags nicht mehr hineingehen können, um Staub zu wischen und den Boden abzusaugen. Ich konnte mir das nicht erklären.

Wolbert meinte, die verschlossene Tür sei ein Beweis, dass Robert auf eine wichtige Nachricht gewartet habe und verhindern wollte, dass jemand aus der Familie sie entgegennahm.

Etwa eine halbe Stunde nachdem sie ins Haus gekommen waren, hörte ich die beiden Männer hinaufgehen. Sie unterhielten sich eine Weile mit Isabell und Jonas. Frau Schür nutzte die Zeit, mir wenigstens einen Kaffee aufzudrängen. Als sie die beiden Polizisten dann ins Atelier führte, gab Wolbert sich erfreut, mich in besserer Verfassung vorzufinden.

Es war der blanke Hohn. Ich musste schlimm aussehen, viel schlimmer als am Tag zuvor. Seit sie mich nach meinem Zusammenbruch auf die Couch gelegt hatten, hatte ich mein Atelier nur zweimal kurz verlassen, um zur Toilette zu gehen. Ich hatte mich nicht gekämmt, nicht gewaschen, nicht umgezogen. Ich hatte nicht zu Abend gegessen und nicht gefrühstückt. Ich hatte auch niemanden angerufen, weder Lucia noch Olaf, von Serge ganz zu schweigen. Ich konnte mit niemandem reden, ich konnte es nicht aussprechen.

Jetzt sprach Wolbert es aus. Eine Kugel in die linke Schläfe. Ein sehr kleines Kaliber, keine Austrittswunde. Weitere Erkenntnisse sollte der gerichtsmedizinische Befund liefern. Wolbert fragte mich, ob Robert Linkshänder gewesen sei. Ich begriff sofort, worauf er hinauswollte, und schüttelte den Kopf.

Robert war sehr geschickt mit der linken Hand gewesen, etwas geschickter noch als mit der rechten. Aber er konnte sich nicht selbst getötet haben. Das war völlig ausgeschlossen. Auch Wolbert musste das einräumen. Immerhin hatten sie keine Waffe bei Robert gefunden, nicht einmal eine Patronenhülse.

«Entweder hat der Mörder die Hülse mitgenommen», sagte Wolbert. «Oder er hat einen Trommelrevolver benutzt.»

Er fragte nach Waffen, nur der Form halber, wie er betonte.

Robert hatte eine Pistole besessen, ordnungsgemäß mit Waffenschein. Es hatte vor einigen Jahren eine Serie von äußerst brutal durchgeführten Raubüberfällen in unserem Viertel gegeben. Keine Alarmanlage, kein Wachhund und nicht der eingeschaltete Sicherheitsdienst hatte den Tätern Einhalt gebieten können. Robert war – wenn auch ungern – dem Beispiel einiger Nachbarn gefolgt und hatte sich die Waffe zugelegt. Wo er sie aufbewahrt hatte, wusste ich nicht.

«In seinem Schlafzimmer», sagte Wolbert und lächelte. «Wir haben die Pistole sichergestellt. Das ist eine Formsache. Ich bin sicher, dass eine Untersuchung sie als Tatwaffe ausschließt. Kaliber sieben fünfundsechzig, da wäre die Kugel ausgetreten. Andere Waffen sind nicht im Haus?»

Ich schüttelte erneut den Kopf.

Vor einigen Wochen hatte ich Serge gebeten, mir eine Waffe zu besorgen, was er auch prompt erledigt hatte. Ein kleiner Revolver der Marke Colt mit einer Schachtel der dazugehörigen Munition, Kaliber zweiundzwanzig.

Robert hatte das Ding in meinem Atelier gefunden und es mir weggenommen. «Was soll das, Mia?», hatte er gefragt. «Was willst du mit diesem Spielzeug?»

Was wohl? Wenn man sich zehn Jahre lang mit unerträglichen Schmerzen quält. Wenn man sich regelmäßig einmal in der Woche von einem Stümper anhören muss, dass es keine organische Ursache gibt, dass es nur die Angst ist, den Bruder oder zumindest die Kontrolle über ihn zu verlieren.

Wenn man begreifen muss, dass der einzige Mann, der einem alles bedeutet, nach Strich und Faden betrogen wird und beide Augen vor der Wirklichkeit verschließt. Wenn man Nacht für Nacht erleben muss, wie er im Nebenzimmer um ein bisschen Zärtlichkeit bettelt. Wenn er tagsüber nur noch mit diesem gequälten Blick herumläuft. Wenn er jedes Wort und jeden gut gemeinten Ratschlag mit einem «Bitte, Mia, hör endlich auf damit» quittiert. Was soll man dann wohl mit einem kleinen Colt tun wollen?

Robert hatte ihn versteckt. Aber ich hatte nicht lange gebraucht, ihn wieder zu finden. Nur hatte ich ihn nicht wieder an mich genommen. Ich hatte gedacht, es reiche, wenn ich im Notfall wusste, wo er lag.

Jetzt fragte ich mich, ob Isabell es auch gewusst hatte. Kleines Kaliber, keine Austrittswunde. Ich war mir ziemlich sicher, mit welcher Waffe Robert erschossen worden war. Ob Isabell den Colt beiseite geschafft oder ob sie die Dreistigkeit besessen hatte, ihn zurück an seinen Platz zu legen? Nein, wahrscheinlich nicht. So dumm konnte sie nicht sein. Wenn die Mordwaffe im Haus gefunden wurde, war es nur noch ein kleiner Schritt bis zur Mörderin.

Die halbe Nacht hatte ich damit zugebracht, mir vorzustellen, dass Robert jetzt in einem Kühlfach der Gerichtsmedizin lag. Und sie lag in dem warmen Bett, das er mit ihr geteilt hatte. Ich hatte überlegt, wie ich mich verhalten sollte, wenn die Polizei mit weiteren Fragen kam. Meinen Verdacht offen aussprechen? Was heißt Verdacht, meine Gewissheit.

Nein! Isabell war allein meine Sache. Ich wollte nicht zusehen müssen, wie sie abgeführt wurde. Ich wollte nicht hören, dass ein Richter sie zu ein paar läppischen Jahren Gefängnis verurteilte. Das war zu billig. Also schwieg ich, erwähnte mit keinem Wort, dass Robert kurz vor seinem Tod noch einmal bei mir gewesen und dann nach oben gegangen war. Nicht allein, wohlgemerkt, nicht allein!

Anfangs war Wolbert nett und unaufdringlich. Obwohl er Unmengen von Fragen stellte, wirkte er in keiner Weise neugierig oder penetrant, nur bemüht. Der Freund und Helfer in der Not, der nichts auf das gab, was andere ihm eingeflüstert haben mochten. Das änderte sich jedoch, gerade als ich begann, ihn für einen fairen Mann zu halten.

«Sie hatten in der Nacht einen Streit mit Ihrem Bruder.» Eine Frage war das nicht mehr. Er stellte es als Tatsache in den Raum.

«Ich kann mich an keinen Streit erinnern», sagte ich.

Doch woran ich mich erinnerte, spielte bereits keine Rolle mehr. Isabell und Jonas hatten die Zeit, die ich nutzlos mit konfusen Gedanken und grausamen Vorstellungen verplempert hatte, weidlich genutzt, die Arbeit der Polizei nach Kräften zu unterstützen. Wie Wolbert es aussprach, waren es nur noch Feststellungen, die er von mir bestätigt sehen wollte.

Sie hatten in letzter Zeit häufig Auseinandersetzungen mit Ihrem Bruder! Sie hatten in der Nacht zum Freitag Alkohol getrunken, zusätzlich gab Ihnen Ihr Bruder ein starkes Medikament gegen Ihre Schmerzen! Könnte es sein, dass diese Kombination die Ursache Ihrer Gedächtnislücke ist? Hatten Sie in letzter Zeit häufiger Schwierigkeiten mit Ihrem Erinnerungsvermögen?

Nein, verdammt! Möglich, dass mir hin und wieder einige Stunden fehlten. Zugegeben, die letzte halbe Stunde mit Robert gehörte dazu. Aber gestritten hatten wir nicht. Wir hatten überhaupt nie gestritten.

Während Wolbert fortfuhr mit seinen Fragen, die gar keine waren, schlenderte sein Lehrling durch mein Atelier. Zuerst stand er vor einem der Fenster, schaute hinaus in den Garten und murmelte etwas von herrlicher Aussicht. Dann wurde er von dem Tisch angezogen, auf dem meine Werkzeuge lagen.

Seit zehn Jahren lagen sie dort, bis auf einen Meißel ungenutzt. Nach dem Unfall hatte ich nicht mehr arbeiten können. Bildhauerei mit nur einem Arm ist unmöglich. Versucht hatte ich es, aber irgendwann hatte ich kapitulieren müssen.

Die Plastik, an der ich zuletzt gearbeitet hatte, stand in einer Ecke des Raumes. Sie war mannshoch und mit einem Tuch abgedeckt. Meine letzte Arbeit, meine beste. Die letzte ist immer die beste, solange sie nicht vollendet ist. Zyklop hatte ich sie nennen wollen, obwohl sie nicht viel Ähnlichkeit mit dem einäugigen Riesen der griechischen Sage aufwies.

Es kam mir später vor wie ein böses Omen. Später war ich der Zyklop. Ich hoffte nur, dass der neugierige Bengel das Tuch nicht fortzog und auch noch damit begann, mir dumme Fragen zu stellen.

Wir hatten gefeiert damals, Robert, Marlies, Olaf Wächter und ich, die Teilübernahme des «Cesanne». Olaf verabschiedete sich kurz vor Mitternacht, verwies auf sein Büro, in dem man ihn am nächsten Tag pünktlich um neun hinter seinem Schreibtisch erwartete. Robert, Marlies und ich blieben noch.

Es war sehr lustig und sehr feucht. Wir blieben, bis die Bar schloss. Dann machten wir uns auf den Heimweg. Robert saß am Steuer, Marlies neben ihm. Sie hatte hinten einsteigen wollen, aber ihr Platz, fand ich, war an Roberts Seite. Also quetschte ich mich auf den Notsitz, direkt hinter Marlies. Ich wollte Robert sehen. Hätte ich hinter ihm gesessen, wäre mir das nicht möglich gewesen. Er war so guter Laune, rundherum glücklich und zufrieden.

Im Laufe des Abends hatte er etliche Gläser Champagner getrunken, jedoch nicht genug, um fahruntüchtig zu sein. Es reichte nur aus, ihn seine gewohnte Vorsicht vergessen zu lassen. Richtig wagemutig wurde er. Und wir hatten anfangs auch noch unseren Spaß daran, fühlten uns mit dem Champagner im Blut und dem sanften Nebel im Hirn ein bisschen wie auf der Achterbahn.

Dann setzte Robert kurz vor einer unübersichtlichen Kurve zum Überholen an. Es gab Gegenverkehr. Ich sah das Scheinwerferpaar auf uns zukommen. Robert sah es natürlich auch und versuchte, wieder einzuscheren. Aber da war dieser Lastzug, den er hatte überholen wollen.

Marlies war auf der Stelle tot. Es hatte ihr den Kopf weggerissen. Er fiel nach hinten. Die Feuerwehr brauchte Stunden, um sie und mich aus dem Wrack zu schneiden. Ich habe nichts davon gesehen oder gehört. Der Anblick ihres abgetrennten Kopfes in meinem Schoß blieb mir gnädigerweise erspart, Robert leider nicht. Er hatte nur ein paar unerhebliche Verletzungen davongetragen, hatte sich selbst befreien können und noch vor dem Eintreffen der Rettungsmannschaft versucht, uns zu helfen.

Es hat ihn beinahe um den Verstand gebracht. Er dachte, ich sei ebenfalls tot, weil mein Gesicht einen ähnlichen Anblick bot wie der Halsstumpf auf dem Vordersitz. Die rechte Hälfte einfach wegrasiert. Es muss ausgesehen haben wie ein gespaltener Schädel. Das Wangenbein war nur noch eine zersplitterte Masse, Kieferknochen und Zähne lagen bloß. Die rechte Schulter war völlig zertrümmert.

Monatelang lag ich in einer Klinik. Meinen rechten Arm habe ich nur dank eines hoch qualifizierten Chirurgen behalten. Er ist steif, aber er hängt zumindest noch von meiner Schulter. Mein rechtes Auge war nicht zu retten, die Beziehung zu Olaf auch nicht.

Er besuchte mich jeden Tag, wechselte sich mit Robert ab, saß Stunde um Stunde neben meinem Bett, als ich noch gar nicht wieder bei Bewusstsein war. Von Robert hörte ich später, dass Olaf sich in den ersten Tagen nicht für eine Minute von meiner Seite gerührt hatte. Meine linke Hand gehalten und gebettelt – lass mich nicht allein, Mia, ich liebe dich, ich brauche dich und so weiter.

Als ich endlich aufwachte, machte er mir einen Heiratsantrag. Er schwärmte wie ein Pennäler. Hochzeitsreise in die USA. «Es wird traumhaft, Mia. Niagarafälle, Las Vegas, was immer du möchtest, Mia.» Und anschließend der Einzug ins neue Heim. Er hatte tatsächlich schon ein Haus für uns beide gekauft.

«Warum?», fragte ich. «Unser Haus ist groß genug für vier Personen. Selbst wenn Marlies ein halbes Dutzend Kinder in die Welt setzen sollte, haben wir noch ausreichend Platz.»

Da erst erfuhr ich, dass Marlies nicht überlebt hatte. Mein gesamter Kopf steckte noch in einem Verband. Nur das linke Auge und ein bisschen Mund waren ausgespart. Ich konnte nicht schreien. Ich konnte nicht einmal nach ihm schlagen, nur flüstern konnte ich. «Du elender Mistkerl. Du schlägst mir eine Hochzeitsreise vor. Ich soll mich in Las Vegas amüsieren, während mein Bruder an seinen Schuldgefühlen erstickt? Glaubst du, ich könnte Robert in dieser Situation allein lassen? Ausgerechnet jetzt?»

«Robert ist einverstanden», sagte Olaf.

Ja, natürlich. Robert war mit allem einverstanden. Robert hätte sein Todesurteil akzeptiert und auch noch eigenhändig die Schlinge geknüpft. Wahrscheinlich hätte er dem Henker noch ein großzügiges Trinkgeld gegeben, um nicht länger vor sich zu sehen, was er angerichtet hatte in einem Moment des Leichtsinns. Diesen leblosen, verstümmelten Körper seiner Frau. Und mich.

Ich musste ihm doch zeigen, dass er mein Leben nicht beendet hatte. Dass ich es noch genießen konnte, zu denken, zu sehen, zu sein. Ich musste ihm helfen, diesen entsetzlichen Berg abzutragen, den er sich auf die Schultern geladen hatte. Mein sanfter, liebenswerter, großzügiger, gutmütiger Bruder, der einem Menschen niemals willentlich einen Schaden hätte zufügen können. Der nur einmal für ein paar Sekunden falsch reagiert hatte.

Olaf trennte sich von mir, noch während ich in der Klinik lag. Er könne eine Frau auf Dauer nicht mit einem anderen Mann teilen, erklärte er. Auch dann nicht, wenn dieser Mann der einzige Bruder sei. Er hoffe, dass wir gute Freunde bleiben könnten. Und so weiter und so weiter.

Noch Wochen nach diesem Gespräch schickte er mir jeden zweiten Tag einen Blumenstrauß ans Krankenbett. Wenn die Schwester mit den üppigen Gebinden das Zimmer betrat, wurde ich hysterisch. Aber auch das verging.

Nach sechs Monaten und insgesamt fünfzehn Operationen wurde ich aus der Klinik entlassen. Robert holte mich heim. Er war so klein, so still und so hilflos. Wir saßen den ganzen Abend in seinem Zimmer. Er hatte die Einrichtung ausgetauscht, alles war wieder so, wie es vor seiner Hochzeit mit Marlies gewesen war. Aber er konnte über nichts anderes sprechen als diesen grauenhaften Anblick.

«Sie war so voller Träume», sagte Robert. «Sie wäre bestimmt eine gute Mutter geworden. Ich habe alles zerstört. Wenn ich es nur irgendwie gutmachen könnte, Mia.»

Schließlich brachte ich ihn dazu, das Thema zu wechseln. Er erzählte, wie oft Olaf in den vergangenen Wochen bei ihm gewesen war, um an seinen gesunden Menschenverstand zu appellieren. «Wenn Olaf nicht gewesen wäre, säße ich nicht mehr hier», sagte er. «Dass ich Marlies auf dem Gewissen habe, ist schlimm. Aber sie muss sich nicht mehr quälen.

Und sie hat nicht gelitten, sagte der Arzt. Es ging so schnell, dass sie nicht einmal mehr begreifen konnte, was ihr bevorstand. Aber du, Mia, du musst es begreifen, du hast bereits monatelang gelitten, und …»

«Das ist nicht wahr», widersprach ich und unterbrach ihn damit. «Die Ärzte haben dafür gesorgt, dass ich kaum Schmerzen hatte. Das bisschen, was ich davon fühlte, brauchte ich auch, um zu wissen, dass ich noch lebe. Und das ist doch die Hauptsache, nicht wahr? Ich lebe.»

Er schüttelte den Kopf, sehr nachdrücklich und bestimmt. «Und mit jedem Blick in einen Spiegel siehst du, was ich dir angetan habe.»

«Du hast mir nichts angetan», sagte ich. «Es war mein Fehler. Ich saß eben auf der falschen Seite. Wäre ich hinter dir eingestiegen, vielleicht hätte ich mir nur ein Bein gebrochen.»

Sekundenlang schaute er mich an und murmelte: «Vielleicht.» Etwas lauter sprach er weiter. «Aber was Olaf angeht, Mia. Es war ihm nicht ernst mit der Trennung. Er hatte gedacht, dich damit unter Druck zu setzen. Er wollte dich zur Vernunft bringen, wie er das ausdrückte. Das hat er nicht geschafft. Nun soll ich mein Glück versuchen. Darum hat er mich gebeten.»

Er lächelte mich an, so kläglich und schutzbedürftig. «Wenn du ihn heiraten möchtest, Mia, wenn du zu ihm ziehen möchtest, ich verstehe das. Und ich habe bestimmt nichts dagegen. Du solltest dir das Haus wenigstens einmal anschauen, es ist phantastisch. In jedem Detail hat er deinen Geschmack berücksichtigt. Er wartet nur darauf, dass du den ersten Schritt tust. Auf mich musst du keine Rücksicht nehmen, Mia, wirklich nicht. Ich komme allein zurecht. Und du liebst ihn doch.»

«Vergiss Olaf», sagte ich. «Er ist nicht mehr wichtig.»

Aber er hielt sich für sehr wichtig. Er kam zu uns, da war ich gerade zwei Tage wieder daheim und quälte mich noch damit ab, mit einer Hand zu arbeiten. Olaf stürzte sich darauf wie ein Ertrinkender auf ein vorbeitreibendes Brett.

«Der Traum vom Ruhm ist ausgeträumt», stellte er fest. «Aber es kann ja durchaus noch andere Träume geben. Ich liebe dich, Mia, ich möchte, dass du zu mir kommst. Wir müssen nicht heiraten, wenn du das nicht willst. Aber lass uns doch wenigstens das Zusammenleben probieren. Und wenn du dich ein wenig erholt hast, fliegen wir in die USA. Nicht auf Hochzeitsreise, Mia, aber ich denke, es gibt dort die besseren Chirurgen. Schau dir nur an, was sie aus ihren Stars machen. Du bekommst dein Gesicht zurück, das verspreche ich dir.»

«Das träumst du nur», sagte ich. «Wenn dir mein Gesicht nicht gefällt, wie es jetzt ist, niemand zwingt dich hinzuschauen. Du hast deine Entscheidung getroffen, belassen wir es dabei. Vergiss nicht, du hast mir einen Tritt gegeben, nicht umgekehrt.»

«Herrgott, Mia», brauste er auf. «Ich wollte dich wachrütteln. Hat Robert es dir denn nicht gesagt? Er ist doch einverstanden, dass du zu mir kommst. Es kann so nicht weitergehen mit euch beiden. Ihr fresst euch auf, jetzt erst recht. Robert hat das längst begriffen.»

Ich warf einen Meißel nach ihm, traf ihn aber nicht. Damals war ich noch nicht so gut mit der linken Hand. Ehe Olaf die Tür hinter sich zuzog, fragte er: «Was tust du eigentlich, wenn Robert dich eines Tages verlassen will?»

4. Kapitel

Ich wurde nervös, als der Buttermilchknabe begann, die Meißel auf dem Tisch zu verschieben. Wolbert bemerkte, dass es mir nicht gefiel, gab ihm ein verstohlenes Zeichen und vertrieb ihn damit wieder Richtung Fenster. Von dort aus entdeckte er dann die Vogeltränke im Garten, drehte sich zu mir um und erkundigte sich enthusiastisch, ob das mein Werk sei.

Es war das erste Mal, dass ich ihn sprechen hörte. Er hatte eine erstaunlich dunkle Stimme, genau das Timbre, das Wonneschauer erzeugt, wenn man in der richtigen Stimmung ist. Das war ich, weiß Gott, nicht.

Wolbert fragte nach Roberts Geschäften, nach Leuten, die in seiner Schuld standen und nicht zahlen konnten oder durch seine Spekulationen eine Menge Geld verloren hatten. Offenbar vermutete er ein Motiv im geschäftlichen Bereich.

Das war Schwachsinn, pure Zeitverschwendung, in diese Richtung zu ermitteln. Ich wurde wütend und heftiger als beabsichtigt, als ich versuchte, ihm das klar zu machen. Anschließend hätte ich mich für meine Reaktion ohrfeigen mögen. Ich wollte ihn doch nicht auf Isabell hetzen. Und er schaute mich so erwartungsvoll an.

Aber verdammt! Wenn uns hundertmal die Hälfte vom «Cesanne» gehörte. Und wenn sich dort tausendmal auch polizeibekannte Personen ein Stelldichein gaben, damit hatten wir nichts zu tun. Auch Unterweltgrößen von der Sorte, denen man nie etwas nachweisen konnte, bevorzugten nun einmal eine gepflegte Atmosphäre.

Robert hatte keine schmutzigen Geschäfte getätigt und war nie in kriminelle Machenschaften verwickelt gewesen. Er hatte nicht mit dem Geld kleiner oder großer Anleger spekuliert, nur mit unserem Vermögen. Und größere Verluste hatte er meines Wissens auch nicht hinnehmen müssen, nicht einmal kleinere. Glück im Spiel!

Ich verwies Wolbert an Olaf, der ihm mehr darüber sagen konnte. Er notierte sich die Anschrift von Olafs Büro mit dem launigen Hinweis, dass meine Schwägerin ihm diesbezüglich leider nicht habe helfen können.

Das musste man sich vorstellen. Da behauptete dieses Weib, die Adresse unseres Steuerberaters nicht zu kennen. Dabei war Olaf auch privat häufig unser Gast. Er ging praktisch bei uns ein und aus. Aber es war ein guter Ansatzpunkt, um Wolbert auf Isabells mangelnde Glaubwürdigkeit hinzuweisen. Da hatte sie sich mit ihrer Show gewaltig ins eigene Fleisch geschnitten.

«Ihre Schwägerin erklärte uns, dass Sie die Vertraute Ihres Bruders waren», kommentierte Wolbert trocken. «Er besprach alle geschäftlichen Belange mit Ihnen. Die privaten ebenso?»

Er lächelte wie zu einer Entschuldigung und bohrte weiter. Ihm ging es, wie er erläuterte, nur darum, die letzten Tage zu rekonstruieren. «Ihr Bruder war am Mittwoch in Frankfurt. Was hatte er dort zu tun?»

Wenn ich es genau gewusst hätte, hätte ich es ihm gesagt. Dass Robert einen Psychiater konsultiert hatte, schloss ich inzwischen aus. Er hätte das garantiert am Donnerstag zur Sprache gebracht. «Mia, ich habe in Frankfurt mit einer Koryphäe gesprochen. Ich dachte mir, wo Piel so ein Stümper ist, solltest du vielleicht den Therapeuten wechseln.» Genau das hätte er gesagt, da war ich völlig sicher. Ein Treffen mit irgendeinem Finanzmakler, etwas anderes konnte es nicht gewesen sein. Und es mochte hundert Gründe geben, dass Robert so nervös und bedrückt deswegen war.

Kaum hatte ich seine deprimierte Stimmung erwähnt, stürzte Wolbert sich darauf. «Gab es doch finanzielle Schwierigkeiten?»

Nein, verdammt! Es gab nur dieses Weib da oben und einen bis ins kleinste Detail ausgetüftelten Plan. Alles war von langer Hand vorbereitet worden. Und ich hatte es nicht durchschaut.

Natürlich war ich misstrauisch gewesen und äußerst wachsam. Ich hatte mir vor Roberts Hochzeit auch eine Menge vorgenommen. Doch es ließ sich nicht so einfach in die Tat umsetzen, wie ich mir das gedacht hatte. Niemand war bereit, mir zu helfen. Und es war unmöglich, sie alleine zu kontrollieren, ohne Robert stutzig zu machen.

Für ihn und mich begann der Tag um acht. Wir frühstückten gemeinsam, gingen zusammen in sein Arbeitszimmer und waren dort bis Mittag beschäftigt. So hatten wir es in den vergangenen Jahren gehalten. Hätte ich das nun wieder ändern wollen, er hätte doch eine Erklärung erwartet.

Davon abgesehen leistete ich ihm gerne Gesellschaft. Für mich gab es zwar kaum etwas zu tun, aber er erklärte mir alles. Er liebte es, über zukünftige Entwicklungen zu spekulieren. Dort wechselte ein Vorstandsmitglied, da wurde eine Tochtergesellschaft gegründet. Man musste stets informiert sein und einen sechsten Sinn, um nicht zu sagen, beinahe hellseherische Fähigkeiten haben, wollte man keine Einbußen hinnehmen.

Und ich liebte es, ihm zuzuhören. Seine Stimme verlieh der trockenen Materie eine gewisse Glut. Es war nach dem Unfall um vieles angenehmer gewesen, als alleine in meinem Atelier zu sitzen, den Steinklotz in der Ecke zu betrachten, den ausgeträumten Traum vom Ruhm, und sich dann womöglich noch am Telefon mit einem Galeristen auseinander setzen zu müssen.

Also blieb es dabei, als sie in der ersten Maiwoche von der Hochzeitsreise zurückkamen. Von neun bis um ein Uhr mittags Geschäfte. Wenn Robert außer Haus etwas zu erledigen hatte, tat er das meist am Nachmittag. Nur in Ausnahmefällen brach er schon frühmorgens auf.

Und Isabell schlief, bis Frau Schür das erste Mal ungeduldig an die Zimmertür klopfte. Dann vergingen gute zwei Stunden mit ihrer Körperpflege. Nicht dass ich es mit der Stoppuhr kontrolliert hätte. Frau Schür beschwerte sich beinahe täglich bei mir, dass sie erst so spät dazu käme, Roberts Zimmer und das Bad zu säubern. Da könne sie das Mittagessen nicht pünktlich auf den Tisch bringen.

Robert und mich hätte es nicht gestört, eine halbe Stunde später zu essen. Aber Frau Schür hatte ihren festen Rhythmus. Den brauchte sie auch, um das große Haus sauber zu halten und alles Weitere zu erledigen. Ich hatte sie mehrfach durch eine Hilfskraft entlasten wollen. Fünfmal insgesamt hatte ich in den vergangenen zehn Jahren junge Frauen eingestellt, die nur für einige Stunden in der Woche kamen. Sie sollten sich vordringlich um die Räume kümmern, die nicht genutzt wurden, zudem den Keller und den Dachboden sauber halten. Man konnte ja nicht alles verkommen lassen.

Nur hatte Frau Schür es jedes Mal innerhalb kürzester Zeit geschafft, ihr Hilfspersonal wieder zu vergraulen. Ihr machte es keine recht. Vielleicht hatte sie Angst, dass eine Jüngere ihren Platz einnehmen könnte. Also ließ ich sie schließlich nach eigenem Gutdünken hantieren. Es funktionierte auch recht gut. Aber Isabell brachte ihren gesamten Tagesablauf durcheinander.

Womit sie sich nach Baden, Frisieren und Maniküren die Zeit vertrieb, ließ sich leicht an unserer Telefonrechnung ablesen. Leider waren darauf nicht die Nummern der Gesprächsteilnehmer aufgelistet. Ich konnte nur vage abschätzen, in welchem Umkreis sich das bewegte. Ins Ausland gingen ihre Anrufe nicht, sonst hätte ich in Betracht gezogen, dass sie sich unablässig bemühte, ein paar Worte mit ihrem Bruder zu wechseln.

Ich war überzeugt, dass sie telefonisch Kontakt mit Horst Fechner hielt, und wollte dafür sorgen, dass uns ab sofort detaillierte Rechnungen geschickt wurden. Robert durchschaute die Absicht und war strikt dagegen.

«Mia, es ging bisher auch ohne Details. Wenn du Isa gegenüber nur halb so misstrauisch wärst, könntest du es dir selbst viel leichter machen», sagte er.

«Interessiert dich denn nicht, mit wem sie den halben Tag telefoniert?», fragte ich.

«Mit Freunden», erwiderte er. «Und das Recht dazu wirst du ihr nicht absprechen wollen.»

«Bei ihren Freunden wäre ich an deiner Stelle ein wenig vorsichtiger», sagte ich. «Hast du vergessen, woher sie kommt und welchen Umgang sie pflegte?»

«Nie im Leben werde ich das vergessen», hielt Robert dagegen. «Und wenn du nur einmal die Striemen und blauen Flecken gesehen hättest, die sie Fechner zu verdanken hatte, dann kämst du nicht auf diese hirnverbrannte Idee, sie hätte nichts anderes im Sinn, als mich mit ihm zu betrügen.»

«Sie war diesem Mann hörig. Das verliert sich nicht so rasch.»

«Aber dieser Mann», sagte Robert, «hat sich laut Auskunft deines Detektivs ins Ausland abgesetzt. Hast du das vergessen? Und Auslandsgespräche führt Isa nicht.»

«Robert», sagte ich eindringlich, «wenn ich einigen Leuten erzähle, dass ich morgen in die USA oder nach Australien fliege, wenn ich anschließend verschwinde, kommt so schnell keiner auf den Gedanken, ich könnte mich noch in der Nähe aufhalten.»

Robert schüttelte nur den Kopf. Er wollte es nicht wahrhaben.

Ein Gerät anzuschließen, mit dem sich Isabells Telefonate abhören ließen, ersparte ich mir. Robert hätte es entdeckt, und es war im Prinzip überflüssig. Ich musste nur in meinem Zimmer oder im Atelier den Hörer abnehmen, wenn sie ein Gespräch führte.

Allerdings saß ich nicht den ganzen Vormittag in meinem Schlafzimmer oder im Atelier herum. Ich konnte mir auch nicht unentwegt etwas zu trinken aus der Küche holen oder zur Toilette rennen und dabei rasch ins Atelier huschen.

Nur zweimal gelang es mir, mich mit einer unverfänglichen Entschuldigung aus dem Arbeitszimmer zu stehlen, während sie telefonierte. Und kaum hatte ich den Hörer abgenommen, beendete sie das jeweilige Gespräch mit dem Hinweis: «Ich muss Schluss machen. Feind hört mit.»

Ich kam nicht einmal dazu festzustellen, ob sie mit einem Mann oder einer Frau sprach. Es gab da wohl ein Knacken in der Leitung, das mich verriet und sie warnte.

Und dann saß sie mir mittags am Tisch gegenüber. Mit keiner Silbe erwähnte sie den Zwischenfall. Sie grinste mich nur an in einer Art, die deutlicher war als jedes Wort. Feind hört mit! Sie wusste, dass ich sie durchschaut hatte und mir den Kopf zerbrach über ihre Absichten, ganz genau wusste sie das. Und mit jedem Lächeln erklärte sie mir: «Du kannst mir gar nichts.»

Wenn sie sich dann Robert zuwandte, benahm sie sich, als seien sie immer noch in den Flitterwochen. Sie war voller Pläne für den Nachmittag und schmollte, wenn er es nicht einrichten konnte, sich mit ihr in die Sonne zu legen oder sie beim Einkaufsbummel zu begleiten.

Zur Hochzeit hatte Robert ihr einen kleinen Renault geschenkt. Ein Konto hatte er ihr ebenfalls eingerichtet. Er ließ von Olaf Wächter regelmäßig eine erkleckliche Summe überweisen, über die sie frei verfügen konnte.

Und sie verbrachte die Nachmittage damit, in der Gegend herumzufahren und Roberts Geld unter die Leute zu bringen. Wo sie es ließ, blieb mir allerdings schleierhaft. Nach ihren angeblichen Friseurterminen sah man keinen Unterschied. Wenn sie allein Einkäufe machte, schleppte sie billigen Ramsch ins Haus. Sie bildete sich wohl ein, dass ich den Unterschied nicht bemerkte, wenn sie mir nur flüchtig in einem Fummel vor der Nase herumtanzte. Aber ich hatte immer einen sicheren Blick für Qualität.

Leider gelang es mir nicht, in Erfahrung zu bringen, wo das Geld blieb, das Olaf Wächter auf ihr Konto überwies. In Fechners Händen, davon war ich überzeugt. Ein kleiner Vorgeschmack auf den großen Brocken, den sie sich abschneiden wollten. Ein Trostpflaster für die Stunden, die er sie Robert überlassen musste. Hurenlohn wurde doch meist vom Zuhälter kassiert.

Olaf weigerte sich, ihr Konto zu überwachen. Ihm wäre das eine Kleinigkeit gewesen. Und er hätte nur feststellen müssen, ob sie Überweisungen tätigte und ob damit Hotelrechnungen bezahlt wurden. Die Rechnungen hätten gezeigt, wo Fechner sich aufhielt.

Und Olaf tippte sich an die Stirn. «Mia, du bist paranoid. Wenn Robert nicht bald die Konsequenzen zieht, gebe ich seiner Ehe im Höchstfall einige Wochen. Isa wird sich das jedenfalls nicht lange bieten lassen, wenn ich sie richtig einschätze.»

Was Isabell uns bot, danach fragte er nicht. Es war schon

nach drei Wochen so weit, dass sie kaum noch am gemeinsamen Mittagessen teilnahm. Als Vorwand diente ihr meist Frau Schürs Küche. Hausmannskost mundete ihr nicht. Sie hatte unter einem Dach wie dem unseren wohl mindestens drei Sterne und jeden zweiten Tag einen Hummer erwartet. Und wenn nicht Hummer, dann zumindest eine Pasta.

Wiederholt versuchte sie, Frau Schür für die mediterrane Küche zu begeistern, und beglückte sie mit ausgefallenen Rezepten, die sie aus irgendwelchen Magazinen ausgeschnitten hatte. «Sieht das nicht köstlich aus? Ein bisschen Abwechslung könnte doch nicht schaden, was meinen Sie, Frau Schür? Wir könnten es zusammen ausprobieren.»

Frau Schür wollte nichts ausprobieren. Ihr fehlte die Zeit für Experimente in der Küche. Nachdem Isabell mehrfach das Näschen gerümpft hatte beim Anblick eines simplen Brathähnchens oder geschmorter Rippchen, zog sie es vor, unterwegs eine Kleinigkeit zu sich zu nehmen.

Mindestens zweimal in der Woche verschwand sie schon im Laufe des Vormittags. Robert erzählte sie, sie wolle Freunde besuchen. Zurück kam sie am späten Abend, häufig sogar erst in der Nacht.

Freunde! Der Detektiv hatte keine «Freunde» in Isabells Nähe bemerkt. Sie hatte nicht einmal zu Arbeitskolleginnen ein freundschaftliches Verhältnis gehabt, war ausschließlich auf Fechner fixiert gewesen. Es lag auf der Hand, dass sie sich mit ihm traf. Zum gleichen Zeitpunkt hörten nämlich diese langen Telefonate auf. Für den Mai bekamen wir noch eine Rechnung über mehrere hundert Mark. Ab Juni hielt es sich dann wieder im gewohnten Rahmen. Das fiel sogar Olaf Wächter auf. Er meinte, Isabells Freunde seien in Urlaub.

«Irrtum», sagte ich. «Sie sind hier in der Stadt. Nun kann alles persönlich besprochen werden.»

Olaf tippte sich nur bezeichnend an die Stirn. Auch Robert

wollte nichts davon wissen. Dabei lag ich ihm – weiß Gott – nicht ständig in den Ohren mit meinem Verdacht. Ich machte nur hin und wieder eine kleine Anspielung. Und jedes Mal hieß es: «Mia, versuch doch, sie zu verstehen. Was soll sie hier herumsitzen? Es gibt nichts, womit sie sich beschäftigen könnte.»

«Marlies konnte sich den ganzen Tag beschäftigen», sagte ich.

«Isabell ist nicht Marlies», hielt Robert dagegen. «Verständlicherweise begehrt sie auf und geht dir aus dem Weg, wenn du sie ständig kritisierst.»

«Das tue ich doch gar nicht», widersprach ich. «Kritisiert habe ich sie bisher nicht ein einziges Mal. Ich habe sie nur darauf hingewiesen, dass dieses Fähnchen, mit dem sie heimkam, keine zwanzig Mark wert war.»

«Sie hat eben einen anderen Geschmack als du», erklärte Robert. «Und sie hat zum ersten Mal in ihrem Leben ausreichend Geld zur Verfügung, sich spontan einen Wunsch zu erfüllen. Wenn sie einmal danebengreift, sehe ich darin kein Problem.»

«Ich sähe kein Problem, wenn sie täglich mit einem Kofferraum voller Plunder heimkäme», sagte ich. «Das ist nicht der Fall. Da frage ich mich, wo sie das Geld lässt. Robert, dir muss doch auffallen, dass sie keine Anschaffungen macht. Hast du ihr Konto einmal überprüft? An deiner Stelle täte ich das. Es könnte sein, dass du dabei über Hotelrechnungen stolperst.»

Darauf gab er mir keine Antwort mehr.

Robert litt sehr unter ihrem Verhalten, auch wenn er es mir gegenüber nicht eingestehen wollte. Wenn er sich unbeobachtet fühlte, wirkte er häufig bedrückt und geistesabwesend. Er hatte sich seine Ehe gewiss anders vorgestellt.

Piel wollte mir einreden, es läge an mir. Bis in den halben Juni hinein hörte ich von ihm, mein penetrantes Beharren auf Isabells Untreue müsse Robert zwangsläufig die gute Laune verderben und ihm seine Ausgeglichenheit nehmen. Und Isabells Verhalten sei nur die natürliche Reaktion auf meine offen zur Schau getragene Feindseligkeit. So ein Quatsch.

Ich trug bei Isabell nichts offen zur Schau, gewiss keine Feindseligkeit. Es fiel mir bestimmt nicht leicht, dieses Früchtchen mit Samthandschuhen anzufassen, aber genau das tat ich. Wenn sie von ihren Ausflügen heimkam, erkundigte ich mich freundlich, ob sie einen netten Nachmittag gehabt und womit sie sich denn die Zeit vertrieben hätte. Ich brachte sogar Frau Schür dazu, sich an einer Paella zu versuchen und ihren Reinigungsturnus umzustellen, damit Isabell ausschlafen konnte und mittags ein Häppchen nach ihrem Geschmack bekam.

Nur ein einziges Mal versuchte ich, ihr ins Gewissen zu reden. Robert war unterwegs, sodass die Gelegenheit für ein klärendes Gespräch günstig war. Ich bekam sie gerade noch in der Halle zu packen, als sie aus dem Haus wollte.

«Es hat niemand etwas dagegen, wenn du dich amüsierst», sagte ich. «Es verlangt auch niemand, dass du dich ständig nur hier im Haus aufhältst.» Weiter kam ich nicht.

«Dann ist ja alles in Ordnung», fiel sie mir ins Wort. «Ich bin auch der Meinung, dass es dich einen Dreck angeht, wie ich meine Zeit verbringe. Es ist allein meine Sache, höchstens noch die von Robert. Wenn du dich nur halb so viel in unsere Ehe einmischen und mir nicht bei jeder Gelegenheit vorschreiben würdest, was ich zu tun und zu lassen habe, sähe hier einiges anders aus. Du hast mich schon am ersten Tag auf deine Abschussliste gesetzt. Und da wunderst du dich, dass ich dir aus dem Weg gehe?»

Sie verstand es ausgezeichnet, die Dinge so zu verdrehen, dass ihre Behauptungen als reine Wahrheit erschienen. Aber wenn es nur darum ging, mir aus dem Weg zu gehen, warum nannte sie dann nicht wenigstens Robert die Namen ihrer «Freunde»? Warum lud sie nicht einmal am Wochenende jemanden zu uns ein?

Robert bot es ihr wiederholt an. Jedes Mal führte sie mich als Vogelscheuche ins Feld. Wer holte sich denn eine Horde Spatzen an den Tisch, wenn ein Gift und Galle spuckendes Schreckgespenst mitten auf der Tafel hockte?

Das Argument hätte ich zur Not noch gelten lassen. Aber warum erklärte sie Robert nicht einziges Mal, mit wem oder wo sie sich die Zeit vertrieben hatte? Ich hörte ihn so oft nachts fragen: «Hattest du einen schönen Tag? Wo warst du denn?»

Regelmäßig hieß es: «Fängst du jetzt auch noch an wie Mia? Lass mir doch einen Fahrtenschreiber einbauen oder engagiere jemanden, der mich begleitet und dir Rechenschaft gibt über jeden Schritt, dann weißt du es ganz genau.»

Jedes Mal wurde Robert in die Defensive gedrängt und zu einer Entschuldigung gezwungen. «So habe ich das doch nicht gemeint.»

«Ich weiß, wie du es gemeint hast», sagte sie dann meist. «Aber ich weiß nicht mehr, was du dir unter einer Ehe vorstellst. Am Vormittag verkriechst du dich hinter deinem Computer, dem Wirtschaftsteil und dem Telefon. Mia leistet dir Gesellschaft, und ich darf nicht stören. Nachmittags hast du Termine außer Haus, dabei kannst du mich auch nicht gebrauchen. Und abends besprichst du dann mit Mia, was es gegeben hat. Mia, immer nur Mia. Ich bin hier überflüssig. Wenn ich mich länger als zehn Minuten in der Küche aufhalte, bekommt Frau Schür einen Anfall. Vom Garten habe ich leider keine Ahnung, vielleicht wäre der Gärtner umgänglicher.»

Sie drängte Robert mehrfach, er solle sie in geschäftliche Belange einführen. «Lass mich dir doch helfen. Und wenn ich nur deine Briefe schreibe. Wenn du mir erklärst, was ich tun soll, kann ich es bestimmt. Und ich fände es schön, wenn wir zusammenarbeiten könnten. So hatte ich mir das eigentlich auch vorgestellt.»

Das konnte ich mir lebhaft vorstellen, sich einen Überblick verschaffen, bis auf den letzten Pfennig in Erfahrung bringen, wo die Reichtümer versteckt waren und was sie abwarfen. Und dann ein wenig umschichten. So hatte sie sich das wohl ausgemalt, als sie Robert aufs Standesamt begleitete. Aber so weit ging er dann doch nicht.

Inzwischen hatte er wohl begriffen, dass sie mehr an unserem Vermögen interessiert war als an seiner Zärtlichkeit. Und sie schmollte, als er ihr zum dritten oder vierten Mal diese Bitte abschlug. Da verschwand sie an einem Freitagnachmittag, ohne ein Wort der Erklärung und ohne sich zu melden. Das gesamte Wochenende hörten wir nichts von ihr.

Robert war so deprimiert. Stunde um Stunde saß er im Wintergarten und betrachtete die Pflanzen, die Marlies so liebevoll gepflegt hatte. Ich bemühte mich, ihn auf andere Gedanken zu bringen. Aber er wollte keine Gesellschaft. «Sei mir nicht böse, Mia», bat er. «Ich möchte nur ein wenig Ruhe haben.»

Als sie am späten Sonntagabend zurückkam, rannte er ihrem Wagen förmlich entgegen. Es tat weh zu sehen, wie er sie in die Arme nahm. Eine geschlagene Viertelstunde standen sie vor den Garagen und sprachen miteinander.

Ende Juni war das. Die Nacht zum Montag verbrachte ich im Atelier. Ich konnte mir nicht anhören, wie Robert in seinem Zimmer über seine Sorge sprach, ihr könne etwas zugestoßen sein. Wie er um eine Erklärung bettelte. Natürlich bekam er eine, und sie troff nur so vor Sarkasmus. Isabell hatte gedacht, wir hätten gerne mal wieder ein Wochenende für uns allein. Und dann bat Robert sie auch noch um Verzeihung und versprach ihr, einiges zu ändern und mehr Zeit mit ihr zu verbringen.

Ich war fest entschlossen, erneut den Detektiv zu beauftragen. Es ging mir gar nicht mehr darum, Robert zu überzeugen. Ich wollte nur noch wissen, ob ich mich in etwas hineinsteigerte. Ob es tatsächlich nur an mir lag, wie Olaf und Piel mir einreden wollten.

Wenn meine Anwesenheit Isabell aus dem Haus trieb und verhinderte, dass Robert eine glückliche Ehe führen konnte, hätte ich die Konsequenz gezogen. Aber wenn ich mich nicht irrte, und ich glaubte einfach nicht, dass ich mich dermaßen irren könnte, dann hatte sie das Wochenende mit Fechner verbracht. Sie traf ihn mindestens zweimal pro Woche in der Stadt, und mich benutzte sie als Vorwand. Ich wusste es, fühlte es.

Sie war irgendwie anders, wenn sie von ihren Touren zurückkam. Sie war – wie soll ich es ausdrücken – stärker, ruhiger, unschlagbar, als hätte sie irgendwo Kraft getankt. Vor allem an dem Sonntagabend war es überdeutlich gewesen, als sie zusammen mit Robert ins Haus kam, den Arm um seine Taille, seinen Arm um die Schultern, und ihr Lächeln dabei, der Triumph in ihrem Blick, als sie mich in der Halle stehen sah.

Piel wollte mich überzeugen, dass Isabell vielleicht nur ein stilles Plätzchen gesucht habe, um abzuwägen, ob Robert ihr so viel bedeutete, dass sich um den Preis seiner Liebe eine krankhaft misstrauische und eifersüchtige Schwester ertragen ließe. Eine junge Frau, die in eine intensive Zweier-

beziehung eingedrungen war und sich als Eindringling empfand, nannte er sie. Und nun wusste dieses arme Geschöpf
nicht, ob es lohnte, um seinen Platz zu kämpfen.

Und ich hörte im Geist den Detektiv sagen, dass sie es
ohne Fechner keine vier Wochen aushielte. Es waren genau
vier Wochen gewesen, zwei vor der Trauung und zwei auf
Hochzeitsreise. Danach hatte sie vormittags an der Strippe
gehangen und sich nur am Nachmittag ein paar Stunden mit
ihm gegönnt. Auf Dauer reichte das wohl nicht, da mussten
es endlich wieder einmal zwei Nächte sein.

Aber sollte ich den Detektiv tatsächlich noch einmal engagieren, um es zu beweisen? Ich hatte wahnsinnige Angst,
dass Robert von einem erneuten Überwachungsauftrag erfuhr, dass er seine Drohung wahr machte und ein Haus für
sich suchte. Es war – in dem Punkt stimmte ich mit Piel überein – eine kritische Phase. Eine junge Ehe, natürlich wog da
die Frau noch stärker als die Schwester. Isabell konnte ihn
sich schließlich im Bett gefügig machen.

So versuchte ich auf eigene Faust, mir Gewissheit zu verschaffen. An einem Donnerstagnachmittag folgte ich ihr das
erste Mal. Leider kannte sie meinen Wagen und bemerkte
mich rasch. Sie steuerte ein Ärztehaus in der Innenstadt an.
Ich fand einen Parkplatz in der Nähe, und sie besaß die
Frechheit, zu mir an den Wagen zu kommen. Sie amüsierte
sich prächtig über mein laienhaftes Vorgehen.

«Möchtest du mich begleiten, Mia? Lieb von dir. Komm
ruhig mit, ich habe einen Termin beim Gynäkologen. Man
fühlt sich nicht so ausgeliefert, wenn man auf dem Untersu-
chungsstuhl liegt und ein bisschen Gesellschaft hat. Robert
hatte leider keine Zeit.»

Beim zweiten Versuch entwischte sie mir noch vor der
Stadtgrenze. Sie war zwar keine außergewöhnlich routinierte Fahrerin, aber mit ihrem Renault doch entschieden wen-

diger als ich in einem Wagen, der nur auf meine Behinderung zugeschnitten war und nicht geeignet für Wettrennen und waghalsige Überholmanöver.

In den Stunden bei Piel kämpfte ich nur noch verzweifelt darum, dass wenigstens er mir glaubte. Ob er es tat, ließ er nicht erkennen. Aber er half mir immerhin, einen Teil meiner Angst zu bekämpfen und zu begreifen, dass es nicht ohne fremde Unterstützung ging.

«Wenn Sie Gewissheit haben wollen», sagte er, «werden Sie nicht umhin kommen, den Detektiv erneut zu beauftragen. Robert muss es doch nicht erfahren. Sie müssten ihm nicht einmal davon erzählen, wenn er Ihnen den Beweis für Isabells Untreue liefert. Sie könnten Ihre Schwägerin damit konfrontieren und vor die Wahl stellen, das Verhältnis zu beenden oder zu gehen. Was empfinden Sie bei der Vorstellung, dass sie geht, Mia?»

Um ehrlich zu sein, ich empfand gar nichts dabei. Robert war so oder so unglücklich, und das ertrug ich nicht. Es lag mir auch absolut nichts mehr daran, Isabell mit etwas zu konfrontieren. Reizvoll war höchstens die Vorstellung, dass ich Olaf meine Beweise präsentierte. Vielleicht war er eher bereit, mir zu helfen, wenn er erkennen musste, dass ich nicht Opfer einer fixen Idee war. Und wenn ich ihm im Gegenzug aufs Standesamt folgte.

Ich hätte das getan, wirklich, für Robert hätte ich Olaf geheiratet. Ich wäre sogar zu ihm gezogen. Und er musste doch nur behaupten, er habe in der Stadt zu tun gehabt und Isabell in männlicher Begleitung gesehen. Im Prinzip musste er nur die Beobachtungen des Detektivs als seine eigenen ausgeben. Ihm hätte Robert geglaubt, dass es ein Zufall gewesen sei.

Sehr wohl war mir nicht in meiner Haut, als ich den Detektiv dann endlich aufsuchte. Das war Ende Juni. Ich erklärte ihm ausführlich meine Situation und zahlte für zwei Wochen im Voraus – in bar, damit es keinen verräterischen Hinweis auf meinem Konto gab. Auf eine Rechnung verzichtete ich. Ich stellte nur die Bedingung, dass er zwei seiner Mitarbeiter mit der Observation betraute.

Meine linke Hand hätte ich ins Feuer gelegt, dass Isabell oder Fechner ihn beim ersten Einsatz bemerkt hatten, dass es nur deshalb keine Ergebnisse gegeben hatte. Noch so eine Pleite wollte ich nicht erleben. Die beiden Männer sollten sich abwechseln. Das taten sie auch. Und trotzdem muss dieses Aas irgendwie herausgefunden haben, dass sie erneut unter Beobachtung stand. Ich ließ mir täglich einen kurzen, telefonischen Bericht geben, wenn sie aus dem Haus und Robert nicht in der Nähe war. Und ich fasste es nicht. Am ersten Tag war sie im Kino. Am zweiten saß sie stundenlang in einer Eisdiele. Den dritten verbrachte sie im Zoo. Am vierten schlenderte sie durch ein Kaufhaus.

Es war dieser vierte Tag, als der Anruf aus Tunis kam. Jonas Torhöven lag nach einem Autounfall in einer Klinik, von der Hüfte abwärts gelähmt. Das war vor sieben Wochen.

Zur Hochzeit seiner Schwester war er nicht erschienen. Da war nicht einmal ein Glückwunsch gekommen. Ob Isabell ihn überhaupt informiert und eingeladen hatte, wusste ich nicht. Wahrscheinlich nicht, und wenn doch, vielleicht hatte Jonas Torhöven es abgelehnt, Zeuge einer Farce zu werden. Ich hatte nicht vergessen, was der Detektiv über ihn in Erfahrung gebracht hatte, ein rechtschaffener, ehrlicher Mann.

Es war später Nachmittag, als das Telefon in der Halle klingelte. Robert telefonierte in seinem Arbeitszimmer. Er hatte die Tür geschlossen. Ich kümmerte mich im Wintergarten um die Pflanzen. Isabell war früh von ihrem Einkaufsbummel zurückgekehrt und unterhielt Frau Schür in der Halle mit der Tatsache, dass sie nichts gefunden hatte, was ihr zusagte und gleichzeitig Gnade in meinem Auge gefunden hätte. Sie drückte es tatsächlich so aus und sprach auch laut genug, dass ich sie verstehen konnte.

Mit dem Detektivbüro hatte ich bereits gesprochen und erfahren, dass sie im Kaufhaus einen Kaffee getrunken und ein kurzes Telefongespräch geführt hatte. Mit wem, war leider nicht festzustellen gewesen. So nahe konnte man nicht an sie heran, wollte man nicht auffallen.

Ihre gute Laune sagte mir auch so, mit wem sie gesprochen hatte. Richtig heiter war sie, aber das änderte sich dann rasch. Sie war vor mir am Apparat, gab sich im ersten Moment hocherfreut: «So eine Überraschung. Das ist aber lieb, dass du dich einmal bei mir meldest. Woher hast du denn diese Nummer?»

Ich dachte schon, jetzt treibt sie das Spiel vor meiner Nase. Da brach sie in Jammern und Stottern aus. «Um Gottes willen, das ist ja furchtbar. Wie ist das passiert, wie geht es dir denn?»

Wir saßen den ganzen Abend zusammen und überlegten, was wir für Jonas Torhöven tun konnten. Außer Isabell hatte er keine Angehörigen, und sie hatte nicht die Mittel, ihn zu unterstützen. Sie war auch nicht umfassend informiert, hatte noch keine Vorstellung vom Ausmaß seiner Behinderung und stimmte erst einmal mit Robert überein.

Robert hatte kein allzu großes Vertrauen in die Medizin eines afrikanischen Landes. Er schlug vor, seinen Schwager sobald als möglich in die Heimat zu holen. Er war sogar bereit, ein spezielles Flugzeug zu chartern.

Isabell telefonierte am nächsten Morgen mit ihrem Bruder und erstattete anschließend Bericht. Transportfähig war er, aber Eile war nicht geboten. Passiert war es schon vor acht Wochen. Dass deutsche Ärzte noch etwas an seinem Zustand ändern könnten, glaubte er nicht. Natürlich wollte er zurück in die Heimat, nur musste es nicht heute oder morgen sein. Er wusste ja auch nicht, wohin.

Robert rief seine Mutter an und ließ sich von ihr erklären, was es bedeutete, von der Hüfte abwärts gelähmt zu sein. Sehr viel wusste Lucia nicht darüber. Sie war seit langer Zeit nicht mehr in ihrem Beruf als Krankenpflegerin tätig. Aber einiges konnte sie ihm doch sagen.

Der Umgang mit einem Rollstuhl sei nicht schwer zu erlernen, meinte sie. Viel schwieriger sei es, die Körperfunktionen zu kontrollieren. Es sei ja keine Empfindung mehr im Unterleib vorhanden. Im schlimmsten Fall bedeutete das, solch ein Mensch musste gewickelt werden wie ein Säugling. Eine grausame Vorstellung für einen erwachsenen Mann, der bei vollem Verstand war. Im besten Fall hieß es, er konnte trainieren, seinen Körper an festgelegte Zeiten zu gewöhnen, um sich auf diese Weise eine entwürdigende Prozedur zu ersparen.

Daraufhin wollte Robert für Jonas Torhöven einen Platz in einem Rehabilitationszentrum beschaffen, wo man ihn auf ein eigenständiges Leben hätte vorbereiten können. Anschließend wollte Robert eine behindertengerechte Wohnung kaufen, falls gewünscht auch in unserer Nähe. Er wollte eine Hilfe für den Haushalt einstellen und natürlich einen Pfleger. Das hing jedoch vom Grad der Behinderung ab. Wenn sie zu gravierend war, mussten wir uns eben um ein gutes Pflegeheim bemühen.

Ich fand Roberts Vorschläge vernünftig und gut durchdacht. Isabell dagegen protestierte lauthals. «Ihr glaubt wohl, mit Geld lässt sich alles regeln, was? Ihr drückt einem ein paar Tausender in die Hand, und dann soll man zusehen, wie man sich beschäftigt. Aber das lasse ich nicht zu. Ich habe doch außer Jonas niemanden mehr. Ich lasse ihn nicht abschieben.»

Kein Mensch hatte von «abschieben» gesprochen. Es gab absolut keinen Grund für eine so heftige Reaktion. Es gab vor allem deshalb keinen Grund, weil Isabell sich bis zum Eintreffen der Nachricht einen Dreck darum geschert hatte, ob ihr Bruder seinen Kopf unter dem Arm oder ein Bein im Nacken trug. Und plötzlich dieser Sinneswandel.

«Ich will ihn bei mir haben. Das müsst ihr doch verstehen. Gerade ihr, ihr hängt ja auch aneinander wie die Kletten. Und es ist doch Platz genug im Haus.»

Robert war nicht ganz einverstanden. Das sah ich ihm an, aber ich sah auch die Vorteile. Mit einem Pflegefall im Haus musste Isa zwangsläufig daheim bleiben. Mir wäre eine große Last von der Seele genommen, dachte ich, wenn ich nicht mehr grübeln müsste und mich verrückt machen, ob sie mit Fechner zusammen war.

Sie war überrascht, dass ausgerechnet ich dafür plädierte, ihrem Verlangen nachzugeben. Robert fügte sich schließlich – für eine Versuchszeit, wie er betonte. Er sprach es nicht offen aus, aber ich wusste, was er dachte. Dass Isabell es rasch leid wäre. Sie war nicht der Typ, sich für einen anderen aufzuopfern, nicht einmal für den eigenen Bruder.

«Wenn dir so viel daran liegt», sagte Robert zu ihr, «probieren wir es. Wenn du dich überfordert fühlst oder es deinem Bruder bei uns nicht gefällt, können wir immer noch eine andere Lösung suchen.»

Er wollte eine Fachkraft für die Pflege engagieren. Das konnte ich ihm jedoch ausreden. Dieses Aas hätte uns höchstwahrscheinlich Fechner ins Haus geholt und ihn als Krankenpfleger ausgegeben. «Lass es sie doch erst einmal alleine versuchen», sagte ich. «So schwer kann es nicht sein, einen Mann im Rollstuhl zu betreuen. Es gibt genügend Hilfsmittel. Und sie beschwert sich doch andauernd, sie hätte nichts Vernünftiges zu tun. Dann hat sie eine sinnvolle Aufgabe.»

Isabell war mit meinem Vorschlag einverstanden. Sie unterstützte mich sogar. «Mia hat Recht. Ich glaube, Jonas wäre gar nicht einverstanden, wenn wir eigens jemanden einstellen. Krankenpfleger, das klingt so sehr nach Abhängigkeit. So deutlich muss man ihm nicht vor Augen führen, was mit ihm passiert ist.»

Natürlich sprach ich mit Piel über diese Wende und meine neue Strategie. Er wunderte sich über meine Bereitschaft, einen völlig Fremden aufzunehmen.

«Der Mann ist in Ordnung», sagte ich.

«Woraus schließen Sie das, Mia?»

«Aus dem Bericht des Detektivs», sagte ich.

Piel nickte bedächtig. «Aber dieser Mann ist Isabells Bruder. Befürchten Sie nicht, er könnte Partei ergreifen?»

«Nein», sagte ich. Ein tragischer Irrtum. Hätte ich Piel nur dieses eine Mal geglaubt, ich wäre Jonas Torhöven kaum so blauäugig gegenübergetreten.

Isabell nutzte die Woche bis zu seiner Rückkehr in die Heimat für einen Schnellkursus in Krankenpflege. In den ersten beiden Tagen hatte sie dabei noch einen Schatten auf den Fersen, daher weiß ich, dass sie tatsächlich zu einem privaten Pflegeheim fuhr.

Dann beging ich den Fehler, meinen Auftrag zurückzuziehen. Ich nahm an, dass sie nur deshalb bereit war, sich um ihren Bruder zu kümmern, weil Horst Fechner es leid gewesen war, sie mit Robert zu teilen, weil er ihr einen Tritt gegeben hatte.

Die ersten vier Tage unter Überwachung schienen dafür zu sprechen. Der Detektiv sah es ebenso. Und es gab keine

Anzeichen, dass wir uns irrten, dass Isabell an den Nachmittagen etwas anderes tat, als sich mit Krankenpflege vertraut zu machen.

Abends erzählte sie regelmäßig, was sie in den vergangenen Stunden gelernt hatte. Ans Bett gefesselte hilflose Menschen füttern, ihnen den Mund abwischen und den Hintern. Sie erging sich genüsslich in Details – und das beim Essen.

Wenn ich dann meinen Teller beiseite schob und vom Tisch aufstand, riss sie voller Unschuld die Augen auf und säuselte: «Entschuldige, Mia. Ich wollte dir nicht den Appetit verderben. Ich dachte, es interessiert dich. Dich interessiert doch auch sonst, was ich tue. Und weißt du, wenn man das macht, man gewöhnt sich so schnell daran, und dann ist es ganz natürlich. Zuerst dachte ich auch, ich könnte das nicht, einen Einlauf machen oder ein Bett abziehen, wenn jemand Durchfall hatte.»

Vielleicht hätte mich ihr Ton stutzig machen müssen. Aber darin sah ich nur Rache, weil sie mir die Nachmittage im Pflegeheim zu verdanken hatte. Auch der Eifer, den sie an den Tag legte, machte mich nicht argwöhnisch. Um alles kümmerte sie sich höchstpersönlich.

Jonas Torhöven kam auf dem Frankfurter Flughafen an. Robert wollte einen Krankentransporter mieten und geeignetes Personal hinschicken. Das war überflüssig, denn in den beiden Tagen vor seiner Ankunft telefonierte Isabell wieder einmal ausführlich – mit ehemaligen Freunden ihres Bruders, wie sie uns erklärte. Und zwei von diesen Freunden waren bereit, den Transport zu übernehmen.

Ich fragte mich erst sehr viel später, was für Freunde das wohl gewesen sein mochten, wo Jonas sich doch so lange im Ausland aufgehalten und kaum Kontakt zur Heimat gehabt hatte. Da mochte auch einer dabei gewesen sein, der Horst

Fechner hieß und die Gelegenheit nutzte, sich mit den Örtlichkeiten vertraut zu machen.

Aber darauf kam ich, wie gesagt, erst viel später. Keiner der beiden «Freunde» hatte Ähnlichkeit mit dem Mann, dessen Foto mich zu Anfang stutzig gemacht hatte. Ich sah ein, dass ich mich in diesem Punkt geirrt und Robert mich wohl doch mit dem Collier belogen hatte. Der Mann auf dem Foto war Jonas Torhöven.

Und es ist ja häufig so, dass aufkeimende Erleichterung jedes Misstrauen zudeckt, dass man all die kleinen Ungereimtheiten übersieht. Diese Blindheit werde ich mir nie verzeihen. Sie hat dazu geführt, dass Isabell meinen Bruder praktisch in meiner unmittelbaren Nähe abschlachten konnte.

Und die Polizei vermutete ein Motiv im geschäftlichen Bereich. Es war absurd. «Sagt Ihnen der Name Biller etwas?», fragte mich Wolbert.

Gehört hatte ich den Namen schon – oder gelesen. Nur wusste ich auf Anhieb nicht, wo, wann und in welchem Zusammenhang. Und ich wollte nicht den Anschein erwecken, dass ich meine Gedanken nicht beisammen halten konnte. Für Wolbert war ich doch ohnehin nicht recht glaubwürdig.

«Das ist merkwürdig», meinte er, als ich den Kopf schüttelte. Er lächelte wieder. Ich wusste nicht mehr, was ich von seinem Lächeln halten sollte, ob es freundlich, höflich, überlegen oder einfach nur Gewohnheit war.

Er ließ mir zwei Sekunden Zeit. Als ich mir dann immer noch nicht an die Stirn gefasst und gesagt hatte «Ach, da fällt mir ein, dass ich den Namen doch kenne», erklärte Wolbert: «Immerhin waren Sie dabei, als Ihr Bruder den Namen erwähnte. Sie müssten ihn also zumindest schon einmal gehört haben. Als er Sie abholte in der Nacht, sprach er mit Herrn Heuser über den zweiten Anruf. Herr Heuser erinnert sich gut daran, dass Ihr Bruder den Anrufer Biller nannte.»

Sie waren also schon bei Serge gewesen.

Ich zermarterte mir das Hirn. Aber alles, was mir einfiel, war, dass ich ins Bad gegangen war, um rasch noch einmal zu duschen, nachdem Serge es abgelehnt hatte, mir einen kleinen Gefallen zu tun. Und als ich aus dem Bad zurückgekommen war, hatte er beim Telefon gestanden und gegrinst. «So, das habe ich erledigt», hatte er gesagt. «Und wie geht es jetzt weiter?»

Es hatte irgendetwas mit diesem Biller zu tun gehabt. Aber ich wusste nicht, was, und es war auch nur ein Name, irgendein Name. Ich schob es erst einmal zur Seite. Einen zweiten Anruf auf dem Geschäftsanschluss mitten in der Nacht konnte es nicht gegeben haben, nur das zählte. Und es war leicht zu überprüfen, dass Isabell in diesem Punkt gelogen hatte. Und wenn in diesem, mochten da noch mehr Punkte sein. Das musste auch Wolbert begreifen.

Ich fragte nach dem Anrufbeantworter. Er lächelte. Dieses verfluchte Lächeln, ich konnte es nicht einordnen. Auf mich wirkte es fast wie die Besänftigung einer Irren. Selbstverständlich hatten sie den Anrufbeantworter abgehört und darauf die Aussagen von Isabell und Serge bestätigt gefunden. Es gab sehr wohl einen zweiten Anruf – von einem Mann, der sich Biller nannte.

Ich begriff gar nichts mehr. Und es gab noch mehr. Robert hatte sich vor einiger Zeit einen Taschencomputer angeschafft. Wolbert nannte es ein elektronisches Notizbuch. Sie hatten es in Roberts Arbeitszimmer gefunden. Und darin war der Termin von Mittwoch vermerkt. Ein Treffen mit Biller in Frankfurt.

Als Wolbert es erwähnte, fiel mir endlich ein, woher ich den Namen kannte. Ich war in Roberts Taschencomputer darüber gestolpert, als ich nach den Cliradon-Kapseln suchte. Biller, der Name hatte unter dem Maklertermin gestanden. Und ich hatte mich gefragt, ob Biller ein Angestellter des Maklers war oder ein Psychiater. Aber ich mochte mich nicht korrigieren, wo Wolbert mich ohnehin so gespannt anschaute.

«Tut mir Leid», sagte ich. «Ich habe nicht auf das Gespräch zwischen meinem Bruder und Herrn Heuser geachtet.»

Ich ging davon aus, dass sie mir das Band aus dem Anrufbeantworter augenblicklich vorspielen wollten. Aber nein, Wolbert schien vorauszusetzen, dass ich auch dann noch behauptete, nicht zu wissen, was es mit Biller auf sich haben könnte. Ein bisschen kam er mir vor wie Piel mit seinem unergründlichen Lächeln und seinem sonstigen Gehabe. Seine freundlich betuliche Art diente nur dem Zweck, mich gründlich zu studieren.

Ich konnte mich kaum noch auf seine Stimme konzentrieren. Ich konnte nicht mehr sitzen und nicht mehr denken.

«Ihr Bruder stieg nicht aus», sagte Wolbert. «Er löste nicht einmal den Sicherheitsgurt. Nur das Seitenfenster ließ er herunter. Das sieht nicht danach aus, dass er sich auf eine längere Unterhaltung eingestellt hatte.»

Sein Lächeln wurde breiter, als er weitersprach. «Seltsam, nicht wahr? Alles deutet darauf hin, dass er auf eine wichtige Nachricht wartete. Ihm muss sie mehr als wichtig gewesen sein, sonst hätte er kaum sein Arbeitszimmer verschlossen. Und dann kam er zufällig in genau im richtigen Moment die Treppe herunter.»

So wie er es aussprach, glaubte er nicht, dass es so gewesen sein könnte. «Warum gab Biller seine Nachricht nicht gleich telefonisch durch?», fragte er, als hätte ich ihm das beantworten können. «Warum traf er Ihren Bruder nicht in der Raststätte? Sie hat durchgehend geöffnet, und es wäre drinnen bestimmt gemütlicher gewesen als im Regen auf einem Parkplatz. Warum kam Biller nicht einfach hierher? Zwei Uhr nachts mag eine ungewöhnliche Zeit sein für einen Besuch. Aber nach seinem Anruf musste er nicht befürchten, vor verschlossener Tür zu stehen.»

Ich hatte schweigen wollen, aber ich war es leid, endgültig leid. Und wenn sie Isabell auf der Stelle mitnahmen. Jonas musste bleiben. Auch eine reizvolle Perspektive. «Mach dir keine Sorgen um deinen Bruder», könnte ich sagen. «Ich werde mich liebevoll um ihn kümmern.»

Wolbert schaute mich immer noch so erwartungsvoll an. Und ich sagte endlich: «Meine Schwägerin lügt. Robert ist zurückgekommen von diesem Treffen. Er war noch einmal bei mir – am frühen Morgen. Eine genaue Uhrzeit kann ich Ihnen leider nicht nennen. Es muss zwischen vier und fünf gewesen sein. Draußen wurde es gerade hell. Ich wollte Ihnen das gestern schon sagen, aber ich kam nicht mehr dazu.»

Wolbert hatte fast so etwas wie Mitleid im Blick, als er bedächtig den Kopf schüttelte. «Sie müssen sich irren, Frau Bongartz. Vielleicht haben Sie geträumt. Wir haben die Aussagen von zwei Zeugen, dass Ihr Bruder das Haus gegen halb drei in der Nacht verließ und nicht mehr zurückkam.»

«Einen Scheißdreck haben Sie», widersprach ich. «Wer sind denn Ihre Zeugen? Die beiden da oben? Wenn zwei Leute sich einig sind und aus gutem Grund das Gleiche behaupten, ist das noch lange keine glaubwürdige Aussage. Haben Sie sich in Roberts Schlafzimmer ebenso gründlich umgeschaut wie in seinem Arbeitszimmer? Können Sie ausschließen, dass er in seinem eigenen Bett getötet wurde?»

Wolbert schwieg. Sein Lehrling stand ohnehin nur dekorativ herum.

«Wer immer dieser Biller auch sein mag», fuhr ich fort. «Er hat mit dem Tod meines Bruders nichts zu tun. Ich irre mich nicht, und ich habe nicht geträumt. Robert war gegen Morgen noch einmal in meinem Atelier. Und er war nicht allein. Isa war bei ihm. Ich hörte sie sprechen. Er solle mich nicht aufwecken, sagte sie.»

«Sie vermuten, Ihre Schwägerin hat ihn getötet?», resümierte Wolbert überflüssigerweise.

Wovon sprach ich denn die ganze Zeit? Ich konnte nur nicken.

Und Wolbert seufzte. «Der Gerichtsmediziner schätzt, dass der Tod kurz nach drei Uhr in der Nacht eintrat, Frau Bongartz. Zu diesem Zeitpunkt war Ihre Schwägerin hier.»

«Wer bestätigt das?», fragte ich. «Jonas Torhöven?»

Diesmal nickte Wolbert. «Und Doktor Piel», sagte er.

Er wollte anscheinend noch mehr sagen. Aber ich konnte ihm nicht länger zuhören. Ausgerechnet Piel!

«Ich will die Stelle sehen», sagte ich und stand auf.

Wolbert klappte sein Notizbuch zu und erhob sich ebenfalls. Noch einmal lächelte er mich freundlich, höflich, überheblich oder nichtssagend an. «Trauen Sie sich das zu? Ich meine, fühlen Sie sich imstande …»

Er brach ab, den Satz ebenso wie sein Lächeln, und erklärte: «Ihre Schwägerin sagte uns, Sie seien nervlich in keiner besonders guten Verfassung. Und nach Ihrem gestrigen Zusammenbruch möchte ich Sie nicht überfordern.»

«Das war gestern», sagte ich. «Heute bin ich in der richtigen Verfassung.»

«Gut», meinte er. «Ich wollte Sie ohnehin bitten, sich den Platz einmal anzuschauen.»

Der Jüngling trottete schon einmal voraus zur Tür. Ich folgte ihm. Und diesmal warf ich keinen Blick in den Spiegel.

Ihren Wagen hatten sie in der Einfahrt abgestellt, nahe bei den Garagen. Es war eine dunkle Limousine. Wolbert ging zur Fahrerseite. Wozu schleppte er diesen Knaben mit sich herum, wenn der nicht einmal taugte, ihn durch die Gegend zu kutschieren? Mich ließen sie hinten einsteigen.

Es war mir nicht recht. Seit dem Unfall konnte ich nicht mehr in einem Wagenfond sitzen. Aber ich mochte nicht bitten, auf dem Beifahrersitz Platz nehmen zu dürfen. Sie hätten eine Erklärung verlangt, und das ging sie nun wirklich nichts an. Es hatte ja auch nichts mit Roberts Tod zu tun. Ich hatte ihm niemals die Schuld gegeben, niemals Vorwürfe erhoben, er hätte mein Leben zerstört. Das hatte Piel nur immer behauptet. Und jetzt gab er Isabell ein Alibi. Steckten denn alle unter einer Decke? Was mochte sie ihm dafür geboten haben? Piel war in der Nacht nicht im Haus gewesen, das wusste ich mit Sicherheit. An ihn hätte ich mich auf jeden Fall erinnert.

Ehe Wolbert losfuhr, zeigte er zu meiner Garage hinüber. Direkt vor dem Tor waren einige Ölflecken auf dem Boden. Wahrscheinlich stammten sie vom Dienstagabend.

«Ihre Schwägerin sagte uns, Ihr Wagen sei defekt», ließ Wolbert sich vernehmen. Es klang halb nach einer Frage und halb nach einer Feststellung.

«Was hat meine Schwägerin Ihnen sonst noch gesagt?», fragte ich.

«Sie ist bemüht, uns zu helfen», erklärte er. Und dabei klang er sehr reserviert. Dann fuhr er endlich los. Er fuhr zügig und schwieg. Sein Lehrling war ebenfalls still. Ein Wort von ihm hätte mich auch sehr gewundert.

Als wir die Autobahn erreichten, bekam ich Schwierigkeiten. Ich konnte nicht mehr durchatmen. Es waren so viele Lastwagen unterwegs, und ich war auf der falschen Seite eingestiegen. Ich hatte gedacht, wenn ich hinter dem Knaben säße, könnte ich mich besser mit Wolbert unterhalten und dabei auch seine Miene beobachten. Aber es sagte niemand etwas, es huschten nur diese Ungeheuer vorbei und pressten mir die Rippen zusammen.

Wir brauchten fast eine halbe Stunde bis zu diesem Rastplatz. Als er den Wagen anhielt, drehte Wolbert sich zu mir um. Er bemerkte, dass es mir nicht gut ging, und zögerte kurz. Dann meinte er: «Ihr Bruder dürfte schneller gewesen sein. In der Nacht herrschte vermutlich nicht so viel Verkehr. Wir schätzen, dass er im Höchstfall zwanzig Minuten brauchte.»

Welche Rolle sollte das noch spielen? Zwanzig, dreißig oder fünfunddreißig Minuten und dann tot. Kam es da auf ein paar Minuten an?

Wolbert stieg aus und ging voran. Sein Lehrling hielt sich an meiner Seite. Die Stelle, an der Roberts Wagen gestanden hatte, lag am äußersten Ende des Platzes, so weit als möglich von der Raststätte entfernt. Sie war von einigen Büschen gesäumt und mit gelb-schwarz gestreifen Bändern abgesperrt, der Parkplatz daneben ebenso.

Wolbert lächelte wieder, als er den Arm ausstreckte und auf die zweite Parkbucht zeigte. Inzwischen hasste ich sein Lächeln. «Da muss ein zweiter Wagen gestanden haben», sagte er. Sein Lächeln veränderte sich in keiner Weise. Ich glaubte, daran zu ersticken. Auf dem Platz, auf den er zeigte, war ein großer, bunt schillernder Fleck. Motoröl, von den Regenschauern der vergangenen Nacht und den letzten Stunden verwaschen.

5. Kapitel

Und Isabell hatte ein Alibi. Bei genauer Untersuchung musste sich zwar herausstellen, dass es nichts taugte. Aber ich hatte nichts, nur einen defekten Wagen.

Wolberts Lehrling betrachtete abwechselnd den Ölfleck und mein Gesicht, als tue sich ihm dabei eine Welt voller Wunder auf, als könne jeden Moment die Erklärung aus meinen Narben aufleuchten. Auch Wolbert schaute mich an, als warte er darauf.

Ich fühlte mich so hilflos in dem Moment, hatte keine Antwort. Ich konnte nur fragen: «Was versprechen Sie sich davon? Ich bin zum ersten Mal auf diesem Platz.»

Wolbert ließ sich Zeit – oder mir. Sekunde um Sekunde verging, mir wurde abwechselnd heiß und kalt, ich schwitzte, fror und zitterte. Ich spürte einen Muskel unter dem linken Auge zucken und konnte nichts tun, auch den Blick nicht lösen von diesen bunt schillernden Schlieren und dem Platz daneben. Er war nur nass, dunkel vom Regen. Und hier war Robert gestorben, einfach erschossen worden.

Im Geist sah ich seinen Wagen stehen, so wie Wolbert es beschrieben hatte. Offene Seitenscheibe, noch angegurtet. Wolbert griff nach meinem Arm und verscheuchte den Eindruck damit.

Er führte mich zurück zu ihrem Wagen und ging mir so fürchterlich auf die Nerven mit seiner Betulichkeit. Er behandelte mich tatsächlich wie eine Verrückte, als könne ich jeden Augenblick explodieren.

«Dieses Medikament», fragte er, nachdem wir wieder eingestiegen waren, «das Ihr Bruder Ihnen in der Nacht gab, welche Nebenwirkungen hat es?» Ehe ich antworten konnte, fuhr er fort: «Man liest häufig auf den Beipackzetteln, dass die Einnahme die Reaktionen so weit herabsetzen kann, dass man keine Maschinen bedienen und nicht am Straßenverkehr teilnehmen sollte. Das liest man, aber man tut es trotzdem, nicht wahr?»

Ich erklärte ihm, was mir Piel vor Jahren erklärt hatte, als er zum ersten Mal ein Rezept für Cliradon ausstellte. «Es macht schläfrig und führt zu Bewusstseinstrübungen.»

Möglich, dass es tatsächlich so war. Mit Gewissheit konnte ich es nicht sagen. Wenn ich eine Kapsel einnahm, war mein Bewusstsein ohnehin stark getrübt, weil ich vor Schmerzen nicht mehr ein noch aus wusste. Und schläfrig war ich dann auch, todmüde, weil ich meist bereits ein oder zwei Nächte nicht geschlafen hatte.

«Bewusstseinstrübungen», wiederholte Wolbert, während er losfuhr. «Und man liest auch oft auf den Beipackzetteln, dass Alkoholgenuss die Wirkung verstärkt. Sie hatten getrunken. Viel?»

«Genug», sagte ich, «um nicht mehr fahren zu können. Aber ich wäre auch nüchtern und bei klarem Bewusstsein nicht auf die Idee gekommen, meinem Bruder in einem Wagen zu folgen, der jeden Moment mit einem Motorschaden stehen bleiben kann.»

«Na ja», meinte er. Sein Gesicht konnte ich nicht sehen, weil ich nun direkt hinter ihm saß. Aber ich war sicher, er lächelte wieder. «In einer Ausnahmesituation denkt man nicht immer rational. Sehen Sie, Frau Bongartz, ich will Ihnen nichts vormachen. Wollten wir mit diesem Ölfleck vor Gericht gehen, das gäbe ein großes Gelächter. Es ist ein öffentlicher Parkplatz. Kein Mensch kann sagen, wie viele Wagen in den letzten Tagen in dieser Parkbucht gestanden haben. Allzu viele werden es kaum gewesen sein. Die meisten

Leute sind zu faul zum Laufen. Jeder fährt so nahe wie möglich an die Raststätte heran. Also denke ich mir, wer sich den letzten Winkel aussucht, will keine Zeugen. Und wir haben keine Zeugen. Niemand hat gesehen, dass Ihr Bruder auf den Platz fuhr, niemand hat gesehen, dass Ihr Wagen neben ihm einparkte. Aber es ist ein sehr großer Ölfleck, und es müsste ein sehr großer Zufall sein, wenn er von einem x-beliebigen Fahrzeug verursacht worden wäre. An sehr große Zufälle glaube ich nicht. Ich wollte, dass Sie sich die Stelle anschauen, weil ich hoffte, damit Ihre Erinnerung in Gang zu bringen.»

Er sprach ruhig und sachlich, nicht mehr so väterlich wohlwollend. «Dass Sie Ihrem Bruder gefolgt sind, heißt nicht automatisch, dass Sie ihn erschossen haben. Ebenso gut könnten Sie ihm nachgefahren sein, um etwas zu verhindern. Es könnte sich ungefähr so abgespielt haben.»

Ich war kaum in der Lage, seinen Ausführungen zu folgen. Auch die Lastwagen, die er einen nach dem anderen überholte, nahm ich kaum wahr. Schemen waren sie, die konturlos vorbeihuschten. Vor meinem Auge flimmerte nur dieser bunt schillernde Fleck.

Wolbert hatte sich eine großartige Theorie zurechtgelegt und breitete seine Spekulationen ungerührt vor mir aus. Seiner Meinung nach hatte Robert mich bei Serge Heuser abgeholt und mir während der Heimfahrt erklärt, dass er in dieser Nacht noch etwas erledigen musste. Ich war mit seinen Plänen nicht einverstanden. Es kam zu einer Auseinandersetzung in der Halle, von der Isabell aufwachte. Robert verließ das Haus trotz meines Protestes wieder. Und ich hatte Angst um ihn. Wie hätte ich da in meinen Atelier bleiben und mich schlafen legen können?

Als ich zu meiner Garage kam, war Robert bereits seit einigen Minuten unterwegs, und er fuhr den schnelleren

Wagen. Ehe ich losfahren konnte, musste ich auch noch Öl nachfüllen. Immerhin hatte er mir doch erklärt, dass mein Wagen durchaus fahrtüchtig war mit der entsprechenden Menge Motoröl. Zudem hatte er es Isabell erklärt, so war Wolbert nun umfassend eingeweiht.

Und Robert hatte am Donnerstag zwei Liter Öl besorgt. Sie hatte den Kassenbon einer Tankstelle bei ihm gefunden.

«Fahrtüchtig wäre Ihr Wagen also gewesen», stellte Wolbert fest. «Es dürfte nur einige Minuten gedauert haben, ehe Sie ihn so weit hatten. Mit Ihrer Behinderung sind Sie nicht so flink.»

Es war gemein und niederträchtig, das wusste er auch. Vielleicht hoffte er, mich auf diese Weise aus der Reserve zu locken. Er brummte etwas, das nach einer Entschuldigung klang, dann erklärte er weiter, was sich seiner Meinung nach abgespielt haben könnte.

Als ich den Rastplatz endlich erreichte, war Robert bereits tot. Und ich war in einer schrecklichen Verfassung. Helfen konnte ich ihm nicht mehr. Ich blieb eine Weile bei ihm. Vielleicht wollte ich ihm noch etwas sagen, seine Hand halten oder etwas an mich nehmen, das er bei sich hatte. Dann fuhr ich zurück.

«Haben Sie nicht auch das Gefühl, es könnte so gewesen sein?», fragte er

Es klang fast, als wolle er mir die berühmte goldene Brücke bauen. Nur dachte ich nicht daran, einen Fuß auf sein Bauwerk zu setzen.

«Nein», sagte ich knapp und bestimmt. «Ich habe weder das Gefühl noch sonst etwas. Als mein Bruder mich ins Haus brachte, war ich nicht mehr in der Lage, etwas anderes zu tun, als zu schlafen. Wenn Sie mir nicht glauben, fragen Sie meinen Arzt. Rein theoretisch müsste er es ja gesehen haben.»

Auf die Anspielung zu Isabells Alibi ging Wolbert nicht ein. Er nickte nur flüchtig. «Es war auch nur eine Hypothese», meinte er. Dann fiel ihm noch etwas ein. «Gibt es eigentlich ein Testament?»

Natürlich gab es eins. Aber das hatte nicht Robert aufgesetzt, sondern Vater. Und er hatte verfügt, dass das Vermögen in der Familie blieb, ausschließlich dort. Es klang alles sehr kompliziert. Vater hatte sich etliche Tricks und Finessen einfallen lassen, um zu verhindern, dass sich nach seinem Tod Fremde bereichern konnten, egal, auf welche Art.

Als er starb, hinterließ Vater etwas Grundbesitz in Spanien, der auf Lucia eingetragen war, das Anwesen hier, das Robert und ich zu gleichen Teilen erbten, und ein Bündel von Papieren und anderen Anlageformen, die zusammen damals eine jährliche Rendite von rund einer halben Million brachten.

Lucia behielt ihr Haus und bekam zusätzlich eine jährliche Rente. Und den großen Rest mussten Robert und ich uns erst verdienen. Wir erhielten zu Anfang nur die Verfügungsgewalt über die Rendite, und selbst die nur in beschränktem Maße. Wir durften monatlich einen gewissen Betrag für unseren Lebensunterhalt nehmen, der großzügig, aber nicht üppig bemessen war.

Ich weiß noch gut, dass Robert damals von einem Ferrari träumte, und den konnte er sich nicht leisten. Wir waren verpflichtet, den großen Rest der halben Million anzulegen, für Einkäufe durften wir ihn nicht antasten. Zuletzt hatte Vater noch einen gewissen Sinn für Humor entwickelt und einen «Wächter» benannt, der unsere Transaktionen überwachen sollte, den guten Olaf.

Als Anreiz für Robert und mich hatte Vater sich eine Art Bonussystem ausgedacht. Je mehr Gewinn wir mit der Rendite erwirtschafteten, umso größer wurde der Anteil des Vermögens, über den wir die Kontrolle ausüben, das heißt, mit dem wir spekulieren durften. Für andere Aktionen als Immobilien- oder Aktienkäufe konnten wir das Grundkapital nicht verwenden. Und wir konnten auch niemals einen Pfennig davon verschenken oder vererben.

Wir, vielmehr Robert allein hatte es mit den Jahren geschafft, über das gesamte Vermögen verfügen zu können. Er hatte die Rendite zuerst verdoppelt, dann verdreifacht. Dadurch hatte sich auch der Anteil, den wir für unseren Lebenunterhalt entnehmen durften, zuerst verdoppelt und verdreifacht. Robert hätte sich längst zwei Ferrari leisten oder sie verschenken können. Nur vererben konnten wir diesen Anteil ebenso wenig, wie ein Arbeitnehmer seinen Lohn vererben kann.

Es hatte sich für Robert erübrigt, ein eigenes Testament aufzusetzen. Hätte er Kinder gehabt, wären sie ihm und mir gleichgestellt gewesen. Aber es gab keine Kinder, und etwaige Ehepartner gingen bei einer Trennung leer aus. Im Todesfall wurden sie mit einer nach Ehejahren gestaffelten Summe abgefunden. Für die ersten beiden Jahre gab es gar nichts.

Als ich es Wolbert erklärte, wurde mir erneut heiß. Mir war klar, wie die Polizei es sehen musste. Ich erinnerte mich auch lebhaft an das Gespräch, das ich mit Robert geführt hatte, als er mir eröffnete, dass er Isabell heiraten wollte. Als ich noch versuchte, es mit sanften Mitteln zu verhindern. «Sie ist doch nur hinter deinem Geld her, begreifst du das nicht? Erzähl ihr von Vaters Testament, dann wirst du rasch feststellen, wie groß ihre Liebe ist.»

«Hat er es ihr erzählt?», fragte Wolbert sachlich.

Das wusste ich nicht. Aber sie hatte vermutlich davon erfahren, als sie den Ehevertrag unterschrieb. Das war eine

Woche vor ihrer Trauung gewesen. Einen Tag später hatte Robert eine Lebensversicherung zu ihren Gunsten abgeschlossen. Ich wusste davon, weil bei einer Ehescheidung oder Isabells Tod ich die Begünstigte sein sollte. Es war ein Kleckerbetrag verglichen mit dem, was ich durch Roberts Tod gewann.

Aber ich hatte doch nichts gewonnen. Ich hatte mehr verloren, als ich jemals einem Menschen begreiflich machen konnte. Was interessierte mich das Geld? Es war immer da gewesen, viel mehr, als ich ausgeben konnte. Dass es jetzt mir allein gehörte, war für mich nur eine Belastung. Nun musste ich dafür sorgen, dass es sich weiter vermehrte und dass es irgendwann jemanden gab, der darüber verfügen durfte. Ich konnte mir Serges Reaktion lebhaft vorstellen, sollte ich von ihm verlangen: «Mach mir ein Kind, sonst ist nach mir keiner mehr da.»

Alles was ich durch Roberts Tod gewonnen hatte, war die Freiheit, Isabell und Jonas hinauszuwerfen. Sobald wir das Haus erreichten, konnte ich sagen: «Packt zusammen und verschwindet. In einer Stunde will ich euch hier nicht mehr sehen. Wenn es auch nur fünf Minuten länger dauert, werfe ich deinen Bruder persönlich die Treppe hinunter.»

Sie war wieder arm wie eine Kirchenmaus. Daran gab es nichts zu rütteln. Robert war ihr Garant für den Luxus und das sorglose Leben, Robert war ihre Sicherheit gewesen.

Wolbert sah das ebenso. «Für Ihre Schwägerin kann man also ein finanzielles Motiv ausschließen», stellte er fest.

«Es gibt ja auch andere Motive», sagte ich. «Zum Beispiel sexuelle Hörigkeit.»

Dann erzählte ich ihm von Horst Fechner, alles was ich wusste und vermutete. Im Prinzip war es ja einfach. Fechner hatte sich abgesetzt, und Isabell hielt es ohne ihn nicht aus. Robert musste sterben, damit Fechner zurückkehren konnte.

Wolbert hörte mir aufmerksam zu. Als ich zum Ende kam, meinte er: «Interessant. Die Berichte des Detektivs haben Sie noch?»

«Natürlich», sagte ich. «Allerdings nur die Berichte vom ersten Auftrag. Beim zweiten wurde ich telefonisch informiert. Da passierte auch nichts. Fechner war bereits weg.»

«Aber ein Foto von ihm haben Sie nicht?», erkundigte er sich.

«Leider nein», sagte ich. «Aber ich kann Ihnen die beiden Männer beschreiben, die Jonas Torhöven in Frankfurt abgeholt haben. Fechner müsste einer davon gewesen sein.»

Wolbert nickte, als sei er davon ebenso überzeugt wie ich. Als wir beim Haus ankamen, bat er, dass ich meine Garage öffnete. «Wenn Sie nichts dagegen haben, Frau Bongartz, möchten wir uns Ihren Wagen gerne einmal ansehen.»

Ich durfte meinem Wagen nicht zu nahe kommen. Wolbert hielt mich am Arm zurück, dabei lächelte er wieder wie ein gütiger Großvater.

Der Milchbube führte sich plötzlich auf wie ein kleiner Herkules. Er streifte Plastikhandschuhe über, schob mich zur Seite und hielt dabei begehrlich die Hand auf. «Den Autoschlüssel, bitte.» Seine Stimme war immer noch rauchig, aber inzwischen auch sehr fest und selbstsicher.

Der Schlüssel steckte im Zündschloss, da steckte er immer. Beim Zündschloss hatte die Werkstatt, die den Wagen für meine Bedürfnisse herrichtete, tatsächlich geschlampt. Es war rechts an der Lenksäule, und ich hatte keine Lust, mir ständig die linke Schulter zu verrenken, um den Schlüssel einzufummeln. Die Garagen waren gesichert, das reichte aus.

Wolbert schaute mit ausdrucksloser Miene zu, wie sein junger Kollege die Fahrertür öffnete und sich in den Sitz schwang. Mit einem bedeutungsschweren Blick wies er Wolbert darauf hin, dass er seine langen Beine nicht unter das Lenkrad brachte. Aber den Sitz schob er nicht zurück. Er studierte nur die Anordnung der Bedienungselemente. Dann drehte er den Zündschlüssel. Der Motor sprang sofort an.

«Alles in Ordnung», sagte der kleine Herkules und drehte den Schlüssel zurück. Dann stieg er aus und ging zum rechten Vorderrad. Dort ließ er sich auf die Knie nieder, tastete unter den Wagen und über den Boden. Als er sich wieder aufrichtete, waren die Handschuhe mit Öl verschmutzt.

Er streifte sie ab und sagte zu Wolbert: «Der Ölfilter scheint leck zu sein. Sieht übel aus. Da hat sich eine große Lache gebildet. Soll ich den Ölstand kontrollieren?»

Wolbert nickte stumm. Und der Kleine ging noch einmal zur Fahrertür, um die Verriegelung der Motorhaube zu lösen. Anschließend stemmte er die Haube hoch, um kurz darauf festzustellen. «Leer.»

Während er die Motorhaube wieder herunterließ, schaute Wolbert mich an. In seiner Miene regte sich immer noch nichts. «Sie sind seit Dienstag nicht mehr mit diesem Wagen gefahren?»

«Nein.»

«Wer, außer Ihnen, kann diesen Wagen fahren?»

«Vermutlich jeder», sagte ich. «Es ist reine Übungssache. Mein Bruder kam sehr gut damit zurecht.»

Daraufhin bat Wolbert mich einzusteigen, nichts anzurühren. Nur einsteigen sollte ich und mich so hinsetzen, als wolle ich losfahren. Der Knabe drückte die Fahrertür von außen zu und forderte mich auf, einen Blick in den Rückspiegel zu werfen und die Außenspiegel nicht zu vergessen. Kaum hatte er das ausgesprochen, wusste ich, worauf er hinauswollte.

«Der linke Außenspiegel ist verstellt», sagte ich. «Es ist nur minimal, aber er steht nicht so, wie ich es gewohnt bin.»

Dann stieg ich wieder aus. Wolbert fragte mich noch, ob ich Einwände hätte, dass sie das Fahrzeug untersuchen ließen. Er versprach sich nicht viel davon, wollte aber auch nichts versäumen.

Ich hatte nichts dagegen, wahrhaftig nicht. Sollten sie ihn sich nur gründlich ansehen. Ich war nicht auf dem Rastplatz gewesen, ich nicht! Ich hätte mich doch daran erinnern müssen. Aber wenn nicht ich, wer dann?

An große Zufälle glaubte ich ebenso wenig wie Wolbert. In diesem Punkt musste ich ihm beipflichten. Mein Wagen hatte da draußen neben Robert gestanden. Die Frage war nur, wer hatte ihn hinausgefahren? Isabell?

Sie war keine besonders routinierte Fahrerin. Mit ihrem Renault war sie wendig und kam zügig auch durch den dichtesten Verkehr. Aber schon mit Roberts Wagen hatte sie Schwierigkeiten. Sie kam mit dem Automatikgetriebe nicht zurecht, stand stets mit dem linken Fuß auf der Bremse, suchte verzweifelt nach der Handbremse und wusste nie, wie sie die Außenspiegel oder die Klimaanlage einstellen sollte, obwohl Robert es ihr Dutzende Male erklärt hatte.

Aber in einer Stresssituation scherte man sich nicht um Technik. Und Isabell hatte in etwa meine Größe. Sie hätte die Spiegel nicht verstellen müssen. Und sie waren nicht verstellt. Vielleicht war es ein Fehler gewesen, das zu behaupten. Wolbert dachte vermutlich ebenso wie ich an sie.

Und es konnte nur einen Grund geben, dass sie sich mit meinem Wagen herumgeplagt hatte, obwohl ihr ein eigener zur Verfügung stand, der auf einem öffentlichen Rastplatz keine Spuren hinterließ! Nur einen einzigen Grund, das Risiko einzugehen mit einem Fahrzeug, das sie nicht beherrschte und das offensichtlich defekt war. Es sollte so aussehen, als hätte ich Robert getötet.

Nur erschien mir das alles so sinnlos. Dass Isabell plötzlich bereit gewesen sein sollte, auf unser Geld zu verzichten, konnte ich mir beim besten Willen nicht vorstellen. Mochte sie noch so verrückt nach Fechner sein, sie hatte nicht all diese Monate umsonst investiert. Dass Robert ihr Vaters Testament verschwiegen hatte, glaubte ich auch nicht. Es war nicht seine Art gewesen, mit verdeckten Karten zu spielen und einem Menschen etwas vorzugaukeln. Er hatte mit meinen Warnungen auch allen Grund zu Offenheit gehabt, schon allein um sich zu beweisen, dass er um seiner selbst willen geliebt wurde.

Nur die winzige Lebensversicherung, kein Pfennig vom großen Reichtum. Das konnte nicht sein. Ich musste irgendetwas übersehen haben. Nur konnte ich in dem Moment nicht darüber nachdenken. Ich hatte ein Vakuum im Kopf, nur eine einzige tröstliche Erkenntnis wirbelte plötzlich durch die Leere. Es war gar nicht Robert gewesen, der mir im ersten Morgengrauen noch einmal die Hand auf die Schulter legte und sich so abfällig äußerte. Es war wohl doch nur ein Traum gewesen, vielleicht eine Reaktion auf Piels Ansichten und das, was Serge und Olaf von mir dachten.

Wir gingen noch zu Roberts Garage. Sie war groß genug für zwei Fahrzeuge. Isabells Renault war darin abgestellt. An der rechten Seitenwand waren einige Regalbretter angebracht. Aber darauf stand nichts, was nach einer Dose Motoröl aussah.

Wolbert steckte mit regloser Miene meinen Autoschlüssel ein. «Wir schicken ein paar Kollegen her, die Ihren Wagen abholen», sagte er. «Bis dahin tun Sie sich selbst einen Gefallen, Frau Bongartz, lassen Sie ihn stehen, wie er jetzt steht. Rühren Sie nichts an, verändern Sie nichts. Und verschließen Sie Ihre Garage, damit auch sonst niemand etwas tun kann.»

Das gab mir ein gutes Gefühl. Was er sagte, machte uns

fast zu Verbündeten. Er wusste ebenso gut wie ich, dass nur ein Mensch Robert auf dem Gewissen haben konnte. Er konnte es nur noch nicht beweisen.

Als Wolbert und sein Gehilfe abfuhren, sah ich Isabell an einem der oberen Fenster stehen. Ihr Anblick schob mich förmlich auf die Küche zu. Eins von den großen Fleischmessern nehmen, hinaufgehen, ihr makelloses Gesicht in Streifen schneiden und den letzten Schnitt quer durch ihre Kehle tun.

Ich weiß nicht, wie ich zurück in mein Atelier kam. Ich weiß auch nicht, wie lange ich mit dem Meißel auf den Steinklotz in der Ecke einschlug. Irgendwann war mein Arm lahm und taub von der Anstrengung. Ich hatte immer noch das Bedürfnis hinaufzugehen. Nicht unbedingt mit einem Messer. Der Meißel reichte, um so lange auf sie einzuschlagen, bis ich aus ihr herausgeholt hatte, warum Robert sterben musste.

Welchen Trick hatte sie gefunden, um die Klauseln in Vaters Testament außer Kraft zu setzen? Spekulierte sie darauf, dass es keine Bestimmung gab für den Fall, dass Robert und ich kinderlos blieben? Vater hatte diese Möglichkeit nicht in Betracht gezogen. Olaf hatte mir irgendwann einmal gesagt, dass Vater sich lustig gemacht habe.

«Ehe Mia zulässt, dass der Staat abkassiert, besinnt sie sich garantiert darauf, dass sie eine Frau ist. Und wenn sie sich künstlich befruchten lassen muss», soll er gesagt haben. Aber wenn ich nun auch noch starb, hatte Vater sich möglichweise völlig umsonst den Kopf zerbrochen. Wahrscheinlich trat eine gesetzliche Erbfolge in Kraft, ehe der Staat unser Vermögen kassieren durfte. Ein guter Rechtsanwalt konnte da gewiss einiges machen. Vielleicht reichte es schon, mich in die Psychiatrie einweisen und entmündigen zu lassen.

Mir war übel. Am liebsten wäre ich hinausgegangen zur Garage, solange noch Zeit war. Ich hätte mich in meinen Wagen setzen und irgendwohin fahren können. Den Ersatzschlüssel hatte Wolbert mir nicht weggenommen. Irgendeine Kneipe, wo ich meine Gedanken ordnen und zu einem Ergebnis kommen konnte. Eine Flasche Wodka, um die Übelkeit zu vertreiben und die Leere aufzufüllen.

Und in meinem Hinterkopf sagte Serge: «Du säufst dich noch um deinen Verstand, Mia. Mach nur so weiter. Irgendwann ist auch Robert mit seiner Geduld am Ende. Ich an seiner Stelle hätte dich längst in die Klapsmühle eingewiesen.»

Um Viertel nach drei wurde mein Wagen abgeholt. Ich ging hinaus und schaute zu, wie er auf den Abschleppwagen verladen wurde. Danach saß ich wieder im Atelier – mit einer Flasche Wodka aus dem Vorratsraum. Er war nicht kalt genug und schmeckte wie abgestandenes Wasser. Ich wartete darauf, dass mein Hirn sich mit Nebel füllte, aber ich spürte überhaupt nichts, saß nur da, trank ein Glas nach dem anderen und betrachtete die Spuren des Meißels auf dem grauen Stein. Der unförmige Klotz hatte etwas so Endgültiges, dass ich es kaum ertragen konnte.

Schließlich hielt ich es nicht mehr aus und rief Olaf an. Ich musste eine vertraute Stimme hören. In seinem Haus erreichte ich ihn nicht. Ich probierte es in seinem Büro und hatte Glück. Das muss so gegen fünf gewesen sein, und Olaf war nicht allein. Die Polizei war bei ihm. Vielleicht war er nur deshalb so reserviert. Er sagte lediglich, wie Leid es ihm um Robert täte, und versprach zu kommen, falls er es einrichten könne. Nach einer festen Zusage klang das nicht.

Wir hatten uns in all den Jahren immer recht gut verstanden. Wie ich war auch Olaf allein geblieben. Hin und wieder hatte er wohl Romanzen gehabt, etwas Ernstes war nicht dabei gewesen. Eine feste Bindung wolle er nicht mehr eingehen, sagte er häufig. Manchmal kam noch eine Anspielung auf meine Narben und die plastische Chirurgie. Manchmal kam eine Einladung zum Abendessen. Und manchmal hatte Robert darüber gescherzt. «Ich glaube, er wartet immer noch auf dich, Mia. Willst du es dir nicht noch einmal überlegen?»

Plötzlich wurde mir bewusst, dass auch Olaf ein Motiv hatte, ein entschieden besseres als Isabell. Jetzt war sein Rivale aus dem Weg. Jetzt war ich allein und vielleicht bereit, die drei wichtigen Punkte abzuschreiten, zuerst das Standesamt, dann sein Bett und neun Monate später die Entbindungsstation. Zu alt war ich vermutlich noch nicht, ein Kind zu bekommen. Das hatten schon Ältere zuwege gebracht. Und ein gemeinsames Kind hätte Olaf direkten Zugang zu einem Vermögen verschafft, dessen Höhe er jetzt nur regelmäßig kontrollieren durfte.

Aber er war nicht der Typ, der über Leichen ging, um ein Ziel zu erreichen. Er war auch nicht übermäßig geldgierig, ihm reichte sein Einkommen. Und ihm fehlte dieses gewisse Etwas, das eine Spielernatur ausmacht. Und dieses Etwas war unabdingbar. Olaf hatte kein Interesse daran, ein – wie er es ausdrückte – seismologisches Gespür für die winzigen Erschütterungen der Wirtschaft zu entwickeln. Abgesehen davon hatte er sich mit Robert sehr gut verstanden, er war wie ein väterlicher Freund. Genau so konnte man es bezeichnen.

Um sieben ging ich in die Halle. Ich rechnete nicht mehr damit, dass Olaf noch käme. Es war still, völlig still. Frau Schür hatte das Haus kurz nach Mittag verlassen. Samstags ging sie meist um diese Zeit. Ich fragte mich, ob jetzt Isabell Angst hatte. Allein mit einem hilflos an den Rollstuhl gefesselten Mann und mir.

Unberechenbar, so hatte sie mich in den letzten Wochen oft bezeichnet. Sie hatte diesen Ausdruck nur benutzt, um Robert gegen mich aufzubringen. Aber jetzt war ich in genau der richtigen Stimmung, den Beweis für ihre Behauptung anzutreten. Vermutlich wusste sie das. Als ich sie nachmittags am Fenster gesehen hatte, hatte sie einen unsicheren und ängstlichen Eindruck gemacht.

Frau Schür hatte die übliche Platte mit Bratenaufschnitt und einen gemischten Salat im Kühlschrank bereitgestellt. Ich war nicht hungrig, auch nicht mehr müde und nicht betrunken. Mein Hirn summte nicht vom Wodka: Es war Roberts Stimme, die jede Nervenfaser vibrieren ließ.

«Jetzt reiß dich endlich zusammen, Mia. Hör auf mit dem Theater. Hör mir zu.» *Ich* hatte ihm nicht zugehört, aber Serge. In all dem Elend war mir Wolberts Hinweis völlig entfallen. Ich rief mir ein Taxi und ließ mich zum «Cesanne» bringen.

Es war kurz vor acht. Die Bar hatte noch nicht geöffnet. Ich klingelte Serge aus seiner Wohnung. Er war erstaunt, mich zu sehen, und machte keine Anstalten, mich hereinzubitten. Ich musste ihn förmlich von der Tür wegschieben.

Als ich an ihm vorbei zur Treppe wollte, hielt er mich am Arm zurück. «Mia, es geht jetzt nicht. Ich habe Besuch, und ich bin auch nicht in der Stimmung.»

Der Idiot! Glaubte er etwa, ich sei in Stimmung?

Er hatte ein Mädchen bei sich. Ich kannte sie nicht und kümmerte mich nicht um sie. Es störte mich nicht einmal, dass sie blieb. Sie machte sich in der Kochnische zu schaffen, während ich mich in einen Sessel setzte.

«Worüber hat Robert mit dir gesprochen?», fragte ich.

Serge zog die Augenbrauen hoch und erklärte: «Du warst doch dabei.»

Sein Verhalten machte mich wütend. Er musste bemerkt haben, dass ich nicht mehr aufnahmefähig gewesen war. Aber ich wollte ihn nicht verärgern mit der Frage, was für ein Teufelszeug er mir in den letzten Drink getan hatte. «Dann wirst du gleich fliegen, Mia.» Und ich war geflogen, mitten hinein in ein schwarzes Loch.

Ich erzählte ihm von diesem ominösen Biller, von Wolberts Spekulationen und dem Ölfleck. Serge setzte sich ebenfalls, er wirkte nervös, irgendwie fahrig. Schon die Art, wie er sich eine Zigarette anzündete und mich durch den Rauch betrachtete, war seltsam, abschätzend und unsicher, als hätte er plötzlich Angst vor mir.

Das Mädchen brachte Geschirr und frischen Kaffee, setzte sich zu ihm auf die Sessellehne und demonstrierte Zusammengehörigkeit. Beinahe hätte ich darüber gelacht. Aber wie hätte sie ahnen sollen, dass ich nur mit einem Scheck winken musste, mit einem Autoschlüssel oder einer Rolex, um Serge zu veranlassen, sie auf der Stelle in die Wüste zu schicken? Jetzt konnte ich sogar die zweite Hälfte der Bar kaufen. Dann hatte ich ihn völlig in der Hand. Eine unpassende Bemerkung, und ich konnte ihn auf die Straße setzen.

Als ich zum Ende meines Berichts kam, herrschte eine Weile Schweigen. Serge betrachtete seine Fingernägel, als sehe er sie zum ersten Mal, ehe er endlich erklärte: «Mia, ich kann nicht beurteilen, woran du dich erinnerst. Und ich will mit dieser Sache nichts zu tun haben. Ich hoffe, wir verstehen uns. Robert hat dich abgeholt und erwähnt, dass er sich noch mit einem Mann namens Biller treffen will. Das habe ich der Polizei gesagt, und mehr weiß ich nicht.»

«Und wer zum Teufel ist Biller? Robert hat sich mittwochs schon einmal mit diesem Kerl getroffen. Ich habe ihn gefragt, was er in Frankfurt zu tun hatte. Er wollte es mir nicht sagen. Wenn es etwas Geschäftliches gewesen wäre, hätte er kein Geheimnis daraus machen müssen.»

«Dann war es eben etwas Privates», sagte Serge und lachte einmal kurz auf. Er war mehr als nervös, zündete sich eine zweite Zigarette an, obwohl die erste noch qualmend im Aschenbecher lag. Dann schaute er das Mädchen an und deutete mit dem Kopf zur Schlafzimmertür. Sie verschwand auf der Stelle. Kaum hatte sie die Tür hinter sich geschlossen, beugte Serge sich vor und wurde eindringlich.

«Mia, es geht mich nichts an, was zwischen dir und Robert vorgefallen ist. Ich will da nicht in etwas hineingezogen werden. Verstehst du das? Ich habe meinen Mund gehalten und werde das weiter tun.» Er drückte die Zigarette wieder aus, stieß sie dabei so lange in den Aschenbecher, bis er sie völlig zerkrümelt hatte.

«Robert war ziemlich fertig in der Nacht», sagte er gedämpft, «und in Eile. Wir haben nicht großartig gesprochen. Ich hab mich entschuldigt, weil ich ihn aus dem Bett geklingelt hatte. Und er bedankte sich dafür, weil er sonst Billers Anruf verpasst hätte. Das war's schon. Dann sprach er über dich. Dass du dich kaputtmachst mit deiner Sauferei, dass eine üble Atmosphäre im Haus herrscht. Er konnte nicht offen reden, du warst ja dabei. Aber ich denke, ich habe ihn richtig verstanden.»

Plötzlich begann er freudlos zu grinsen und wurde ruhiger, auch der Blick, mit dem er mich betrachtete, wirkte gelassener. «Er wollte klare Verhältnisse schaffen. Genauso hat er es ausgedrückt, Mia. Und wenn ich ihn richtig verstanden habe, hatte er Biller damit beauftragt, ihm die nötigen Mittel zu besorgen. Er hatte nur nicht damit gerechnet, dass es so schnell ging.»

«Welche Mittel?», fragte ich.

Serge hob die Achseln an und breitete gleichzeitig beide Hände aus. «Keine Ahnung, Mia, wirklich nicht. Aber ich habe dir mehr als einmal gesagt, was ich an Roberts Stelle täte. Und du wirst besser wissen als ich, was in den letzten Wochen bei euch los war.»

Und ob ich das besser wusste, besser als jeder andere. Eine Kanalratte hatte sich Verstärkung geholt, zu zweit ließ es sich besser zubeißen. Zu zweit konnte man genüsslich an meinen Nerven knabbern, bis sie völlig blank lagen.

Und nie konnte ich beweisen, dass sie mich in die Ecke drängten, dass sie mich systematisch fertig machten, dass sie mich um den Verstand brachten. Hätte wenigstens Piel einmal gesagt: «Ich habe Sie doch gewarnt, Mia. Wie konnten Sie den Worten eines Detektivs vertrauen, der nicht einmal seine eigene Ansicht vertrat? Was er an Sie weitergab, war die Meinung früherer Nachbarn.» Kein Wort in diese Richtung.

Stattdessen fragte Piel: «Was hat Sie fasziniert an Jonas Torhöven? Seine Hilflosigkeit? Oder war es Vergeltung, Mia? Isabell nahm Ihnen den Bruder, Sie wollten im Gegenzug Isabell den Bruder nehmen. Jonas Torhöven kam doch ausschließlich auf Ihr Betreiben ins Haus. Ein Mann, der nicht ausbrechen kann. Aber Ihre Rechnung ging nicht auf. Nun halten Sie ihn wie einen Gefangenen und wundern sich, dass er gegen Sie rebelliert. Gefangene rebellieren häufig gegen ihre Kerkermeister, Mia.»

Alles Blödsinn. Es war ganz anders. Ich war sehr erleichtert gewesen, als Isabell vor sechs Wochen aufbrach, um ihn abzuholen.

Sie fuhr sehr früh am Morgen nach Frankfurt. Und sie fuhr allein. Die Ankunft des verlorenen Bruders fiel ausgerechnet auf einen Tag, an dem Robert einen unaufschiebbaren Termin wahrnehmen musste. Sie hätte sich kaum in Roberts Begleitung mit Horst Fechner treffen können. Und das hat sie getan, da bin ich sicher. Es gab noch eine Menge zu besprechen, bevor sie das Finale einläuten konnten.

Ich hatte auch einen Termin. Meine Friseuse kam an dem Vormittag. Ich wollte nicht aussehen wie eine Vogelscheuche, wenn ich Jonas Torhöven begrüßte.

Und dann warteten wir. Robert kam kurz nach vier zurück und begann schon, sich Sorgen zu machen, weil sie so lange ausblieben. Es war nach sechs, als die beiden Wagen endlich vorfuhren, Isabells Renault und dahinter ein viertüriger Mercedes. Einer von der schweren Sorte. Vermutlich ein Leihwagen, um gediegenen Wohlstand zu demonstrieren. Zwei Männer auf den Vordersitzen, einer im Wagenfond. Der Fahrer stieg zuerst aus. Robert ging hinaus, um die kleine Gruppe zu begrüßen.

Wenn ich mir nur vorstelle, dass er bei dieser Gelegenheit Horst Fechner die Hand schüttelte, dass er diesem Schweinehund freundlich und arglos gegenübertrat, dass er ihn anlächelte, dann kocht es über in mir.

Alle Welt mag mich für verrückt halten, für eine arme Irre, die sich in eine Wahnvorstellung hineinsteigert und ein Hirngespinst jagt, oder wie Piel es ausdrückte, einen Ersatzmann für den unbändigen Hass suchte, der sich niemals offen gegen Robert richten durfte. Aber mit dem Phantom Fechner hatte ich dasselbe Ziel erreicht und Roberts Leben in eine Hölle verwandelt.

Fechner war kein Phantom! Dieser Schweinehund konnte uns unerkannt vor der Nase tanzen. Robert hatte doch auch nur Fotos gesehen, und darauf mochte der Prinz von Transsylvanien abgebildet gewesen sein, ohne dass er es gemerkt hätte.

Sie hatten einen faltbaren Rollstuhl dabei. Der Fahrer holte das Ding aus dem Kofferraum. Zusammen mit dem zweiten Mann schaffte er Jonas Torhöven ins Haus, während Robert den Rollstuhl hinterhertrug und auseinander klappte.

Nachdem sie Jonas abgesetzt hatten, holten die beiden Männer sein Gepäck. Viel war es nicht. Jonas nutzte die Zeit, mir die Hand zu schütteln. Er machte einen sehr guten Eindruck auf mich, ruhig und bescheiden. Er bedankte sich bei uns, ohne ein Wort zu viel zu verlieren. Gerade deshalb wirkte es so echt und von Herzen kommend.

Seine angeblichen Freunde blieben noch zum Essen. Gesprochen wurde dabei nicht viel. Dafür wusste Isabell inzwischen zu gut, dass man in meiner Gegenwart vorsichtig sein musste, dass ich rasch aus der Art eines Menschen auf seinen Charakter schloss. Da fiel kein überflüssiges Wort.

Und es war das einzige Mal, dass Jonas zusammen mit uns eine Mahlzeit im Esszimmer einnahm. Anschließend trugen die beiden Männer ihn zusammen mit seinem Rollstuhl hinauf in den ersten Stock, brachten ihn und seinen Koffer in das Zimmer am Ende der Galerie, das wir für ihn hergerichtet hatten.

Es war gewiss keine vorteilhafte Lösung, einen gelähmten Mann im ersten Stock eines Hauses unterzubringen. Das war Robert und mir durchaus bewusst. Und wir hatten bestimmt nicht die Absicht, ihn wie einen Gefangenen zu halten. Die Zeit war einfach zu knapp gewesen, einen Treppenlift einbauen zu lassen.

Robert hatte sich allerdings schon Prospekte besorgt. Daraus ging hervor, dass der Einbau keinen großen Aufwand bedeutete und auch nicht übermäßig viel Platz beanspruchte. Den Auftrag für diesen Einbau hatten wir nur aus einem Grund noch nicht erteilt. Isabell war dagegen. Sie, nicht ich.

«Lasst uns erst einmal abwarten», hatte sie gesagt. «Ich glaube, Jonas ist ganz froh, dass er da oben ein Zimmer für sich hat und alleine sein kann.»

Angeblich hatte er ihr das anvertraut, als er noch in der Klinik lag. Sie hatte mehrfach in Tunis angerufen, und er war ihr dabei sehr verändert erschienen. Er habe sich völlig in sich zurückgezogen, meinte sie. Übermäßig kontaktfreudig sei er nie gewesen, er habe sich immer ein bisschen schwer getan, auf andere zuzugehen. Und wir, Robert und ich, seien für ihn zwei völlig Fremde. Ein Treppenlift zwinge ihn praktisch dazu, an unserem Leben teilzunehmen, allein schon aus Höflichkeit. Und zwingen dürfe man ihn nicht, er müsse Zeit bekommen, sich einzugewöhnen. Wenn er irgendwann besser mit sich selbst zurückkäme und nicht mehr gar so sehr das Gefühl habe, uns eine Last zu sein, solle er frei entscheiden, ob er einen Lift haben möchte.

Robert hatte sich natürlich nach ihren Wünschen gerichtet und fand ihre Behauptungen auch noch vernünftig. Und dann saß Jonas erst einmal im Obergeschoss und hatte keine Möglichkeit, nach unten zu gelangen.

Nachdem die beiden Männer sich verabschiedet hatten, bat Isabell um unser Verständnis, dass sie ihrem Bruder Gesellschaft leisten wollte. Nervös und flattrig war sie. «Wir haben uns ja ewig nicht gesehen.»

Ja, da gab es wohl eine Menge zu besprechen, Vaters Testament, all die Klauseln, die verhinderten, dass sie sich mit ihren roten Krallen bediente. Vielleicht war er nicht auf Anhieb einverstanden, mit ihr und Fechner gemeinsame Sache zu machen. Das kann und will ich nicht beurteilen. Aber lange kann sie nicht gebraucht haben, ihn von den Vorteilen zu überzeugen und ihm beizubringen, wie man mich am besten aus dem Gleichgewicht bringen konnte.

Das wäre ein gefundenes Fressen für Piel gewesen. Die

Charakterstudie des einfachen Mannes, der plötzlich aus seinem gewohnten Leben gerissen und mit dem Reichtum anderer geblendet wurde. Die rasche Wandlung des Jonas Torhöven.

Isabell ging sehr raffiniert vor, ihrem Bruder die Sache schmackhaft zu machen. Aus seinem Zimmer hörte man immer nur harmlose Plauderei. Das Wesentliche wurde anderswo besprochen und mit der entsprechenden Geräuschkulisse unterlegt, die es unmöglich machte, etwas zu verstehen.

Schon am ersten Abend war das so. Als ich kurz vor elf zu Bett gehen wollte, war es im Zimmer am Ende der Galerie still. Aus dem daneben liegenden Bad drang heftiges Platschen. Es hörte sich an, als tobe jemand quer durch die gefüllte Wanne.

Ach du meine Güte, dachte ich, jetzt hat dieses dumme Luder ihn in die Wanne gehievt und bekommt ihn alleine nicht mehr raus. Robert hatte eine Hebevorrichtung angeschafft, sie war nicht schwierig zu bedienen. Ich hätte es mit einem Arm gekonnt. Isabell kam nicht damit zurecht. In mancher Hinsicht war sie wirklich zu dämlich.

Ich rief Robert, damit er ihr helfen konnte. Er kam auch sofort, aber die Zimmertür war verschlossen, und das Bad hatte keine Tür zur Galerie. Robert klopfte mehrfach und fragte, ob alles in Ordnung sei.

Das war es, Hilfe brauchte Isabell jedenfalls nicht. Sie klang ein bisschen atemlos, aber durchaus fröhlich, als sie zu uns hinausrief, sie käme gut alleine zurecht. Robert gab sich damit zufrieden, wünschte mir eine gute Nacht und ging in sein Zimmer.

Isabell blieb noch ein Weilchen bei ihrem Bruder. Erst kurz nach drei hörte ich sie nebenan mit Robert flüstern. Es tat ihr Leid, dass sie ihn aufgeweckt hatte.

Der Einzug von Jonas Torhöven veränderte eine Menge, nur für Robert änderte sich nichts. Es machte keinen Unterschied, ob Isabell unterwegs war oder sich um ihren Bruder kümmerte, für Robert blieb sie praktisch unsichtbar.

Von morgens bis abends wieselte sie um Jonas herum. Sie verließ das Haus nur noch, um Besorgungen für ihn zu machen. Er brauchte ein eigenes Fernsehgerät, einen Videorecorder, diverse Filme zur Unterhaltung und ein paar Geräte zur Körperertüchtigung, Hanteln, Expander, damit er wenigstens obenherum nicht einrostete.

Und jedes Mal, wenn sich in den vergangenen Wochen die Tür da oben hinter ihr schloss, wusste ich, dass sie die Köpfe zusammensteckten und sich köstlich amüsierten über ihr dreckiges Spiel.

Doch anfangs sah es ganz anders aus. Als Isabell am Morgen nach seinem Einzug das Frühstück hinaufbrachte, folgte ich ihr. Ich dachte, dass ich ihr vielleicht noch einmal zeigen sollte, wie man mit dieser Hebevorrichtung umging. Aber aus dem Bett heben, wie ich angenommen hatte, musste sie Jonas damit nicht.

Er saß bereits auf der Bettkante, als ich eintrat. Und im ersten Moment konnte ich ihn nur anstarren. Er trug einen winzigen Slip, sonst nichts. Ein Körper wie ein Versprechen, braun gebrannt und gut gebaut. Es fiel mir sehr schwer, mir vorzustellen, dass die untere Hälfte praktisch tot war. Er saß da wie frisch aus dem Strandurlaub, nicht aus einer Klinik.

Auf seiner Brust, an Armen und Beinen entdeckte ich keine Narben. Er saß mit dem Gesicht zur Tür, und nur an Stirn und Nase waren noch die letzten Spuren seines Unfalls zu sehen. Aber es waren nur hauchfeine Striche, kein Vergleich mit meinem Gesicht. Wie es um seinen Rücken stand, konnte ich nicht beurteilen, den habe ich auch später nie nackt gesehen.

Isabell hatte einen kleinen Tisch ans Bett geschoben und das Tablett darauf abgestellt. Frühstück für zwei Personen. Ich hatte wie üblich bereits mit Robert gefrühstückt. Doch als sie mich fragte, ob sie für mich noch ein Gedeck holen solle, stimmte ich zu.

Ich trank einen Kaffee mit ihnen und unterhielt mich mit Jonas. Isabell saß dabei wie ein scheues Reh. Ich mochte ihn nicht direkt nach seinem Unfall fragen. Wir sprachen nur allgemein über das Wetter, die Sonne in Tunis, den Regen hier. Er war sehr einsilbig. Kaum hatte ich meine Tasse geleert, erklärte Isabell, ich müsse entschuldigen, aber Jonas müsse jetzt ins Bad.

«Wenn ich irgendwie helfen kann», bot ich an.

«Vielen Dank», sagte sie rasch. «Das ist lieb gemeint, Mia. Aber mit deinem Arm bist du mir wahrscheinlich keine große Hilfe.»

Sie schob den Rollstuhl neben das Bett. Jonas stützte sich mit beiden Händen auf den Armlehnen ab und schwang sich hinein. Es ging so zügig, dass ich nur bewundernd den Kopf schütteln konnte. «Sie kommen wirklich sehr gut zurecht», stellte ich fest.

Er zuckte mit den Schultern. «Du», sagte er, «wenn wir schon unter einem Dach leben, müssen wir nicht so förmlich sein. Und was das hier angeht …» Er klopfte leicht mit einer Hand auf die Armlehne. «Was blieb mir denn anderes übrig, als mich so schnell wie möglich an dieses Ding zu gewöhnen. Das war das Erste, was ich gelernt habe, vom Bett in den Rollstuhl zu kommen. Man will doch so unabhängig wie möglich sein und anderen nicht unnötig zur Last fallen. Zurück klappt das noch nicht so gut, aber das lerne ich auch noch.»

Während er sprach, griff er sich unter die Kniekehlen, hob seine Beine an und stellte die Füße in die dafür vorgesehenen Stützen. Dann lächelte er Isabell an. «Jetzt wird es höchste Zeit, glaube ich.»

Sie schob ihn ins Bad und schloss die Tür. Ich ging wieder hinunter und besprach mit Frau Schür den Speiseplan für die nächsten Tage. Anschließend ging ich ins Atelier, und die ganze Zeit spukte mir Isabells Bemerkung über meinen Arm durch den Kopf. Sie ließ sich wirklich keine Gelegenheit für einen Seitenhieb entgehen.

Im Laufe des Vormittags erschien sie im Atelier – mit einer Frage auf dem Herzen. Offenbar passte es ihr nicht, sie stellen zu müssen. Aber sie hatte einen Auftrag.

«Jonas lässt fragen, ob du ihm ein wenig Gesellschaft leisten möchtest, um sich besser kennen zu lernen. Natürlich nur, wenn du nichts Wichtiges zu tun hast.»

Ich hatte überhaupt nichts zu tun und leistete ihm auch in den folgenden Tagen häufig Gesellschaft. Jonas zog es ganz offenkundig vor, seine Zeit mit mir statt mit seiner Schwester zu verbringen. Robert war sehr glücklich darüber. Er lebte ein wenig auf, und ich verstand mich wirklich ausgezeichnet mit Jonas.

Viel zu gut. Leider fiel mir das nicht rechtzeitig auf. Es war nur ein übler Trick, mich aufs Glatteis zu führen, mir Honig ums Maul zu schmieren. Nach dem Motto: Ich bin ein halber Mensch, du bist ein halber Mensch, warum tun wir uns nicht zusammen? Und ich fiel darauf herein. Wie ein dummes, kleines Tier bin ich ihnen in die Falle gegangen.

Ich gebe zu, er gefiel mir. Und seine versteckten Andeutungen machten mir Hoffnungen. Anfangs sprachen wir über Isabell und Robert, über die Mühe, die sie sich gab, über den Eifer, den sie bei seiner Pflege zeigte. Jonas gab sich darüber sehr verwundert und sprach aus, was ich gedacht hatte.

«Das passt nicht zu der Isa, die ich kannte. Es war ein

Glück für sie, dass sie einem Mann wie Robert begegnete. Sie wäre sonst völlig unter die Räder gekommen.»

Er sprach auch über Horst Fechner, ganz und gar in meinem Sinne, als hätte er meine Gedanken lesen können. «Viel weiß ich nicht über die Sache», sagte er. «Sie schrieb mir damals, als sie ihn kennen lernte. Da hatte sie gerade ihre Lehre bei einer Bank begonnen. Fechner brachte sie schnell dazu, sich nach einer anderen Möglichkeit zum Geldverdienen umzuschauen. Ich konnte überhaupt nichts machen. Sie war volljährig, und ich war ja nicht mal in der Nähe. Sonst hätte ich diesem Kerl gezeigt, was ich von ihm halte.»

Und er grinste mich an, dieser falsche Hund. Er ballte eine Hand zur Faust und winkelte den Arm an, sodass sein Bizeps deutlich hervortrat. «Er hat Glück gehabt, dass er mir nie über den Weg gelaufen ist.»

Dann sprach er über Roberts Großzügigkeit, über Dankbarkeit und den Unterschied zwischen einer Familie und einem Pflegeheim. Bei der Gelegenheit sprach er auch einmal andeutungsweise über seinen Unfall.

Ein Frontalzusammenstoß mit einem Personenwagen. Er hatte in einem Jeep gesessen und war beim Aufprall hinausgeschleudert worden. Der Fahrer des Personenwagens hatte nicht so viel Glück gehabt. Er war im Fahrzeug verbrannt, ehe Hilfe kam. In der Wüste waren die Rettungsmannschaften wohl nicht so schnell wie hier.

«Aber es gibt Momente», sagte Jonas und sprach mir auch damit aus der Seele, «da beneide ich diesen Mann.»

Und dann sprach er über Einsamkeit, wie schwer es ihm fiel, auf bestimmte Dinge zu verzichten, dass er sich nicht damit abfinden könne, als Mann nur noch die Hälfte wert zu sein. Er war ziemlich offen. Es ginge nicht um seine Befriedigung, die spiele sich ja nur noch im Kopf ab. Was er vermisse, sei das Gefühl, eine Frau glücklich zu machen. Er fragte, ob ich das nachvollziehen könne. Und ich glaubte zu verstehen, was er sagen wollte.

Ich kam erst viel später dazu, mir Gedanken über das zu machen, was ich in den ersten Tagen von ihm gehört hatte, vor allem über Fechners Glück. Da fiel mir dann auch endlich der Widerspruch auf. «Ich war ja nicht mal in der Nähe.»

Aber wie war das gewesen, als er auf Urlaub kam? Er kannte Fechner, darauf hätte ich jeden Eid geschworen. Robert wollte mir nicht glauben, verstand nicht, warum Jonas mir plötzlich ein Dorn im Auge war. Und ich konnte es ihm nicht erklären. Er hätte nur falsche Schlüsse daraus gezogen.

6. Kapitel

Ich ließ mir von Serge ein Taxi rufen, obwohl er anbot, mich heimzubringen. Seine Bekanntschaft im Bad hatte er anscheinend vergessen. Ich verzichtete auf seine Begleitung, wollte allein sein, Ruhe haben, ich musste nachdenken.

Mittel besorgen! Wer war Biller, und welche Mittel konnte er besorgen? Beweise gegen Isabell und Jonas, eine andere Möglichkeit gab es nicht, ihre Machenschaften aufdecken, ihre Zusammenarbeit mit Horst Fechner.

Robert hatte mir also am Ende doch noch geglaubt. Er musste mir geglaubt haben, sonst hätte er kaum einen Mann beauftragt, ihm Beweise zu beschaffen. Aber warum hatte er nicht mit mir darüber gesprochen? Er wusste doch, wie viel mir daran lag, dass er dieses Weib durchschaute.

Vielleicht wusste Olaf etwas. Aber Olaf war nicht gekommen. Es war kein gutes Zeichen. Es ging mir nicht gut, wirklich nicht. Ich fühlte mich wie ein Tier im Käfig, konnte nur hilflos an den Gitterstäben entlangschleichen, während sich davor eine Meute versammelte, die mich endgültig ausschalten wollte.

Umbringen konnten sie mich nicht, da wäre auch der dümmste Polizist stutzig geworden. Psychiatrie oder Knast, das waren ihre Ziele. Sie hatten wirklich gute Vorarbeit geleistet. Und ich hatte ihnen auch noch in die Hände gespielt. Ich hatte mich in den letzten Wochen nicht immer so benommen, wie man es von angepassten Mitgliedern der Gesellschaft erwartete.

Es machte mich ganz konfus, über all die kleinen und großen Vorfälle nachzudenken, die Missverständnisse von den

Tatsachen zu trennen. Serge musste etwas missverstanden haben, als er mit Robert sprach. Es war nichts vorgefallen, nicht zwischen Robert und mir. Nur zwischen Isabell und Jonas, zwischen Isabell und Robert, zwischen Robert und Jonas.

Es war mir nicht entgangen, wie viel Zeit Robert in den letzten beiden Wochen Jonas gewidmet hatte, obwohl er geschäftlich so viel unterwegs gewesen war. Wenn er eine Stunde erübrigen konnte, verbrachte er sie nicht mit mir, wie er es früher immer getan hatte. Er ging stattdessen hinauf und klopfte an wie ein Gast im eigenen Haus.

Es hatte mich schon ein wenig gestört. Ich hatte ihn auch ein- oder zweimal gefragt, was er denn immer mit Jonas zu bereden hätte. Eine Antwort hatte ich nicht bekommen, nur eins von diesen gequälten Lächeln, bei denen mir sein Blick durch und durch ging.

Aber jetzt gab es eine Erklärung für sein Verhalten. Robert hatte nur versucht, den beiden auf unverfängliche Weise auf die Finger zu sehen. Unter dem Vorwand, in Isabells Nähe sein zu wollen, hatte er sich bemüht, sie auszuhorchen.

Es war natürlich nicht die beste Methode der Kontrolle, und sie zeigte einmal mehr, wie hilflos Robert diesem Komplott gegenübergestanden hatte. In seiner Gegenwart dürften sie kaum Pläne geschmiedet haben. Vielleicht hatte Robert trotzdem das eine oder andere erfahren. Er hatte doch nur so tun müssen, als sei er ganz auf ihrer Seite. Und in den letzten beiden Wochen hatte er so getan. Mit seinem Verhalten hatte er sogar mich überzeugt und zeitweise in Panik versetzt.

An einem Abend hatte ich zufällig gehört, wie sie über einen interessanten Fall sprachen. Angeblich ging es um eine frühere Nachbarin ihrer Eltern. Jonas hatte sich redlich bemüht, von Isabell bestätigt zu bekommen, wie das damals gewesen war mit der armen Frau Sowieso. Die Ärmste war plötzlich dem Wahn verfallen, ihr Mann wolle sie aus dem Weg räumen. Überall in der Wohnung hatte sie Beweise für seine Absicht gefunden. Als ihr Mann ihr einmal vorsorglich ein Bad einließ, weil sie sich körperlich sehr stark vernachlässigte, war sie schreiend durchs Haus gerannt, nun wolle er sie ertränken. Man hatte sie dann schweren Herzens einweisen müssen. Ihre Behandlung hatte ein sehr fähiger Psychiater übernommen, und selbstverständlich hatte diese Koryphäe die arme Frau Sowieso geheilt.

Ich hatte natürlich gewusst, dass es eigentlich um mich ging. Ganz genau hatte ich gewusst, was sie Robert einreden wollten.

Ich hätte gerne mit Piel über alles gesprochen. Ich wollte nur einmal, nur ein einziges Mal von ihm hören, dass ich in all den Monaten Recht gehabt hatte. Aber Piel hatte mich bei unseren letzten Gesprächen nur noch gefragt, wie ich meine Gefühle für Robert derzeit einordnete.

«Er ist der Mann, der Ihr Leben zerstört hat, Mia. Er hat Ihnen alles genommen, Ihre Gesundheit, den Mann, den Sie liebten, Ihren Beruf und die Chance, als Künstlerin berühmt und von aller Welt anerkannt zu werden. Sie haben das jahrelang verdrängt, weil er bei Ihnen war. Er kümmerte sich rührend um Sie, war fast ausschließlich für Sie da. Und dann kam diese junge Frau. Nun ist zusätzlich sein Schwager im Haus, und Robert übersieht Ihre Bedürfnisse völlig. Er schließt Sie aus, Mia, er macht gemeinsame Sache mit Ihren Feinden. So empfinden Sie es doch, nicht wahr? Sie spüren, dass er Sie aus seinem Leben drängt. Was empfinden Sie, wenn er Abend für Abend mit Frau und Schwager verbringt und Sie allein in Ihrem Atelier sitzen?»

Piel hatte Zeit. Dass ich bei ihm nun besonders vorsichtig sein musste, stand außer Zweifel. Mein Therapeut steckte unter einer Decke mit dieser Bande! Es war unvorstellbar, aber es erklärte vieles, vor allem seine endlosen Vorträge. Nur konnte ich es mir kaum leisten, ihn offen zu beschuldigen. Die Patientin gegen den Arzt, da musste der richtige Eindruck entstehen. Ich konnte es mir nicht einmal leisten, den nächsten Termin bei ihm abzusagen. Aber sollte er mich tatsächlich für den Montag zu sich bestellen, war ich bis dahin wahrscheinlich in einer besseren Verfassung und konnte logisch argumentieren.

Es war zehn vorbei, als ich mich endlich aufraffte und zum Telefonhörer griff, schließlich musste auch Lucia erfahren, was geschehen war. Sie freute sich über meinen Anruf. Einen Augenblick lang hatte ich befürchtet, Isabell sei mir zuvorgekommen. Aber Lucia war ahnungslos, sie rechnete auch nicht mit einer schlimmen Nachricht.

Ich ließ ihren ersten Wortschwall über mich ergehen, biss die Zähne zusammen, um es mir erträglicher zu machen. Und dann war Lucia es, die die Zähne zusammenbiss. Sekundenlang hörte ich nur ein fürchterliches Knirschen, vielleicht war ihr der Hörer aus der Hand gefallen.

Dann kam ihre Stimme wieder, ganz klein und dünn. «Mia, bist du noch da?»

«Ja.»

«Wer hat es getan, Mia?»

«Ich weiß es nicht.»

Sie war völlig außer sich, stammelte noch eine Weile sinnlose Worte in den Hörer, versprach dann, sich um ein Flugticket zu kümmern und so rasch als möglich zu kommen.

«Mia, es ist so furchtbar. Es ist meine Schuld. Warum war ich nicht bei ihm? Er hätte mich gebraucht, aber ich habe es nicht begriffen. Ich wollte euch besuchen, wenn mein Roberto Vater geworden ist. Und jetzt ist er tot.»

Vater geworden! Das ging mir wie ein Stromschlag durch den Kopf und sämtliche Glieder. Vater geworden! Das war die Lösung. Warum war ich nicht eher darauf gekommen? Für ein Kind von Robert war Vaters Testament wie maßgeschneidert. Vom Tag seiner Geburt an konnte dieses Geschöpf abkassieren, und bis zu seiner Volljährigkeit konnten das stellvertretend die Eltern.

So hatte Vater es gewollt. Wie hätte er auch ahnen können, dass es Menschen vom Schlage einer Isabell, eines Horst Fechner und eines Jonas Torhöven gab? Ein unglaublicher Abgrund, wie könnte man es anders bezeichnen? Einen Mann umgarnen, ihm den Kopf völlig verdrehen, sich von ihm schwängern lassen, nur um ihn töten zu können.

Mit einem Schlag war alles ganz klar. Ein Motiv, wie es deutlicher nicht sein konnte. Jetzt bekam auch Roberts Äußerung bei Serge einen Sinn. Mittel besorgen! Seit sechs Wochen hatte Isabell das Haus kaum noch verlassen, aber davor! Tag für Tag unterwegs, einmal ein komplettes Wochenende auf Tour.

Dieses Kind war nicht von Robert. Es konnte gar nicht von ihm sein, und er hatte das geahnt. Er musste es gewusst haben. Er hatte sie vor die Tür setzen wollen, mitsamt ihrem hilfsbedürftigen Herrn Bruder.

«Hör auf mit dem Theater, Mia, hör mir zu.» Und dann hatte er wahrscheinlich zu mir gesagt: «Es ist bald alles überstanden, in ein paar Tagen sind wir sie los. Es wird alles wieder so wie früher, Mia. Ich muss jetzt noch einmal weg. Ich treffe mich mit einem Mann, der mir die Beweise für Isas Betrug beschafft hat.»

Natürlich hatte ich ihn begleiten wollen. Und er hatte vermutlich gesagt, ich solle mich lieber ausruhen. Es konnte gar nicht anders gewesen sein. Und dieses Weib hatte von der Galerie aus mitgehört. Und während Robert mir half, mich hinzulegen, während er noch einen Moment bei mir blieb, um zu sehen, ob ich Schlaf fand, hatte sie die Gelegenheit genutzt. Sie war vorausgefahren. Mit meinem Wagen! Vielleicht hatte sie gehofft, es möge Zeugen geben, die das Fahrzeug beschreiben konnten. Vielleicht hatte sie gedacht, der Ölverlust wäre als Beweis ausreichend.

Ich konnte kaum noch atmen, als ich die Treppen hinauflief. Isabell war im Zimmer am Ende der Galerie. Wo auch sonst! Sie stand am Fenster und schaute zu den Garagen hinüber, als ich eintrat. Jonas saß im Rollstuhl beim Tisch und schaute mir mit wildem Blick entgegen.

«Kannst du nicht anklopfen?», fuhr er mich an.

«Halt die Klappe», sagte ich und wandte mich an Isabell. «Ich hörte gerade von Lucia, du bist schwanger!? Doch bestimmt nicht erst seit vierzehn Tagen. Es dauert ja wohl ein Weilchen, ehe man mit hundertprozentiger Sicherheit weiß, dass es geklappt hat.»

Sie drehte sich langsam zu mir um. Jonas grinste, als sie mir antwortete: «Der Arzt sagte, es sei die neunte Woche.»

Ihre Stimme war so ruhig. Mir war danach, ihr an die Kehle zu gehen, aber ich bemühte mich ebenfalls um Ruhe. «Sieh einer an», sagte ich. «Die neunte Woche. Dann hast du dir das Balg wohl während des verlängerten Wochenendes machen lassen. Das müsste hinkommen, oder habe ich mich jetzt verrechnet?»

Sie reagierte nicht, und ich sagte: «Du bildest dir hoffentlich nicht ein, du hättest die Garantie für ein sorgloses Leben im Bauch. Ich kann beweisen, dass es nicht Roberts Kind ist. Robert hätte es übrigens auch beweisen können. Er wusste inzwischen, dass du ihn nach Strich und Faden mit Horst Fechner betrügst.»

Jonas grinste immer noch, wenn eben möglich, wurde es sogar noch eine Spur breiter, dieses Grinsen. Isabell stieß sich vom Fenster ab, ging zu ihm und legte eine Hand auf seine Schulter. Er griff nach ihrer freien Hand, hielt sie fest und tätschelte sie. Es war ein rührender Anblick, Hänsel und Gretel erzitterten beim Anblick der bösen Hexe.

«Mia, bitte», flüsterte sie. Es war nur ein Hauch. «Ich will nichts weiter als ein bisschen Ruhe. Es ist alles so schrecklich.» Sie geriet ins Stammeln, wischte sich mit einem Handrücken über die Augen. «Ich kann es noch gar nicht glauben. Ich will es auch nicht glauben. Robert hatte sich so sehr auf das Kind gefreut. Immer wieder sprach er davon, dass seine erste Frau unbedingt ein Kind hatte haben wollen, und wie oft er es später bedauert hatte, ihr diesen Wunsch nicht erfüllt zu haben. Er wollte bei der Geburt dabei sein, um keine Minute zu verpassen, und jetzt ist er …»

Mit jedem Wort war ihre Stimme ein wenig mehr in Tränen versunken, am Schluss brach sie ganz. Sie schaute auf diesen Koloss hinunter, als könne sie die nächsten Sätze aus seiner Mähne pflücken.

Er drückte und tätschelte ihre Hand, nickte ihr aufmunternd zu. Aber er war nicht ganz so gut wie sie in der Rolle des gefassten Hinterbliebenen, er grinste immer noch. Am Ende glaubte er, es sei ein schmerzliches Lächeln.

Isabell sprach weiter, die Stimme von einem Trauerflor umschlungen: «Ich hatte Herrn Wolbert gestern gebeten, mir den Platz zu zeigen, an dem es passiert ist. Das hat er getan. Da war ein großer Ölfleck, Mia. Herr Wolbert sagte, das habe nichts zu bedeuten. Aber sie haben deinen Wagen abgeholt. Warum, Mia? Warum haben sie deinen Wagen …»

Noch einmal brach ihre Stimme sehr effektvoll, sie hätte auf einer Bühne stehen sollen. Dort hätte sie Karriere machen können. Sie atmete ein paar Mal zitternd ein und aus, ehe sie weitersprach, ein wenig lauter diesmal.

«Mia, du hast ihn doch geliebt. Sag mir, dass es nichts zu

bedeuten hat. Mia, sag mir, dass du es nicht getan hast. Du hast Robert nicht erschossen, oder?»

Der letzte Satz war wieder nur noch ein Flüstern. Und plötzlich quollen ihre Augen über. Ihre Lippen zuckten.

Jonas tätschelte immer noch ihre Hand. «Reg dich nicht auf», sagte er. «Der Arzt hat gesagt, du darfst dich nicht aufregen.»

Ich konnte nicht mehr atmen, hatte das Gefühl, dass mir ein Zentnerstein auf der Brust lag. Diese Ungeheuerlichkeit drückte mir das Blut in den Kopf und in die Beine. Ich dachte, mir müsse jeden Augenblick der Schädel zerspringen.

Es war ein Fehler. Ich wusste genau, dass es ein Fehler war, loszubrüllen. Man konnte ihnen nur mit Ruhe beikommen, nur mit klarem Verstand. Aber ich hatte mich einfach nicht mehr in der Gewalt.

«Du elende Schlampe! Das hast du dir fein ausgedacht, aber damit kommst du nicht weit! Ich? Ich soll dir sagen, dass ich es nicht getan habe? Das musst du doch besser wissen als ich. Du hast meinen Bruder …»

Ich wollte nach ihr schlagen, aber plötzlich war der Rollstuhl direkt vor mir. Jonas fing meinen Arm ab und packte ihn dicht über dem Handgelenk. «Rühr sie nicht an», zischte er. «Es reicht, verstehst du? Sie hat gar nichts. Sie war hier in der Nacht. Das kann ich bezeugen. Und nicht nur ich. Und wo warst du? In deinem Zimmer warst du nicht. Dort habe ich persönlich nachgeschaut. Du bist ihm nachgefahren.»

Ich bemerkte erst, dass ich den Kopf schüttelte, als mir die Haarsträhnen über das Auge fielen. Seltsamerweise wurde ich ruhiger dabei, als ob ich mit dem beharrlichen Schütteln Ballast abwerfen könnte.

«Ich war in meinem Atelier. Und das wisst ihr wahrscheinlich besser als ich. Ich war nicht draußen. Wolbert hat bereits festgestellt, dass ich gar nicht fahrtüchtig war.»

Jonas lachte kurz auf. Das Grinsen verschwand endlich aus seinem Gesicht, er gab sich große Mühe, seine Stimme in Bitterkeit zu tauchen. «Nicht fahrtüchtig? Du? Das ist nur eine Sache der Gewohnheit. Da kommt die Polizei auch noch dahinter. Und wenn nicht, kann ich ihnen gerne erzählen, wie das vor drei Wochen war. Da warst du auch voll wie eine Haubitze. Robert wollte dir die Bullen hinterherschicken, damit du heil zurückkommst. Isa hat ihn davon abgehalten, gebettelt hat sie. Tu das nicht. Ihr wird bestimmt nichts passieren, sie fährt doch oft in dem Zustand. Wenn du ihr die Polizei auf den Hals hetzt, haben wir hier keine ruhige Minute mehr. Das hätte sie besser geträumt. Wahrscheinlich hätten sie nicht nur deinen Führerschein kassiert, sondern deine Karre beschlagnahmt. Dann wäre das nicht passiert.»

Ich wusste im ersten Moment nicht, wovon er sprach. Mein Handgelenk hielt er immer noch gepackt und zerrte an meinem Arm wie an einem Pumpenschwengel.

«Lass mich los», schrie ich ihn an. Und als er nicht gleich reagierte, trat ich nach ihm. Ich traf ihn mit der Spitze des Schuhs dicht über dem rechten Fußknöchel. Er zuckte kurz zusammen, gab mein Handgelenk frei und zog verächtlich die Mundwinkel nach unten. «Hysterische Kuh», murmelte er.

Isabell war ganz bleich geworden.

«Damit kommt ihr nicht durch», sagte ich, vielleicht schrie ich auch, es ist ja nicht so wichtig. «Ich hatte keinen Grund, Robert zu töten.»

Jonas schüttelte den Kopf, es sah fast nach Bedauern aus. «Muss ich deinem Gedächtnis auf die Sprünge helfen? Nach deiner Spritztour vor drei Wochen hat Robert gesagt, dass er sich wohl oder übel mit Piel in Verbindung setzen muss. Er hatte die Schnauze voll, das weißt du ebenso gut wie ich. Keinen Grund? Wenn hier überhaupt jemand einen Grund hatte, dann du. Ist nur bedauerlich, dass du deinen Kopf aus der Schlinge ziehen kannst. Verrückt muss man sein, dann darf man ungestraft um sich schießen.»

Irgendwie kam ich wieder hinunter, lag auf der Couch und bemühte mich um Ruhe. Isabell blieb die ganze Nacht bei Jonas. Ich hatte die Tür zur Halle offen gelassen und hörte bis weit nach Mitternacht keinen Muckser von der Galerie, keinen einzigen Schritt, nicht einmal eine Tür ging auf und zu. Sie hatte wohl Angst, mir nach dieser Szene auf der Treppe oder in der Halle zu begegnen.

Kurz nach eins stieg ich hinauf. Ich schaute einmal kurz in Roberts Schlafzimmer. Die Tür war nicht verschlossen. Ich machte Licht, das Bett war unberührt. Sekundenlang lähmte mich der Anblick völlig. Das Bewusstsein, dass es jetzt immer so wäre, war wie ein Bleigewicht in den Beinen und löste erneut das brennende Bedürfnis aus, sie beide auszulöschen, auf der Stelle.

Aber ich hatte nichts bei mir, nicht einmal einen Strumpf, mit dem ich sie hätte erdrosseln können. Und sie waren zu zweit. Auch wenn er keinen Schritt laufen konnte, dieser Kerl hatte Bärenkräfte. Ich ging trotzdem bis zu der Tür am Ende der Galerie. Dahinter war es still. Ob sie tatsächlich schliefen? Zusammen in einem Bett? Und kein Doppelbett wohlgemerkt!

Ich drückte vorsichtig die Klinke, es war abgeschlossen. Trotz meiner Vorsicht hatte es ein leises Knacken gegeben. Und Isabell hatte wohl einen sehr leichten Schlaf, die Nerven, nicht wahr! Sie war der Schwachpunkt, das wurde mir in den folgenden Sekunden klar. Es herrschte noch einen Augenblick Ruhe, dann hörte ich sie leise fragen: «Was war das?»

Es klang bereits nach einem Anflug von Hysterie. Sie bekam nicht sofort Antwort, wurde noch nervöser und etwas lauter: «Wach auf. Ich glaube, sie ist an der Tür.»

Von ihm kam zuerst nur ein verschlafenes Brummen. Isabell flüsterte, sprach jedenfalls so leise diesmal, dass ich nichts davon verstand. Jonas antwortete in der gleichen Lautstärke. Aber er schaffte es nicht, sie zu beruhigen. Noch einmal verstand ich sie deutlich. «Ich halte das nicht aus. Ich kann nicht mehr. Ich will hier weg. Sie wird uns alle umbringen, warum glaubst du mir …»

Ihre Stimme brach plötzlich ab, als habe er ihr eine Hand auf den Mund gelegt, um sie zum Schweigen zu bringen. Ich wartete noch ein paar Minuten, aber außer einem wütenden Zischen hörte ich nichts mehr. Und hinein zu ihnen konnte ich ja nicht. Also ging ich wieder hinunter und legte mich auf die Couch.

Am nächsten Morgen traf ich Isabell in der Küche. In meinem Kopf hämmerte es, aber es war keiner von den schlimmen Anfällen. Vermutlich war es nur Erschöpfung, ich war erst gegen Morgen eingeschlafen, und in den letzten Nächten hatte ich auch nicht übermäßig viel Schlaf bekommen. Vielleicht war es auch Hunger, ich hatte seit Dienstag nicht mehr richtig gegessen.

Ich war ruhig, absolut ruhig. Jetzt, wo ich keine Rücksicht mehr auf Robert und seine Gefühle nehmen musste, war ich die Stärkere, die Nacht hatte mir das deutlich gezeigt. Ich konnte sie noch ein wenig zappeln lassen, bevor wir zum Ende kamen. Und ich war fest entschlossen, das auch zu tun. Sie sollten am eigenen Leib erfahren, wie das war, in Angst zu leben, genau zu wissen, dass etwas Schreckliches kommt, und nicht zu wissen, wie man es verhindern kann.

Ich wollte mir gerade einen Kaffee machen, als Isabell hereinkam. Sie hatte anscheinend nicht mit mir gerechnet, es war noch sehr früh. Sie zuckte zurück, als sie mich sah, und wollte gleich wieder umdrehen.

«Komm nur herein», sagte ich. «Ich bin im Augenblick unbewaffnet, und mit nur einem Arm lasse ich es lieber nicht auf einen Faustkampf ankommen.»

Sie antwortete nicht, schlich in weitem Bogen um mich herum von Schrank zu Schrank.

«Wir sind unter uns», sagte ich. «Du kannst dir das Theater für später aufheben. Lucia wird vermutlich heute noch eintreffen, dann hast du Publikum.»

Keine Reaktion. Sie machte sich daran, das Frühstück für sich und Jonas auf einem Tablett zusammenzustellen. Immer wieder warf sie mir kurze, furchtsame Blicke zu.

Es fiel mir nicht leicht, gegen die aufkommende Wut anzukämpfen. Ihr Herumschleichen presste mir den Kopf in einen Schraubstock. Vor mir musste sie sich nun wahrhaftig nicht benehmen, als sei ich ein gefährliches Tier. Allein mit mir, hätte sie getrost ihren Triumph auskosten und genüsslich ein komplettes Geständnis auf den Tisch legen können. Mir hätte doch kein Mensch geglaubt, wenn ich damit zur Polizei gegangen wäre. Mir glaubte doch nie jemand.

Ich konnte nicht mehr durchatmen. Sie stand vor dem Kühlschrank und füllte Fruchtsaft in ein Glas.

Als sie zurück zum Tisch ging, fragte ich: «Hast du den kleinen Colt wieder zurück an seinen Platz gelegt? Du hast ihn doch hoffentlich nicht weggeworfen. Könnte sein, dass ich ihn brauche in absehbarer Zeit.»

Und sie riss die Augen auf. Das Glas fiel zu Boden. Der Fruchtsaft spritzte noch durch die halbe Küche, da war sie bereits in der Halle und stürmte wild schluchzend die Treppe hinauf.

Ich nahm den Kaffee mit ins Atelier, schluckte zwei Aspirin und legte mich wieder auf die Couch. Gegen Mittag hörte ich sie hinunter in den Keller gehen. Als sie nach zehn Minuten noch nicht zurück war, folgte ich ihr. Und schon auf der Treppe hörte ich das Plätschern. Die trauernde Witwe suchte ein wenig Entspannung im Pool, warum nicht!

Sie bemerkte mich nicht. Es war fast so wie an dem Sonntagnachmittag im Februar, als ich begreifen musste, wie sehr Robert bereits unter ihrem Bann stand. Die Erinnerung machte mich so lahm, dass ich kaum wieder die Treppe hinaufkam. Hätte ich nur richtig schwimmen können, ich hätte sie ertränkt. Aber ich konnte überhaupt nichts, nur auf der Couch liegen und grübeln, unentwegt grübeln. Tausendmal sah ich mich mit Robert zur Hintertür des «Cesanne» gehen. Tausendmal fühlte ich seine Hand an meinem Arm. Tausendmal hörte ich ihn sagen: «Hör auf mit dem Theater, Mia, hör mir zu.»

Er sagte das noch, als Piel am frühen Nachmittag anrief, und mehr als das sagte er nicht. Piel bot mir einen Termin für Montag früh elf Uhr. Seine Stimme klang besorgt. «Ich kann mich darauf verlassen, dass Sie kommen, Mia?»

Darauf konnte er sich nicht nur verlassen. Er hätte Gift darauf nehmen können.

Eine knappe Stunde später meldete sich Lucia. Sie hatte keinen Linienflug nehmen wollen und eine kleine Maschine gechartert. Nun war sie am Flughafen und bat darum, abgeholt zu werden. Ihre Stimme klang von Tränen erstickt, so dünn und zerbrechlich. Aus lauter Not verfiel sie teilweise in ihre Muttersprache. Ich verstand nur die Hälfte. «Kann ich so nicht unter Menschen sein, Mia. Kein Taxi. Kannst du kommen, bitte?»

Es tat mir sehr Leid, ihr diese Bitte abschlagen zu müssen. Ich erklärte ihr, mein Wagen sei in der Werkstatt. Lucia schluchzte noch einmal, dann fragte sie: «Kannst du bitte Isa schicken, oder ist sie krank?»

«Nein», sagte ich. «Es geht ihr ausgezeichnet. Sie kann dich abholen.»

Es behagte mir nicht sonderlich, dass ich mit einer Bitte hinaufgehen musste. Natürlich war Isabell auf der Stelle bereit, ihre Schwiegermutter abzuholen. Ich konnte mir lebhaft vorstellen, wie sie die Gelegenheit nutzen wollte, Lucia gegen mich aufzuhetzen. Nur wusste ich nicht, wie ich es hätte verhindern sollen. Und ich vertraute auch auf Lucias gesunden Menschenverstand. Wenn sie erst hier war, musste sie sehen, was vorging.

Was ich dann zu sehen bekam, war eine ergreifende Abschiedsszene zwischen besorgtem großem Bruder und schutzbedürftiger kleiner Schwester. Das Monstrum rollte neben Isabell her bis zum Ende der Galerie, noch zwei Zentimeter weiter, und er hätte sich auf der Treppe den Hals gebrochen. Dann nahm er ihre Hand und drückte sie sich gegen die Lippen.

«Fahr vorsichtig und pass auf dich auf.»

«Du auch», hauchte sie. Sie war erschreckend blass, vermutlich hatte sie eine dicke Schicht Puder aufgetragen. Ihre Augen waren gerötet – vom Chlorwasser, wovon sonst. Sie war länger als eine Stunde im Becken geblieben.

«Mach dir um mich keine Sorgen», sagte Jonas mit einem Blick zu mir – wie ein verwegener Kriegsheld vor der großen Schlacht.

«Ich passe schon auf ihn auf», rief ich, als Isabell endlich die Treppe hinunterstieg. «Ich kann ja eine Runde mit ihm schwimmen, damit ihm die Zeit nicht lang wird. Irgendwie bringe ich ihn schon hinunter in den Keller.»

Sie zuckte zusammen wie unter einem Schlag, aber sie drehte sich nicht noch einmal zu mir um. Jonas blieb an der

Treppe, bis die Haustür hinter ihr ins Schloss fiel. Und ich dachte, dass ich ihm wirklich nur einen kleinen Stoß geben müsste.

Ich war zur Tür meines Zimmers gegangen, nachdem ich Lucias Bitte vorgetragen hatte, und dort stand ich noch. Jonas hatte Schwierigkeiten, den Rollstuhl zu wenden. Mit viel Mühe rangierte er hin und her, vor und zurück, bis er es endlich geschafft hatte. In den ersten Tagen war er wesentlich geschickter mit diesem Ding umgegangen. Er war ein bisschen aus der Übung, der Knabe, kein Wunder, wenn er sich sogar noch die zwei Meter ins Bad schieben ließ. Aber vielleicht machte es ihn auch nur nervös, jetzt mit mir allein zu sein.

Als er noch etwa drei Meter von mir entfernt war, machte er Halt. «So», begann er bedächtig, «jetzt sind wir unter uns.»

Offenbar hatte Isabell ihm meinen kleinen Monolog aus der Küche brühwarm serviert. Die Betonung lag eindeutig auf dem «Wir».

Er verzog den Mund, als wolle er grinsen, es hatte etwas sehr Abfälliges. «Tut mir Leid um Robert», sagte er, «tut mir wirklich Leid um ihn. Ich kannte ihn zwar noch nicht so lange, aber er war ein feiner Kerl. Manch einer hätte sich einen Dreck darum geschert, was aus mir geworden wäre. Robert hat mich Isa zum Gefallen aufgenommen, das weiß ich. Was ich jetzt sage, sag ich auch nur Isa zum Gefallen. Ich habe dich gesehen in der Nacht. Ich habe vom Fenster aus gesehen, dass du zurückgekommen bist. Da war es ziemlich genau halb vier. Und du bist mit deinem Wagen zurückgekommen, Mia.»

«Vom Fenster aus», wiederholte ich. Obwohl mir nicht danach war, brachte ich ebenfalls ein Grinsen zustande. «Sind dir neuerdings Zehenspitzen am Hintern gewachsen?»

Er antwortete nicht gleich, verzog nur den Mund. Dann legte er beide Hände auf die Armlehnen des Rollstuhls, drückte die Arme durch und stemmte so den gesamten Oberkörper in die Höhe.

«Ich brauche keine Zehenspitzen am Hintern», sagte er dabei. Er hatte wirklich Kräfte wie ein Bär. Ich zählte die Sekunden, fünf, acht, zwanzig, und er zeigte immer noch kein Zeichen von Anstrengung. Dreißig Sekunden, fünfzig Sekunden, er atmete nicht einmal schneller.

Und er blieb in der Position, als er weitersprach. «Ich bin von deiner Toberei aufgewacht und dachte, es sei besser, nicht im Bett zu bleiben. Es klang nämlich, als hättest du Robert schon in der Halle kaltmachen wollen. Aber ehe ich im Rollstuhl saß, war er aus dem Haus. Und von dir war kein Ton mehr zu hören. Jetzt willst du mir bestimmt erzählen, du wärst vor Erschöpfung eingeschlafen. Erzähl das lieber deinem Seelenklempner. Auch wenn er es nicht glaubt, muss er die Schnauze halten.»

Endlich ließ er sich wieder hinuntergleiten und schaute mich an, als müsse ich ihm für seine sportliche Leistung applaudieren.

«Bisher habe ich meinen Mund gehalten», fuhr er fort. «Nicht einmal Isa gegenüber habe ich einen Ton verlauten lassen. Sie meint, Robert hätte dich ins Atelier gebracht. Dass du nicht drin geblieben bist, hat sie nicht mitbekommen. Und wenn die Polizei zu blöd ist, ist es nicht meine Aufgabe, sie mit der Nase auf verschiedene Dinge zu stoßen. Von mir aus kann es so weitergehen wie bisher, vorausgesetzt, du lässt Isa in Ruhe. Du gehst ihr ab sofort aus dem Weg, ist das klar? Du hältst dich unten auf, sie bleibt hier oben bei mir. Wenn sie das Essen holt, machst du dich unsichtbar, dann kriegen wir auch keinen Krach.»

«Soll das eine kleine Erpressung werden?», fragte ich. «Du

vergisst, wo du dich aufhältst.» Ich war völlig ruhig in diesem Moment, es wunderte mich selbst ein wenig. Er hätte den Mund nicht gehalten, wenn er tatsächlich gesehen hätte, was er mir weismachen wollte. Er hätte es Wolbert nicht nur so erzählt wie mir, er hätte der Polizei gegenüber vermutlich auch noch behauptet, er habe mich mit dem Revolver in der Hand aus meinem Wagen steigen sehen.

«Das ist mein Haus», sagte ich. «Jetzt ist es einzig und allein mein Haus. Und niemand kann mich zwingen, Pack wie euch darin zu dulden. Ich hätte euch schon am Freitag auf die Straße setzen können. Dass ihr noch hier seid, hat nur einen Grund. Denk darüber nach, vielleicht kommst du ganz von allein dahinter.»

Er starrte mich an, als hätte ihm meine Antwort die Sprache verschlagen. Und ich drehte mich um und ging in mein Zimmer.

Ich zog mich aus, ging ins Bad und ließ Wasser in die Wanne. Es entspannte mich ein wenig, ausgestreckt im warmen Wasser zu liegen. Der Druck im Schädel ließ nach. Als ich mir eine halbe Stunde später frische Wäsche anzog, fühlte ich mich wieder wie ein menschliches Wesen. Und mir wurde bewusst, dass ich mich dringend um den kleinen Colt kümmern musste.

Robert hatte ihn im Keller versteckt, nachdem er ihn mir weggenommen hatte. Neben der Sauna war ein Raum ohne Fenster, der als Gerätekammer genutzt wurde. Einmal in der Woche kam der Gärtner, kümmerte sich um den Rasen, Bäume, Sträucher und Hecken, sein Arbeitsgerät wurde in der Kammer aufbewahrt.

Rasenmäher, Heckenscheren, Spaten und Harken, ein Stapel mit Planen, die im Winter dazu dienten, verschiedene Sträucher vor Frost zu schützen, und ein verschließbarer kleiner Schrank, in dem früher diverse Mittel zur Unkrautvernichtung und Schädlingsbekämpfung aufbewahrt worden waren.

Seit Jahren verzichteten wir darauf, solche Mittel einzusetzen. Seitdem war der Schrank leer. Es gab für den Gärtner keine Veranlassung mehr, ihn zu öffnen. Und dort hatte der Colt zuletzt gelegen.

Da lag er immer noch. Oder wieder! Vielleicht hatte Isabell ihn erst am Mittag zurück auf seinen Platz gelegt, ehe sie ins Wasser stieg. Ich hätte ihr auf der Stelle folgen müssen, als sie hinunterging. Was sie in den ersten zehn Minuten getrieben hatte, wusste nur sie allein.

Aus einem ersten Reflex heraus wollte ich nach der Waffe greifen, aber dann besann ich mich. Auf einem Regalbrett an der Wand lagen Arbeitshandschuhe. Sie waren mir zu groß, und sie waren sehr grob. Ich hatte kein Gefühl mehr in den Fingern, als ich einen davon übergestreift hatte. Aber es war besser als nichts. Der Colt sah wirklich aus wie ein Spielzeug in diesem groben Arbeitshandschuh. Die Trommel ließ sich ausschwenken, jede Kammer war gefüllt, eine Patrone war leer. Die Kugel, die sie enthalten hatte, steckte jetzt in Roberts Kopf. Nein, jetzt wahrscheinlich nicht mehr. Der Gerichtsmediziner hatte sie wohl inzwischen entfernt.

Als ich mit meinen Gedanken so weit gekommen war, als ich mir vorzustellen begann, wie Roberts nackter Körper auf einem Stahltisch lag – sie benutzen doch Stahltische in der Pathologie, die lassen sich leichter säubern –, da löste sich der Knoten. Ich spürte noch, dass mir etwas sehr heiß in die Nase stieg, dann kamen endlich die Tränen.

Ich wollte hinaufgehen, ich wollte Isabell das antun, was sie mir angetan hatte, ihren Bruder über den Haufen schießen. Aber ich konnte nicht, ich konnte einfach nicht. Es wäre doch viel zu billig gewesen. Ich hockte nur halbblind auf den Abdeckplanen für unsere Rosen. Ich wollte sie wirklich töten, zuerst ihn, dann sie. Aber ich wusste nicht, wie, und ich wusste auch nicht, ob ich mich danach besser fühlen würde.

Wie lange ich im Keller saß, wusste ich später auch nicht mehr. Es nahm einfach kein Ende. Ich hatte nie geweint, nicht einmal als Kind. Ich konnte es eben nicht. Und jetzt lief es nur so aus mir heraus, als ob man einen Wasserhahn aufgedreht hätte.

Irgendwann war mir, als ob ich Schritte auf der Treppe hörte. Langsame, zögernde vorsichtige, unsichere, zurückhaltende Schritte. Ich hörte nicht mehr so gut, meine Nase war zugeschwollen und hatte mir die Ohren gleich mit verstopft. Und ich dachte, es wäre Robert. Ich dachte es wirklich, wollte schon aufspringen, ihm entgegenlaufen und mich in seine Arme werfen. Dann fiel mir ein, dass er nie wieder eine Treppe hinunterkommen konnte, um zu sehen, ob es mir gut ging. Da konnte ich mich nicht mehr rühren.

Ich konnte auch nicht richtig sehen. Mit dem Kleid wischte ich mir mehrfach das Auge trocken, nur konnte ich nicht aufhören zu weinen. Wie sollte ich auch, Robert war tot. Und er war gestorben mit all den Sorgen, die ich ihm in den letzten Wochen gemacht hatte. Eine Hilfe hatte er wahrhaftig nicht mehr an mir gehabt. Was mochte er gedacht haben, wenn er mich sah?

Immer dieser zweifelnde Blick in den letzten beiden Wochen. Dieses Abwägen in den Augen. Ist das noch meine Mia? Ist das noch die Frau, die mir beibrachte, ein Auto zu fahren, die mir erklärte, wie viel Zärtlichkeit und Geduld ein junges Mädchen beim ersten Mal brauchte. Die so angetan war von Marlies und so schockiert von Isa. Was kann ich ihr noch zumuten? Wie viel darf ich ihr noch anvertrauen?

Immer die Ratlosigkeit, die endlosen Minuten voll Schweigen. Als ob er Angst gehabt hätte, mir endlich zu gestehen: «Du hattest Recht, Mia. Du hattest von der ersten Stunde an

Recht. Aber ich werde jetzt endlich die Konsequenz ziehen. Ich werde mich von Isa trennen, das verspreche ich dir. Jetzt müssen wir beide nur ein bisschen vorsichtig sein. Wenn Isa zu früh bemerkt, was ich vorhabe, könnte es geschehen, dass sie mir zuvorkommt. Sie ist nämlich schwanger, und du weißt, was das bedeutet. Wenn sie ein Kind bekommt, ist mein Leben keinen Pfifferling mehr wert. Mia, kann ich mich darauf verlassen, dass du schweigst?»

Natürlich hätte ich geschwiegen, doch, bestimmt, ich hätte geschwiegen wie ein Grab. Ich hätte höchstens mit Piel darüber gesprochen. Das will ich nicht ausschließen. Bei Piel hatte ich ja immer das Bedürfnis, ihm seine Irrtümer vor Augen zu führen.

Und Robert hatte das gewusst. Er hatte auch gewusst, dass Piel mir nur wieder das Gegenteil erklärte und mich damit unnötig aufregte. Vielleicht hatte Robert sogar gewusst, dass man Piel nicht mehr trauen konnte. Er musste es gewusst haben, deshalb hatte er wohl auch mit ihm reden wollen. Wenn er es denn tatsächlich zu Jonas gesagt haben sollte, bewiesen war das ja nicht.

Irgendwann schaffte ich es, den Colt in ein anderes Versteck zu bringen und wieder nach oben zu gehen. Ich war überzeugt, Isabell sei inzwischen mit Lucia zurück, dass es ihre Schritte gewesen waren, die ich auf der Treppe gehört hatte.

Ich wollte nicht denken müssen, ich hätte mir nur eingebildet, da käme jemand zu mir in den Keller. Sie hatten mir doch immer wieder erklärt, dass ich mir alles nur einbilde und mich hineinsteigere und den Verstand verliere. Und manchmal hatte ich es selbst geglaubt.

Es war still im Haus, es war so entsetzlich still. Es war niemand da. Und die Wodkaflasche war leer. Ich suchte in der Vorratskammer noch nach einem Ersatz, als ich endlich den

Renault die Einfahrt hinaufkommen hörte. Gott, ich war so erleichtert. Und ich dachte, dass ich vielleicht nur das Blut in meinen Ohren hatte pochen hören. Dieses ungewohnte Weinen, es zuckte immer noch nach.

Wenig später hörte ich Lucias Stimme. «Nein, nein, Kind, meinen Koffer trage ich selbst.» Arme Lucia, gute Lucia, blinde Lucia. Aber wenigstens war ich nicht mehr allein.

Lucia stand mitten in der Halle, klein und rundlich, das ehemals schwarze Haar von Unmengen grauer Strähnen und das vor einem halben Jahr noch pralle Gesicht von einer Vielzahl tiefer Kerben durchzogen, trotzdem eine stattliche Erscheinung. Ihren Koffer hatte sie neben sich auf dem Boden abgestellt. Sie breitete die Arme aus.

Wie oft hatte sie das früher für mich getan. Und niemals hatte ich es geschafft, mich in ihre Arme zu flüchten. Jetzt konnte ich es. Es tat so gut, es war fast, als ob Robert mich hielte. Ich war ein gutes Stück größer als sie, doch in dem Augenblick überragte sie mich. So standen wir ein paar Sekunden lang. Lucia strich mit einer Hand über meinen Rücken, murmelte ein paar tröstlich klingende Worte in ihrer Muttersprache. Dann gab sie mich frei und sagte: «Du hast dein Kleid schmutzig gemacht, Mia.»

«Ich weiß», sagte ich. «Ich ziehe mich rasch um. Dann können wir essen. Du hast sicher Hunger.»

Wir gingen zusammen hinauf in den ersten Stock. Isabell war bereits vorausgegangen, um Jonas dahin gehend zu informieren, dass sie sich während der Fahrt ausgezeichnet mit ihrer Schwiegermutter unterhalten hatte. Ich ging in mein Zimmer und Lucia in das ehemalige, seit ewigen Zeiten ungenutzte Elternschlafzimmer.

Nachdem ich mich umgezogen hatte, ging ich zu ihr hinüber. Sie hatte das Fenster weit geöffnet und war dabei, eines der Betten mit frischer Wäsche zu beziehen. Ich hatte das Bedürfnis, mich bei ihr zu entschuldigen, weil ich das Zimmer nicht vorbereitet und weil ich nicht auf Robert aufgepasst hatte.

Ich hatte ihr doch damals versprochen, ihn zu hüten wie meinen Augapfel. Und nachdem ich das rechte Auge verloren hatte, war mir das linke doppelt kostbar gewesen. Da hatte ich erst begriffen, was es heißt, einen Menschen wie einen Augapfel zu hüten. Aber ich kam mit meiner Erklärung nur bis zum Zimmer.

Lucia winkte ab. «Es ist nicht wichtig, Mia. Erzähle mir lieber, was hier passiert ist. Roberto rief mich an, heute vor einer Woche. Er bat mich, euch zu besuchen. Er sagte, Mama, es geht etwas vor im Haus, ich weiß nicht mehr, was ich denken soll. Ich brauche einen Menschen hier, der seine fünf Sinne beisammen hat. Und ich sagte ihm, dass ich es nicht einrichten kann. Seine Großmutter ist krank, weißt du, es geht mit ihr zu Ende. Ich wollte sie nicht allein lassen. Das verstand er. Ich sagte, du hast doch Mia bei dir. Da lachte er. Er lachte nur, Mia. Was ging denn hier vor?»

Ich konnte ihr darauf nicht antworten. Einen Menschen, der seine fünf Sinne beisammen hat. Ich hatte die meinen nicht beisammen gehabt. Ich hatte sie in Wodka und Spezialdrinks ersäuft. Aber das hatte Robert seiner Mutter verschwiegen. Und mir hatte er verschwiegen, dass er sie um einen Besuch gebeten hatte. Vor einer Woche! Was war denn vor einer Woche gewesen?

Sonntag, mehr fiel mir dazu nicht ein. Etwas Besonderes war nicht vorgefallen. Ich war das gesamte Wochenende daheim gewesen und hatte gewartet, Stunde um Stunde gewartet, dass Robert ein paar Minuten Zeit und ein liebes Wort für mich fand.

Den ganzen Samstag hatte ich ihn nur zweimal kurz zu Gesicht bekommen. Gefrühstückt hatte er nicht mit mir. Ich glaube, er hatte gar nicht gefrühstückt. Mittags war er bei Jonas. Sie aßen zu dritt in seinem Zimmer. Am Nachmittag kam Olaf. Er begrüßte mich nur flüchtig und ging auch gleich hinauf. Bis nach Mitternacht saßen sie zu viert da oben, unterhielten sich bei einer Flasche Wein. Stunde um Stunde hatte ich sie lachen hören.

Ich hatte auch nicht gefrühstückt. Ich mochte nicht alleine am Tisch sitzen. Getrunken hatte ich am Vormittag kaum mehr als ein oder zwei Gläser, im Höchstfall drei, nachmittags ein bisschen mehr. Und abends, als sie sich in Jonas' Zimmer amüsierten, hatte ich im Wintergarten gesessen, die Pflanzen betrachtet und mich an Marlies erinnert, an das beschauliche Leben mit ihr. Oft war es auch fröhlich gewesen.

Wir hatten viel zusammen gelacht, vor allem in der letzten Nacht. Warum hatte ich sie nicht auf den Notsitz steigen lassen? Roberts Kinder könnten bereits zur Schule gehen. Und jeden Sonntag käme Robert mit ihnen zum Friedhof, sie würden mir Blumen aufs Grab legen und ihnen erzählen, dass ich wohl sehr berühmt geworden wäre mit der letzten Arbeit, mit der besten, die leider nicht mehr fertig wurde. Aber der Steinklotz hätte mein Grabstein sein können.

Zwischen zwei und drei in der Nacht hatte Robert mir dann für eine halbe Stunde Gesellschaft geleistet. Er war aufgewacht, weil er meinte, dass ich wieder einmal ruhelos im Haus herumgegeistert sei. Ein schlechtes Gewissen hatte er, weil er mich so vernachlässigt hatte. Und erleichtert war er, mich im Wintergarten zu finden – ohne Wodka. «Können wir reden?», hatte er gefragt.

Aber ich wusste nicht mehr, worüber wir noch reden sollten. Über Olaf, der kurz nach Mitternacht verschwunden war, ohne sich von mir zu verabschieden, lohnte sich kein

Wort mehr zu verlieren. Zu Jonas mochte ich mich nicht äußern, seine Heldentaten in der Wüste interessierten mich einen feuchten Dreck. Und Isabell, da war nun von meiner Seite aus wirklich alles gesagt worden.

«Ich dachte schon», hatte Robert gesagt, «ich hätte dich wieder einmal aus deinem Bett vertrieben.»

«Das hast du noch nie», hatte ich geantwortet.

Gelächelt hatte er, dieses gequälte Lächeln, das mich in jeder Nervenfaser schmerzte. «Da habe ich einen anderen Eindruck. Meinst du, mir sei nie aufgefallen, dass du regelmäßig im Atelier übernachtest, wenn ich mich noch mit Isa unterhalte?»

«Du unterhältst dich ja nicht mit ihr», hatte ich gesagt. «Du bettelst sie an, und das will ich nicht hören.»

Daraufhin hatte er genickt und festgestellt: «Also doch.»

Nachdem ich ihm versichert hatte, dass ich den ganzen Abend nicht in meinem Zimmer gewesen sei, auch nicht im Atelier oder auf der Galerie, war Robert wieder hinaufgegangen.

Es war doch etwas Besonderes gewesen, der letzte friedliche Moment mit ihm, die letzte halbe Stunde, in der er mir das Gefühl gegeben hatte, dass ich ihm noch nicht völlig gleichgültig geworden war. Aber davon hatte er seiner Mutter nichts erzählt.

Nachdem sie das Bett hergerichtet und sich frisch gemacht hatte, bestand Lucia darauf, Jonas zu begrüßen. Da er an der Hochzeit seiner Schwester nicht teilgenommen hatte, sah sie ihn zum ersten Mal.

Sie war freundlich, sehr herzlich. Und er gab sich bieder, veranstaltete ein widerliches Getue, wie viel Gutes Robert ihm über sie erzählt habe. Wie sehr er es bedaure, sie unter solch traurigen Umständen kennen zu lernen. Isabell tat zwei Schluchzer dazu.

«Armes Kind», sagte Lucia und nahm sie in die Arme.

Ich hielt es nicht länger aus, ging hinunter in die Küche, richtete das Abendessen für Lucia und mich und trug alles hinüber ins Esszimmer. Als Lucia wenig später herunterkam, war sie entrüstet. «Nimm noch zwei Gedecke aus dem Schrank und bring alles hinauf, Mia. Wir werden alle in meinem Zimmer essen.»

Ich hätte ihr jeden Gefallen getan, diesen nicht. Als ich den Kopf schüttelte, schaute sie mich zwei Sekunden lang schweigend an, dann fragte sie: «War es das, was Roberto meinte? Du benimmst dich unmöglich, Mia. Was hat Isas Bruder dir getan?»

Und wieder konnte ich ihr nicht antworten. Sie hätte das nicht verstanden. Sie war nicht der Mensch, der sich mit Abschaum auseinander setzen konnte.

Jonas war erst seit knapp einer Woche im Haus gewesen, als ich nachts nicht schlafen konnte. Nebenan bettelte Robert und bekam nur eine patzige Antwort. «Kannst du nicht ein bisschen Rücksicht nehmen? Mir war den ganzen Tag übel. Ich bin müde, und mir tut der Rücken weh. Ich weiß nicht, was mit mir los ist.»

«Wir sollten doch einen Pfleger einstellen», sagte Robert. «Ich habe mir gleich gedacht, dass es für dich zu viel wird.»

«Nein, so viel Arbeit ist es nicht», sagte sie. «Es ist auch nicht schwer. Mir macht nur diese Übelkeit zu schaffen. Vielleicht habe ich mir den Magen verdorben.»

Ich wollte hinuntergehen, um mir einen Wodka zu holen. Auf der Galerie sah ich Licht aus Jonas' Zimmer fallen, nur einen schmalen Streifen. Die Tür war nicht ganz geschlossen. Und ich hörte deutlich das Stöhnen, es klang fast nach einem Schluchzen.

Er tat mir so Leid in diesem Moment. Ich wusste nur zu gut, wie man sich fühlte, wenn das Begreifen in der Nacht zu einem Berg anwuchs, den man nicht überwinden konnte. In den ersten Wochen damals waren die Nächte unerträglich gewesen.

Tagsüber lenkte der Klinikbetrieb ein wenig ab. Aber nachts war ich allein mit all dem, was unwiederbringlich verloren war. Mein Arm, mein Auge, mein Gesicht, Olaf, Marlies und die unbelastete Liebe zu Robert. Nur konnte ich nie darum weinen. Ich konnte das eben nicht. Ich konnte es nie und beneidete Jonas fast ein wenig um diese Fähigkeit.

Natürlich war es ein Fehler, nicht anzuklopfen. Aber ich erinnerte mich auch noch gut an die Nächte, als ich aus der Klinik wieder daheim war und in meinem Zimmer lag mit diesem Loch im Innern, das sich mit nichts mehr auffüllen ließ.

Die Verzweiflung, nur ein gieriges, gefräßiges Raubtier, dem ich nicht gestatten durfte, über mich selbst oder gar über Robert herzufallen, weil es uns beide verschlungen hätte. Manchmal war mir so sehr danach gewesen zu reden. Und es war niemand da. Zu Piel ging ich noch nicht wieder, das kam erst später. Robert litt ohnehin noch unter seinen Schuldgefühlen, ihn wollte ich nicht zusätzlich mit meiner Leere belasten. Mit dieser Überflüssigkeit, die sich hundertmal am Tag fragte, warum habe ich es überlebt? Die nachts gar keine Ruhe geben konnte. Und ich konnte meine Tür nicht offen lassen. Im Gegenteil, ich war gezwungen, sie zu verschließen, damit Robert nicht unvermittelt mit diesem Raubtier konfrontiert wurde.

Ich wusste nicht viel über den Unfall von Jonas, aber ich glaubte genau zu wissen, was er empfand und vermisste. Und ich dachte, es wäre gut für ihn, wenn er darüber reden könnte. Ich dachte auch, dass ich dafür besser geeignet war als Isabell oder sonst jemand. Ein tragischer Irrtum auf der ganzen Linie.

Jonas lag auf dem Bett, mit nichts weiter auf dem Leib als einer Unmenge krauser Härchen. In einer Hand hielt er die Fernbedienung. Als ich eintrat, wurde der Bildschirm augenblicklich dunkel. Wirklich eine schnelle Reaktion. Die zweite Hand reagierte nicht so rasch. Jonas ließ sie gleich dort, wo sie war, und grinste mich an. «Kannst du nicht anklopfen?»

Es war für mich eine merkwürdige Situation, eine Mischung aus Mitleid und Erregung. Von Lucia hatte ich in einem Telefongespräch erfahren, dass Gefühllosigkeit im Unterleib nicht unbedingt jede Reaktion ausschloss. Und was Jonas da in der Hand hielt, war eine sehr heftige Reaktion.

«Soll ich dir helfen?», fragte ich und erkannte meine eigene Stimme kaum. Sie war ganz rau.

Er grinste immer noch. «Meinst du, du kannst mir helfen? Wie hast du es dir denn vorgestellt? Dein Bruder und meine Schwester und wir beide, zwei Krüppel, und alle leben glücklich und zufrieden unter einem Dach? Vielen Dank, Mia, wenn es einmal so nötig sein sollte, dass ich auf deine Hilfe zurückgreifen müsste, sage ich dir Bescheid. Im Moment ist es nicht so nötig. Ich schwelge nur ein bisschen in Erinnerungen. Sei nett und mach die Tür von außen hinter dir zu.»

Ich fiel förmlich die Treppen hinunter, holte mir den Wodka aus dem Kühlschrank und verkroch mich damit in meinem Atelier.

Am nächsten Morgen kam Isabell zu mir. Ob sie wütend war oder nur verlegen, ließ sich auf Anhieb nicht feststellen.

«Jonas schickt mich», begann sie.

Und Jonas war inzwischen zu der Ansicht gelangt, er hätte sich in der Nacht nicht richtig verhalten. Er wollte sich unbedingt bei mir entschuldigen. Isabell erklärte das wortreich, und bevor sie weitersprach, riss sie unschuldig die Augen auf.

«Warst du heute Nacht in seinem Zimmer, Mia? Was wolltest du denn von ihm? Wofür muss er sich bei dir entschuldigen?»

Als ich ihr nicht antwortete, stampfte sie mit dem Fuß auf. «Sag doch etwas, Mia! Was ist denn hier los? Ihr habt euch bisher so gut verstanden. Jonas sitzt da oben und macht sich Vorwürfe. Er meint, er hätte dich beleidigt. Ich soll dir ausrichten, wenn du noch einmal mit diesem Problem zu kämpfen hättest, er wäre gerne bereit, dir zu helfen. Er will nicht noch einmal vergessen, was er euch schuldig ist.»

Wie sie da bei der Tür stand, die personifizierte Unschuld, die Ahnungslosigkeit wie ein Fragezeichen quer über das Gesicht, da hätte ich sie erwürgen mögen. Sie wusste ganz genau, worum es ging.

«Jonas muss sich nicht bei mir entschuldigen», sagte ich endlich. «Du kannst ihm von mir ausrichten, dass ich keine Probleme habe, mit denen ich kämpfen müsste. Ich habe Möglichkeiten, meine Bedürfnisse zu befriedigen. Und ich muss mich dabei nicht einmal mit halben Männern zufrieden geben.»

Sie schluckte heftig. «Mia, um Gottes willen. Ich weiß ja nicht, was zwischen euch vorgefallen ist. Aber Jonas hat es bestimmt nicht so gemeint. Es ist doch nur …»

Sie geriet ins Stottern, war wirklich gut in der Rolle. «Es geht ihm noch nicht so besonders. Nicht dass er Schmerzen hätte, so meine ich das nicht, aber seelisch, verstehst du? Es ist sehr schwer für ihn. Und du, ich meine, du bist so viel älter als er, und du bist ja auch nicht in Ordnung. Er mag dich sehr gerne. Aber manchmal führst du ihm seine eigene Situation vielleicht zu deutlich vor Augen. Willst du nicht hinaufgehen und selbst mit ihm reden?»

«Nein», sagte ich, «das will ich nicht. Und jetzt verschwinde. Du musst ihn doch sicher noch waschen.»

Sie rührte sich nicht von der Tür weg, starrte mich an, etwas wie Ratlosigkeit im Blick. «Willst du mir nicht sagen, was er dir getan hat?»

«Er hat mir nichts getan», sagte ich. «Und jetzt raus hier.»

Es war so demütigend zu begreifen, was er in den ersten Tagen mit mir veranstaltet hatte. Mich scharf gemacht wie einen Hund, der nichts weiter wollte als ruhig am Kamin liegen.

Aber ich war doch nicht angewiesen auf diesen Krüppel, der sich erst mit Pornofilmen in den richtigen Zustand versetzen musste. Ich hatte Serge. Wann immer mir danach war, konnte ich ihn haben. Ich hätte im Notfall auch auf Olaf zurückgreifen können, da bin ich sicher. Ich hätte mir ein halbes Dutzend Callboys auf einmal ins Haus bestellen können, wenn ich Lust auf ein halbes Dutzend gehabt hätte. Ich hatte immer die Männer bekommen, die ich wollte. Ich hatte niemals betteln müssen. Und diesen Affen da oben, den wollte ich doch gar nicht, wirklich nicht. Es war Mitleid gewesen.

Aber wie hätte ich das alles Lucia erklären sollen? Als ich auf ihre Frage nicht antwortete, nahm sie die fehlenden Gedecke aus dem Schrank und brachte alles auf einem Tablett nach oben. Und ich war doch allein.

7. Kapitel

Ich hörte sie reden. Lucias dunkle Stimme mit dem ausgeprägten Akzent, Isabells weinerliches Organ und dazwischen den Bass von Jonas. Als ich es nicht mehr aushielt, rief ich Olaf an, um ihn an sein Versprechen zu erinnern.

Er war immer noch so reserviert, versuchte zuerst auszuweichen, und verwies auf die Uhrzeit. Es war gerade erst neun vorbei. Endlich sagte er: «Gut, ich komme. Ich muss ohnehin mit dir reden.»

Als Olaf kurz vor zehn eintraf, hatte ich mich halbwegs unter Kontrolle. Ich ließ erst einmal ihn berichten. Wolbert hatte sich nach allem erkundigt, was irgendwie von Bedeutung sein konnte, Geschäfte und Privatleben.

So wie Olaf es darstellte, schien die Polizei einen finanziellen Crash zu vermuten. Bei ihm jedenfalls hatten sie so getan, als hielten sie Roberts Tod für den letzten Schritt eines Mann, der keinen anderen Weg aus seiner Misere gesehen hatte. Ich fasste es nicht, Wolbert hatte doch zugeben müssen, dass sie keine Waffe gefunden hatten. Wie konnten sie da einen Selbstmord in Betracht ziehen?

Olaf wusste auch nicht, was er davon halten sollte. Er hatte ihnen so weit als möglich Auskunft gegeben und wiederholt versichert, dass er hohe Spekulationsverluste und einen Freitod für ausgeschlossen hielt. Sie wollten trotzdem an Roberts Computer, einen Finanzexperten herschicken, um diese Möglichkeit völlig auszuschließen. Aber dazu brauchten sie mein Einverständnis.

Olaf riet mir dringend ab, es zu geben. Ich sah keinen Grund, warum ich mein Einverständnis verweigern sollte.

«Das musst du selbst entscheiden, Mia», sagte er. «Ich möchte nur, dass du weißt, du bist nicht dazu verpflichtet.»

«Gut, das weiß ich jetzt. Aber lass sie sich doch ihren Überblick verschaffen. Dann sehen sie wenigstens, dass sie sich im Irrtum befinden. Und solange sie damit beschäftigt sind, haben sie keine Zeit für andere Aktivitäten.»

Olaf wurde sofort misstrauisch. «Was soll das heißen, Mia?»

Ich erzählte ihm der Reihe nach, nur das Wesentliche. Ein paar Drinks, eine Cliradon, Blackout und ein sauberes Pärchen im ersten Stock, das wochenlang auf diese Situation hingearbeitet hatte und sie geschickt für sich zu nutzen wusste.

Als ich wieder schwieg, schaute Olaf mich länger als eine Minute nur an. Es fiel ihm offensichtlich schwer, mich zu fragen. Dass er es überhaupt tat, werde ich ihm nie verzeihen. «Hast du Robert erschossen, Mia?»

Ich stand auf, ging zur Tür, öffnete sie und zeigte demonstrativ in die Halle.

Olaf seufzte vernehmlich. «Mia, so wie du mir die Lage geschildert hast, wird die Polizei dich über kurz oder lang das Gleiche fragen. Und es wäre gut für dich, du hättest dann eine bessere Antwort.»

Er hatte ja Recht, nur hatte ich keine bessere Antwort. Dort, wo sie sein sollte, hatte ich ein Loch in meinem Schädel, ein größeres als Robert.

«Hilfst du mir?» Es fiel mir nicht leicht, ihn das zu fragen.

Er hob die Schultern und machte dabei keinen sonderlich glücklichen Eindruck. «Wie soll ich dir denn helfen, Mia? Sehen wir die Dinge doch einmal ganz nüchtern. In all den Jahren hast du es immer wieder geschafft, Robert die Frauen auszureden, die ihm gefielen. Wenn du keine Argumente hattest, hattest du eben Kopfschmerzen. Dann kam Isa. Du hast mit allen Mitteln gegen sie gekämpft.»

«Gegen sie», erklärte ich heftig, «nicht gegen Robert. Ich hatte kein Motiv, ihn zu töten.»

Olaf lächelte, es wirkte auf mich eher wie ein Weinen. «Ich will dich nicht verletzen, Mia, aber wie oft sitzt du hier und betrachtest deinen halbfertigen Zyklop, oder wie immer du das Ding nennen wolltest? Wie oft gehst du täglich an einem Spiegel vorbei? Warum hast du dich nicht längst operieren lassen? Ich sage es dir. Du wolltest deine Narben behalten. Du wolltest ein gut sichtbares Zeichen, das Robert täglich an seine Schuld erinnerte. Und als er sich nicht mehr erinnern lassen wollte, hast du die Nerven verloren. Du hattest ein Motiv, Mia, du hast es zehn Jahre lang gepflegt.»

Er hatte sich in Form geredet und hörte so rasch nicht wieder auf. Als Nächstes kam er auf den Donnerstag zu sprechen, auf die Stunden, die er mit Robert verbracht hatte. Robert sei so bedrückt und deprimiert gewesen, erklärte er, als ob ich das nicht selbst gewusst hätte. Er hätte nicht konkret über seine Probleme sprechen mögen, nur Andeutungen gemacht. Dass er nicht mehr wisse, was er von meinen wilden Behauptungen und Verdächtigungen gegenüber Isabell und Jonas halten sollte.

«Er hatte mit Piel gesprochen», kam Olaf zum Ende seiner Litanei. «Nur hatte Piel sich auf seine Schweigepflicht berufen und ihm keine Auskunft gegeben.»

«Und was wollte er von Piel hören?», fragte ich.

Olaf zuckte mit den Achseln. «Ich habe ihn nicht gefragt. Als er sich verabschiedete, sagte er, er hätte eine andere Möglichkeit gefunden, sich Gewissheit zu verschaffen. Und er müsse endlich etwas tun. Ihm seien in letzter Zeit ein paar Dinge aufgefallen, die könne er nicht länger ignorieren.»

Er betrachtete mich, als warte er auf eine Reaktion. Ein paar Dinge aufgefallen! Was wollte er denn darauf von mir hören? Dass mir auch ein paar Dinge aufgefallen wären? Dass ich Horst Fechner ums Haus hätte schleichen sehen wie einen liebeskranken Kater? Oder dass ich kleine grüne Männchen im Schwimmbecken oder weiße Mäuse in meinem Bett gesehen hätte?

Als ich schwieg, meinte Olaf: «Du musst zugeben, Mia, Robert war mehr als geduldig mit dir. Er hat immer versucht, Verständnis für deine Situation zu zeigen. Dass er endlich damit begann, an sich selbst zu denken, darf man ihm nicht verübeln.»

«Ich hoffe, du hast es Wolbert genauso erklärt», sagte ich. «Dann weiß er jetzt wenigstens, woran er mit mir ist.»

Bei den letzten Worten war ich wohl etwas heftiger geworden. Olaf blieb ruhig, schaute durch die offene Tür in die Halle. «Willst du nicht noch ein bisschen lauter brüllen? Sonst versteht man es vielleicht oben nicht deutlich genug.»

Ich machte endlich die Tür wieder zu und ging zurück zur Couch. Dann fragte ich ihn nach dem Samstagabend. Aber etwas Außergewöhnliches war auch ihm nicht aufgefallen. Sie hatten sich nur gut unterhalten. Robert hatte sich sehr für das Bewässerungsprojekt interessiert, an dem Jonas gearbeitet hatte. Wie Olaf es schilderte, klang es nach Sehnsucht. Ein Camp in der Wüste, schwere Maschinen, und abends ein Lagerfeuer, verwegene Männer aßen Bohnen direkt aus der Dose und tranken ihren Kaffee aus Aluminiumbechern. Vielleicht träumte jeder Mann von Abenteuern.

Olaf sprach mit gedämpfter Stimme. Er schlug mir vor, Piel um Hilfe zu bitten. Ich sollte mich hypnotisieren lassen, um mir auf diese Weise Klarheit über die fehlende Zeit zu verschaffen.

Ich musste mir keine Klarheit mehr verschaffen. Ich wusste genau, was sich abgespielt hatte. Robert hatte endlich begriffen, dass ich mir meine Verdächtigungen nicht aus den Fingern sog. Wenn ihm selbst gewisse Dinge aufgefallen waren, musste er begriffen haben. Er hatte lange mit sich gekämpft, dann war er am vergangenen Mittwoch nach Frankfurt gefahren, hatte sich dort mit Biller getroffen, wer immer das auch sein mochte. Und als er zurückkam, verschloss er sein Arbeitszimmer.

Es war genau so, wie Wolbert vermutete. Robert hatte verhindern wollen, dass Isabell den Hörer abnahm, wenn Biller sich meldete. Ein Fehler, ein großer Fehler. Das Zimmer war nie vorher verschlossen gewesen, es hatte sie stutzig machen müssen. Und als dann der Anruf kam, hatte sie bereits auf der Lauer gelegen. Sie hatte gehört, was Robert mir erklärte, fuhr zum Rastplatz, erschoss ihn, und Jonas gab ihr das Alibi für die Tatzeit. Um völlig sicherzugehen, versuchten sie, es mir in die Schuhe zu schieben.

Ich schaffte es nicht länger, ruhig und sachlich zu argumentieren. Je weiter ich mit meinen Erläuterungen kam, umso überzeugender schienen sie mir. Und verständlicherweise regten sie mich auf. Meine Stimme geriet mir außer Kontrolle, bekam einen schrillen, hysterisch klingenden Unterton. Olaf zog sich mehr und mehr zurück. Ich spürte es deutlich.

Als ich wieder schwieg, presste er kurz die Zähne aufeinander. «Mia, du steigerst dich da in etwas hinein. Das habe ich dir schon mehr als einmal gesagt. Zuerst hast du monatelang von Horst Fechner phantasiert. Dann kam Jonas ins Haus, da brauchtest du nicht länger ein Phantom, da war er eben der böse Bube, der mit Isa unter einer Decke steckte. Aber warum hätte Isa das tun sollen? Roberts Tod ist für sie eine Katastrophe. Jetzt kann sie doch nur noch auf deine

Gnade und Barmherzigkeit hoffen. Und da hat sie wohl nicht viel zu erwarten, denke ich.»

Ich konnte nur noch flüstern: «Mehr als du dir vorstellen kannst. Sie hat einen sicheren Weg gefunden, an unser Geld zu kommen. Mehr wollte sie nie. Aber jetzt hatte Robert sie endlich durchschaut. Vor ein paar Tagen hat er noch zu mir gesagt, dass wir sehr vorsichtig sein müssen. Er befürchtete, dass Isa ihn umbringt, wenn sie dahinter käme, dass er sich von ihr trennen wollte. Er hatte nämlich einen Detektiv eingeschaltet und bekam binnen kürzester Zeit den Beweis, dass sie ihn betrog. In der Nacht hat der Detektiv ihm telefonisch einen ersten Bericht durchgegeben. Auf dem Rastplatz wollte er ihm Fotos übergeben. Als wir heimfuhren, sagte Robert noch zu mir, dass er gleich Montag zu einem Anwalt gehen wird.»

«Ich denke, du erinnerst dich nicht an das, was Robert dir in der Nacht gesagt hat», meinte Olaf skeptisch.

Warum half er mir denn nicht? Warum ging er nicht gleich hinauf und gratulierte den Straßenkötern zu ihrem Erfolg?

«Du solltest wirklich mit Piel reden», schlug er noch einmal vor, es klang sehr kühl und unpersönlich. Es klang endgültig. Er blieb auch nicht mehr lange, hatte es plötzlich sehr eilig.

Bevor er sich verabschiedete, kam er noch einmal auf Wolberts Anliegen zurück. Er wollte mir unbedingt etwas erklären. Vielleicht wollte er mich nur auf ein anderes Thema bringen. Wir gingen in Roberts Arbeitszimmer. Ein neues Polizeisiegel hatte Wolbert nicht anbringen lassen. Olaf setzte sich an den Computer und begann mit einer weitschweifigen Ausführung über Kapitalertragssteuer und Vermögenssteuer.

Er kam mir so kalt vor, als ob nie etwas zwischen uns gewesen wäre. Aber ich begriff endlich, was er verhindern wollte. Nur war es so unwichtig. Ich war müde, nur noch müde.

«Haben wir das Finanzamt beschwindelt?», fragte ich.

So wollte er es nicht ausdrücken. Es war alles noch im Rahmen der Legalität, wir hatten nur unsere Möglichkeiten restlos ausgeschöpft. Und dabei hatten wir Verluste gemacht, die letztendlich das genaue Gegenteil waren und nur die Steuerlast auf null schraubten. Das musste man einem unterbezahlten Polizisten nicht unbedingt auf die Nase binden. Wenn sie einen Finanzexperten schickten, wären wir schnell entlarvt als Exemplare der Sorte, die den Staat zwangen, Normalverdiener zu knebeln, weil wir eben unseren Teil zur Solidarität nicht beitragen wollten.

Ich wünschte mir, er würde endlich gehen. Robert hatte sich gewiss nicht aus eigenem Antrieb eingereiht in den Club derer, die sich drückten. Das war doch zweifellos auf Olafs Mist gewachsen.

«Lösch den Kram einfach», sagte ich, um ihn loszuwerden. «Du hast alle Unterlagen in deinem Büro, das reicht doch.»

Er schien erleichtert von meinem Vorschlag, doch bevor er wichtige, vielleicht unersetzbare Daten vernichtete, kontrollierte er jede Datei. Und dabei stieß er dann auf eine Information, die um vieles ausführlicher war als die kleine Notiz im Taschencomputer. Quadratmeterzahl der Wohnfläche, Größe des Grundstücks, Anzahl der Räume, der Preis, Höhe der Provision und der Name des Maklers.

Wir sahen es beide zur gleichen Zeit. Aber Olaf stellte überflüssigerweise fest: «Robert hat am Mittwoch in Frankfurt ein Haus gekauft.»

Nicht einfach ein Haus, einen Bungalow, alle Räume zu ebener Erde, keine Treppe, die für einen Mann im Rollstuhl ein unüberwindbares Hindernis darstellte.

Olaf starrte mich an. Ich konnte von seiner Stirn ablesen, was er dachte. Eine Verrückte, die sich nicht unter Kontrolle hatte. Die seit Jahren regelmäßig zu einem Seelenklempner lief, weil sie den einzigen Mann, den sie liebte, nicht haben konnte. Die vor Kopfschmerzen die Wände hochging, wenn sie auch nur vermutete, dass ihr Liebster mit einer anderen im Bett läge. Die in ihrer Panik, ihr Bruder könne eines Tages die Konsequenzen ziehen aus ihren Saufgelagen und den Szenen, die sie ihm regelmäßig machte, nicht mehr ein noch aus wusste. Als sie feststellen musste, dass ihr Bruder sie endgültig verlassen wollte, schoss sie ihm eine Kugel in den Kopf.

Man musste nur verrückt genug sein, dann war da kein Widerspruch mehr zwischen Lieben und Töten. Wenn ich ihn nicht haben konnte, sollte sie ihn auch nicht haben.

Warum Robert den Kauf am Donnerstag nicht erwähnt hatte, warum er stattdessen davon sprach, er müsse etwas tun, diese Frage stellte Olaf sich wohl nicht.

Als ich am nächsten Morgen in die Halle kam, werkelte Lucia bereits in der Küche. Es war noch sehr früh, kurz nach fünf. Ich hatte nicht schlafen können und es nicht länger auf der Couch ausgehalten. Es gab so viel zu tun.

Die Nachricht auf dem Monitor hatte sich wie heißes Öl in meine Eingeweide ergossen. Und Olafs Blick, mehr noch sein anschließender, nun wirklich übereilter Aufbruch hatte das Öl gründlich verteilt. Die Übelkeit machte mit fast mehr zu schaffen als der seit Tagen fehlende Schlaf.

Auch Lucia wirkte übernächtigt. Sie machte sich daran, Kaffee für uns aufzubrühen. «Du frühstückst doch mit mir, Mia?»

«Natürlich», murmelte ich. Recht war es mir nicht. Ich

musste zuerst mit dem Makler sprechen, ehe ich mit Lucia reden konnte. Die Angaben über den Bungalow hatte Olaf auf mein Drängen hin gelöscht, äußerst ungern, ich hatte ihn mit seinen Steuermanipulationen unter Druck setzen müssen, ehe er es tat. Die Telefonnummer des Maklers hatte ich mir notiert.

Robert hatte ihm gewiss erklärt, für wen er das Haus kaufte. Nicht für sich! Er hätte mich niemals verlassen. Er wusste, dass ich das nicht ertragen hätte. Und er liebte mich doch. Nur für Isabell und Jonas hatte er den Bungalow gekauft, weil er sie aus dem Haus haben wollte.

Ich sagte ja schon, dass er viel zu gutmütig war, dass er keinen Straßenköter vor die Tür hätte setzen können, selbst dann nicht, wenn dieser Köter unentwegt nach ihm schnappte. Das sagte ich doch schon, oder? Ich meine, ich hätte es schon erwähnt. Aber es ist nicht so wichtig.

Tatsache war, dass die beiden Köter da oben um Roberts Beine scharwenzelten, ihm von verwegenen Männern am Lagerfeuer im Wüstencamp vorschwärmten und nur nach mir schnappten, wenn er nicht hinschaute. Sie hatten das wirklich sehr geschickt eingefädelt. Es muss sie Monate an Planung gekostet haben.

Und dann setzten sie diesen Plan langsam und systematisch in die Tat um. Und dabei bildeten sie sich ein, Robert hinge am Haken, um ihn müssten sie sich keine Sorgen machen. Sie könnten sich voll und ganz auf mich konzentrieren, hatten sie gedacht. Und das hatten sie auch getan, in den letzten fünf Wochen war es nur noch darum gegangen, mich an die Wand zu spielen. Aber sie hatten Robert unterschätzt. Sie hatten nicht einkalkuliert, wie gut er mich kannte und wie viel ich ihm bedeutete.

Nachdem ich es vor fünf Wochen abgelehnt hatte, von Jonas eine Entschuldigung entgegenzunehmen, hatte ein paar Tage Ruhe im Haus geherrscht. Aber das war nur oberflächlich, unter der Oberfläche brodelte es mächtig. Es verging keine Nacht, in der ich Isabell nicht flüstern hörte, manchmal verstand ich meinen Namen, manchmal hörte ich den von Jonas.

Isabell gab sich Robert gegenüber ahnungslos und sehr besorgt. Aber nicht etwa besorgt um Jonas. Besorgt um mich. Unter dem Mäntelchen der liebenden Ehefrau, treu sorgenden Schwester und der ängstlich bemühten Schwägerin bearbeitete sie Robert und verlangte ihm etwas Unmögliches ab.

Was meinen Unfall anging, war Isabell längst über jede Einzelheit informiert. Und nun tastete sie sich allmählich vor. Über die Narben im Gesicht zu Olaf, von Olaf zu dem in der Ecke stehenden Steinklotz und von dort zu dem nutzlos herunterhängenden Arm. Vom Arm zum Atelier war es nur noch ein kleiner Schritt.

Und plötzlich hieß es, es sei nicht gut für mich, wenn ich so viel Zeit in meinem Atelier verbrächte. Isabell gab sich praktisch und sparsam. Man könne zwei Fliegen mit einer Klappe schlagen, mich von meinen unseligen Erinnerungen befreien und Jonas mehr Bewegungsfreiheit verschaffen.

Gut vierzehn Tage brauchte sie, um Robert davon zu überzeugen, dass sie nur mein Bestes wollte. Im wahrsten Sinne des Wortes. Da hieß es sogar, dass ich Jonas vielleicht nur deshalb aus dem Weg ginge, weil er mich an meinen Unfall erinnerte. Mir gegenüber hatte sie es noch andersherum behauptet. Aber sie wusste auch genau, dass sie Robert mit dem Unfall an seiner empfindlichsten Stelle traf.

Vor drei Wochen kam er dann zu mir. Es war so abgespannt und erschöpft. Es tat mir weh, ihn so ansehen zu müssen. Er tat sich schwer damit, Isabells Einflüsterungen als seine eigene Meinung darzulegen. Er wusste genau, was er mir abverlangte. Und er glaubte wohl auch nicht so ganz an das, was sie ihm aufgetischt hatte.

Zuerst erkundigte er sich nämlich, ob Jonas sich mir gegenüber nicht ganz korrekt verhalten habe. «Mia, willst du mir nicht sagen, was zwischen Jonas und dir vorgefallen ist? Du hast dich in den ersten Tagen so gut mit ihm verstanden, und seit zwei Wochen tust du, als sei er der Teufel persönlich.»

«Vielleicht gefällt mir sein Charakter nicht», antwortete ich.

Darauf ging Robert nicht ein. Er setzte zu einer umständlichen Erklärung an, dass solch ein Unfall einen Menschen in seiner Persönlichkeit sehr verändern könne. Ihn unzufrieden, mürrisch, vielleicht sogar aggressiv machte. Und damit war er dann beim Thema. Der Steinklotz in der Ecke.

«Ich habe dich in den letzten Tagen so oft auf ihn einschlagen hören», sagte er. «Meinst du nicht, wir sollten das Ding endlich fortschaffen? Du quälst dich doch nur damit, Mia. Wenn du ihn nicht mehr vor Augen hast, wird es bestimmt leichter für dich. Vielleicht wäre es sogar am besten, wenn du das Atelier aufgibst.»

«Das kann nicht dein Ernst sein», sagte ich.

Aber Robert nickte. «Doch, Mia, es ist mein Ernst. Am besten wäre es, wir lassen den Raum so herrichten, dass Jonas darin leben kann. Er braucht einen Raum zu ebener Erde. Wir waren uns ja schon einmal darüber einig, dass er nicht auf Dauer da oben festsitzen kann. Das ist wie eine Gefangenschaft. Wenn er hier unten wäre, könnte er in den Garten. Wir könnten eine Rampe an die Terrasse legen lassen und eine zur Haustür. Isa könnte manchmal mit ihm in die Stadt fahren. Er hätte ein wenig Abwechslung, verstehst du?»

Als ich ablehnte, presste Robert kurz die Lippen aufeinander. «Ich will dich nicht zwingen», sagte er. «Vielleicht sprichst du einmal mit Piel darüber. Es geht mir nicht um Jonas. Was das angeht, gibt es andere Möglichkeiten, den Treppenlift zum Beispiel. Aber was dich betrifft, Mia, so kann es nicht weitergehen. Du verkriechst dich hier, du schlägst stundenlang auf dieses Ding ein. Mit Isa willst du nichts zu tun haben, mit Jonas auch nicht mehr. Du weichst sogar mir aus. Vielleicht sollte ich ein Haus suchen, was meinst du? Dann kommst du zur Ruhe.»

Wie habe ich dieses Ekel da oben gehasst in diesen Minuten. Ein Haus suchen! Robert war natürlich sehr vorsichtig und sagte mir nicht, dass es nur ein Haus für die beiden Ratten sein sollte.

«Spar dir die Mühe», sagte ich. «Bestell nur zwei kräftige Männer, die können ihn hinaustragen. Aber nicht in den Garten. Und sie schickst du am besten gleich hinterher. Lass einen Lift einbauen, du wirst sehen, was du davon hast. Sorg nur dafür, dass sie zusammen in die Stadt fahren können. Wen, meinst du wohl, werden sie dort als Ersten treffen? Begreifst du denn nicht, was hinter deinem Rücken vorgeht? Sie spielen uns gegeneinander aus. Wenn sie es schaffen, bist du allein, und ich bin allein. Dann ist der Anfang gemacht.»

Und dann hatte ich etwas getrunken und war zu Serge gefahren, zitternd vor Wut und Hilflosigkeit. Ein Haus suchen! Ich hatte Angst, wahnsinnige Angst, Robert zu verlieren.

Bei Serge trank ich weiter, um diese Angst zu bewältigen. Serge rief schließlich Robert an, an dem Abend vor drei Wochen, vielmehr in der Nacht, weil er dachte, ich könne nicht mehr fahren. Aber fahren konnte ich, ich konnte nur nicht auf Robert warten. Ich hätte es nicht ertragen, noch einmal seinen wunden Blick zu sehen und die Trauer in seiner Stimme zu hören. «Aber etwas muss ich doch tun, Mia.»

Ich musste auch etwas tun. Nur wusste ich nicht, was. Deshalb konnte ich auch nicht heimfahren in der Nacht, jedenfalls nicht sofort. Das war es wohl, was Jonas gemeint hatte, als er von einem Vorfall vor drei Wochen sprach.

Nur konnte ich mir beim besten Willen nicht vorstellen, dass Robert mir wirklich die Polizei hatte hinterherschicken wollen. Das hätte er niemals getan. Er wusste, wie viel mir daran lag, meinen Wagen und damit ein klein wenig Freiheit zu haben.

Beim Frühstück am nächsten Morgen hatten wir darüber gesprochen. Ich war nicht im Bett gewesen, auch nicht auf der Couch im Atelier. Als ich es schließlich geschafft hatte, den Wagen in die Garage zu fahren, war ich über dem Steuer eingeschlafen. Ich war völlig erschöpft gewesen.

Auch Robert wirkte übermüdet. «Ich war die halbe Nacht unterwegs, um dich zu suchen», sagte er. «Wo warst du, Mia?»

Ich wusste es nicht genau. Ich war herumgefahren, einfach nur so. Um mit mir selbst ins Reine zu kommen, um mir einen Plan zurechtzulegen, eine Strategie der Verteidigung oder besser noch die direkte Offensive. Ich wünschte mir, ich hätte die Zeit zurückdrehen können, nur um ein paar Wochen.

Die ersten Monate, in denen ich es nur mit einem unsichtbaren Horst Fechner zu tun gehabt hatte, waren wesentlich einfacher und leichter zu ertragen gewesen. Da hatte ich doch wenigstens gewusst, wie ich Isabell einschätzen musste und was sie trieb, wenn sie das Haus verließ. Jetzt versteckte sie sich hinter diesem Koloss im Rollstuhl und hinter Roberts Rücken.

Es war mir durchaus bewusst, welchen Anschein sie nach außen erweckte. Piel hatte es mir doch oft genug vorgebetet. Die arme, junge Frau, ohne böse Absicht eingedrungen in eine von Schuld und Sühne zementierte Gemeinschaft. Sie mochte sich die makellose Stirn blutig schlagen und die roten Krallen abbrechen beim Versuch, meine Mauer einzureißen, gelingen würde ihr das nie. Mir war auch klar, welchen Eindruck ich selbst vermittelte, wenn ich mich aus hilfloser Wut und aus Angst betrank, wenn ich nichts weiter tun konnte als auf den alten Ansichten herumreiten. Sie betrügt dich! Dazu hatte sie doch gar keine Gelegenheit mehr.

Robert war sehr besorgt um mich, griff über den Tisch nach meiner Hand und bat: «Mia, versprich mir etwas. Versprich mir, dass du das nie wieder tust. Ich habe tausend Ängste ausgestanden, dass dir etwas zustößt. Das könnte ich nicht ertragen, verstehst du?»

Und da hätte er mich verlassen wollen, um mit Isabell und Jonas in einem Bungalow zu leben? Niemals!

Warum er mir den Kauf verschwiegen hatte, war mir bereits klar, als ich mit Lucia am Küchentisch saß. Um mich zu schonen, mir weitere Aufregungen und falsche Schlussfolgerungen zu ersparen. Vor allem aber, um zu verhindern, dass ich die beiden mit einer unbedachten Äußerung vor der Zeit warnte.

Lucia bestand darauf, dass ich etwas aß. Sie meinte, ich sei so dürr geworden, belegte mir eigenhändig zwei Brotscheiben, obwohl sie selbst nur an einem Toast knabberte.

Zuerst schwiegen wir beide, hingen unseren Gedanken und Erinnerungen nach. Lucia nippte mit schief gelegtem Kopf an ihrem Kaffee, schaute mich über den Rand der Tasse hinweg an. Und plötzlich murmelte sie: «Sie war die ganze Nacht in seinem Zimmer.»

«Ich weiß», sagte ich. «Sie ist seit seiner Ankunft fast ausschließlich in seinem Zimmer, gerade dass sie nachts noch ein paar Stunden für Robert übrig hatte. Aber jetzt, wo Robert aus dem Weg ist, warum sollte sie sich da einen Zwang auferlegen? Sie wäscht ihm täglich den Hintern und einiges mehr. Und du darfst mir glauben, dass die Natur ihn üppig ausgestattet hat. Ich schätze, mit einem Hengst kann er es aufnehmen. Vielleicht ist sie da auf den Geschmack gekommen.»

«Sie ist seine Schwester», sagte Lucia. Es klang nach einer Zurechtweisung.

Ich zuckte lässig mit den Achseln. «Na und? Du solltest einmal mit einem Psychologen darüber reden. Sie wäre nicht die erste Schwester, die scharf auf ihren Bruder ist. Die meisten Frauen in der Situation kennen ihre Grenze. Aber es gibt eben auch welche, die haben absolut keine Hemmungen.»

«Mia, es reicht», sagte Lucia und klang dabei noch ein wenig strenger. «Sie hat Angst vor dir.»

Sie sprach sehr umständlich weiter, tat sich schwer damit, offen mit mir zu reden. Oft wusste sie nicht, wie sie sich ausdrücken sollte, war nur bemüht, mich nicht aufzuregen, mich nicht in die von Jonas so plastisch geschilderte unheilvolle Wut zu versetzen, in der ich zu allem fähig war.

Arme Lucia.

Isabell und Jonas hatten den vergangenen Abend gründlich für ihre Zwecke genutzt. Was hatten sie ihr nicht alles erzählt. Das heißt, Jonas hatte erzählt, das arme Kind hatte nur hin und wieder einen Schluchzer dazugetan, manchmal auch genickt.

Der arme Robert zwischen den Fronten, bemüht, seine kleine Frau glücklich und es seiner verrückten Schwester recht zu machen, gleichzeitig auch noch dem hilflosen Jonas ein würdiges Dasein zu bescheren. Es klang wie ein Drama in drei Akten. Im letzten Akt bezahlte der Held seine Mühe mit dem Leben. Zurück blieben ein völlig verstörtes Wesen, das in seinem Schmerz und seiner Trauer nicht aus noch ein wusste. Ein an den Rollstuhl gefesselter Mann, der seine Hilflosigkeit verfluchte und sich seiner Unfähigkeit, dem verstörten Wesen Halt und Schutz zu bieten, durchaus bewusst war. Und ich blieb zurück, krank vor Hass auf Gott und die Welt und alle, die mir meinen Robert streitig machen wollten. Alkoholsüchtig, unberechenbar, aggressiv.

Lucia nippte wieder an ihrem Kaffee, als sie zum Ende gekommen war. Ich wartete fast darauf, dass sie mir die bewusste Frage stellte. Aber sie fragte mich nicht einmal, ob ich in der Nacht betrunken gewesen sei. So weit waren sie anscheinend nicht gegangen, mich ihr gegenüber direkt zu beschuldigen. Sie hatten sich lediglich darauf beschränkt, ihr klar zu machen, dass sie nach Roberts Tod um ihr Bleiben im Haus fürchten mussten. Dabei hatten sie ohnehin gar nicht mehr lange bleiben wollen.

«Hast du gewusst, dass Robert ein Haus suchen wollte, Mia, für sich, seine Frau und seinen Schwager?»

«Natürlich», sagte ich, «wir haben ausführlich darüber gesprochen. Und er hat das Haus nicht nur gesucht, er hat es auch gefunden, allerdings nicht für sich, nur für seine Frau und seinen Schwager. Dass sie nichts davon wissen, dürfte dir Beweis genug sein. Er wollte sich von Isabell trennen. Aber er wollte sie nicht vor der Zeit warnen, weil er wusste, wozu sie fähig ist.»

Lucia brauchte einen Moment, um das zu verarbeiten. Es stimmte nicht mit ihrem Weltbild überein. «Sie ist schwanger», erklärte sie nach ein paar Sekunden mit einem Hauch von Fassungslosigkeit in der Stimme.

«Das war die Voraussetzung», sagte ich. «Du kennst doch Vaters Testament.»

Wir saßen noch in der Küche, als Frau Schür kurz vor acht

kam. Es gab eine herzliche Begrüßungsszene zwischen ihr und Lucia, ein paar Tränen flossen. Ich nutzte die Gelegenheit, von meinem Atelier aus mit dem Makler zu telefonieren.

Einen Angestellten mit dem Namen Biller gab es bei ihm nicht. Robert hatte den Auftrag vor drei Wochen telefonisch erteilt. Er musste das getan haben, kurz nachdem er es mir gegenüber zum ersten Mal offen aussprach, ein Haus zu suchen. Robert hatte exakte Wünsche geäußert, Besichtigungen geeigneter Objekte hatte er nicht für notwendig gehalten.

Es schmeichelte dem Makler noch im Nachhinein, dass Robert so viel Vertrauen in ihn gesetzt hatte. Nur den Notartermin hatte er dann am vergangenen Mittwoch persönlich wahrnehmen müssen. Aber auch der Notar hieß nicht Biller. Der Makler meinte, es könne sich um einen Handwerker handeln. Robert hatte davon gesprochen, dass er diverse Umbauten vornehmen lassen müsse, Türen verbreitern, eine Rampe von der Terrasse in den Garten legen, von den zwei Bädern sollte eines eine neue Ausstattung bekommen. Ob Robert diese Arbeiten bereits in Auftrag gegeben hatte und wen er damit betraut hatte, konnte der Makler mir nicht sagen.

Um halb zehn hatte ich das erledigt, ging hinauf in mein Zimmer, nahm ein Bad und zog mich um. Bis zu dem Termin bei Piel war noch Zeit, und ich wusste nicht, wohin mit mir. Frau Schür und Lucia waren in der Küche, sprachen über Robert und weinten um ihn. Isabell und Jonas waren im Zimmer am Ende der Galerie. Sie hörte ich ebenfalls miteinander reden, worüber sie sprachen, verstand ich nicht.

Und ich lief vom Fenster zur Tür, von der Tür zum Fenster und wieder zurück. Schließlich trat ich auf die Galerie hinaus und ging zum letzten Zimmer. Ich trat ganz vorsichtig auf und kam auch bis dicht an die Tür heran, ohne dass sie mich bemerkten.

Die Tür war geschlossen, aber jetzt war ich nahe genug, um zu verstehen, was dahinter vorging. Sie sprachen über Lucia, über Vorschläge, die sie gemacht hatte, einen elektrischen Rollstuhl anzuschaffen und ein Spezialkissen, damit sich Jonas nicht den Hintern wund saß. Er fand, das sei eine gute Idee, und lachte, als sei es ein guter Witz.

Arme Lucia, wenn sie gewusst hätte, dass sie mit ihren gut gemeinten Vorschlägen nur zur Erheiterung der beiden beitrug, wäre sie vielleicht ein bisschen zurückhaltender geworden.

Dann sprachen Isabell und Jonas über das Prospektmaterial, welches Robert noch besorgt hatte. Den Treppenlift und eine andere Hebevorrichtung, die fest neben der Wanne installiert werden und es Jonas erlauben sollte, auch ohne Isabells Hilfe ausgedehnte Wannenbäder zu nehmen.

Jonas überlegte laut, ob sich derartige Investitionen noch lohnten, ob sie nicht lieber zusehen sollten, dass sie etwas Kleineres für sich fanden, solange Lucia noch in der Nähe war, um ihre Bemühungen zu unterstützen. Sie hatten tatsächlich keine Ahnung von diesem Bungalow, so viel stand fest. Es war sehr aufschlussreich, ihnen zuzuhören.

Kurz nach zehn tauchten Wolbert und ein Fremder vor der Haustür auf und vertrieben mich von meinem Lauschposten. Bis dahin hatte ich immerhin noch erfahren, dass Isabell und Jonas gar nicht daran dachten, mir noch lange das Leben schwer zu machen. Sie wollten mein Haus so schnell wie möglich verlassen, träumten vom sonnigen Süden. Vielleicht hatte Lucia sie eingeladen.

Wolbert stellte mir seinen Begleiter vor. Ein Finanzexperte. Sie wollten mich nicht lange aufhalten. Wie Olaf bereits angekündigt hatte, kam Wolbert etwas umständlich auf sein Anliegen zu sprechen. Ich gab meine Einwilligung, und Wolbert zeigte sich zufrieden und dankbar.

Wir gingen in Roberts Arbeitszimmer. Dabei sagte er: «Wir rechnen damit, dass die Leiche Ihres Bruder morgen freigegeben wird. Sie bekommen dann von der Staatsanwaltschaft Bescheid, Frau Bongartz.»

Bis dahin war es noch irgendwie irreal gewesen, jetzt war es plötzlich konkret. Die Leiche meines Bruders! Ein Beerdigungsinstitut, ein Sarg, eine Grabstelle, Blumen, Kränze und eine Seelenmesse. Minutenlang glaubte ich daran zu ersticken. Wolbert ließ mir Zeit, meine Fassung zurückzugewinnen.

«Ich will», verlangte ich, «dass Sie an der Leiche meines Bruders alle Untersuchungen vornehmen lassen, die notwendig sind, um eine Vaterschaft anzufechten.»

Er starrte mich sekundenlang an. Ich sah, wie es hinter seiner Stirn arbeitete. Er begriff sofort, was das bedeutete, aber er ging nicht darauf ein. Wozu auch? Wir mussten das nicht weiter erörtern, wir verstanden uns. Endlich war jemand da, der die Sache ebenso durchschaute wie ich. Ich fühlte mich etwas besser.

«Mit Ihrem Wagen, das wird noch ein paar Tage dauern», erklärte er. «Mit dem Tonband sind wir auch noch nicht so weit. Wir suchen nach Biller, bisher ohne Erfolg. Wir wissen ja nicht einmal, ob Biller sein richtiger Name ist.»

«Vergessen Sie den Mann», sagte ich. «Er handelt sich um den Detektiv, den mein Bruder beauftragt hat.»

«Ach», meinte Wolbert. «Sagten Sie nicht, *Sie* hätten einen Detektiv eingeschaltet?»

«Hier vor Ort», sagte ich. «Aber hier gab es leider keine Ergebnisse. Das hatte ich Ihnen doch bereits erklärt. Deshalb hielt mein Bruder es für geraten, die Observierung auf Frankfurt auszudehnen.»

«Und es gab für Ihre Schwägerin immer nur diesen Fechner?», fragte Wolbert. «Keine anderen Männer?»

«Nur Kunden der Bar, in der Isa angeschafft hat», sagte ich. Dann wurde es Zeit für Piel. Ich wollte mir ein Taxi rufen. Wolbert bot sich an, mich in die Stadt mitzunehmen. Wir könnten uns während der Fahrt weiter unterhalten, meinte er.

Wir verließen gemeinsam das Haus, nachdem Wolbert noch kurz mit Lucia gesprochen hatte. Fragen an sie oder weitere Fragen an Isabell und Jonas hatte er nicht. Sein Finanzexperte blieb zurück, er war vollauf damit beschäftigt, sich Notizen über Investmentfonds und Kapitalbeteiligungen zu machen.

Als Wolbert losfuhr, erkundigte er sich, wie lange mein Arztbesuch wohl dauern könnte. «Wenn Sie einverstanden sind», sagte er, «hole ich Sie auch wieder ab. Ich möchte, dass Sie sich einmal dieses Tonband anhören. Vielleicht erkennen Sie die Stimme des Mannes.»

«Das glaube ich kaum», erwiderte ich. «Ich habe Herrn Biller nicht persönlich kennen gelernt. Ich habe auch nie mit ihm gesprochen. Ich weiß nur, dass er die Beweise beschaffen sollte, dass nicht Robert für diese Schwangerschaft verantwortlich war. Und das war Herrn Biller gelungen. Er hatte am Telefon vorab einen Bericht gegeben. Auf dem Rastplatz wollte er Robert nur noch die Fotografien aushändigen, die meine Schwägerin zusammen mit Horst Fechner zeigten.»

«Interessant», murmelte Wolbert. «Dann erinnern Sie sich also wieder an das letzte Gespräch mit Ihrem Bruder. Wann sind denn diese Fotografien gemacht worden?»

«Vor neun oder zehn Wochen», sagte ich.

«Interessant», murmelte Wolbert noch einmal. «Ist Ihnen noch mehr eingefallen?»

Ich erklärte ihm, wie ich mir den Ablauf der Nacht vorstellte. Isabell auf der Galerie und so weiter. Als ich meine Ausführungen beendet hatte, erkundigte er sich freundlich. «Sie bestehen also nicht mehr darauf, dass Ihr Bruder in den frühen Morgenstunden noch einmal bei Ihnen war?»

«Nein», sagte ich. «Ich habe wohl doch nur geträumt.»

Wolbert wiegte bedächtig den Kopf. «Schade», meinte er. «Es wäre ein interessanter Aspekt gewesen.»

Ich wusste nicht, wie er das meinte. Und er schaute mich von der Seite an, so etwas wie Mitleid im Blick, gleichzeitig lenkte er den Wagen an den rechten Straßenrand. Und da war das Schild neben der Eingangstür.

Doktor Harald Piel, Facharzt für Neurologie und Psychotherapie.

«Weswegen sind Sie eigentlich in Behandlung?», erkundigte sich Wolbert. Aber nach Piels Adresse hatte er mich nicht gefragt. Das fiel mir jetzt erst auf. Ich kam mir plötzlich so durchsichtig vor. Es war ein scheußliches Gefühl.

Und dann sprach ich mit Piel über Wut, Hass, Ohnmacht, Eifersucht und Misstrauen, wie hundertmal zuvor. Ich wusste genau, wie ich vorgehen musste, um ihn in Sicherheit zu wiegen. Ich erzählte ihm sogar von dem Polizisten, der mich an der Nase herumführte, mich eiskalt auflaufen ließ, indem er mir vorgaukelte, auf meiner Seite zu stehen und mir zu glauben.

Ich sprach auch kurz über die fehlende Trauer um Robert und über Olafs Vorschlag, mich hypnotisieren zu lassen und auf diese Weise herauszufinden, wie ich die fragliche Stunde in der Nacht zum Freitag tatsächlich verbracht hatte.

Dann kam ich allmählich zum Punkt. Ich brauchte nur ein paar Sätze. Piel ging mir prompt auf den Leim. «Ihre Schwägerin kann Ihren Wagen nicht benutzt haben, Mia. Sie war in der Nacht daheim, Mia.»

«Wie viel hat sie Ihnen dafür bezahlt?», fragte ich.

Er runzelte nicht einmal die Stirn, saß da wie immer, ein Gartenzwerg im viel zu großen Sessel. «Wie soll ich das verstehen, Mia?»

«So, wie ich es sage», sagte ich. «Wolbert sagte, dass Sie Isas Alibi bestätigen. Aber Sie waren in der Nacht nicht im Haus, das weiß ich.»

«Natürlich nicht», sagte Piel. «Ihre Schwägerin rief mich an, kurz nach zwei in der Nacht.»

Aufgelöst und hektisch sei Isabell gewesen, sagte er. Mit hysterisch klingender Stimme habe sie ihm von einem heftigen Streit zwischen Robert und mir berichtet und verlangt, er müsse sofort kommen, ehe ich alle umbrächte.

Aber Hausbesuche machte Piel nur in Ausnahmefällen, um zwei Uhr nachts machte er keine. Er war ein borniertiger Idiot und begriff anscheinend nicht, vor welchen Karren man ihn gespannt hatte. Es fiel mir schwer, ruhig zu bleiben, während ich ihm zuhörte.

Er hatte versucht, Isabell zu beruhigen. Sie müsse sich keine Sorgen machen, weder um ihren Mann noch um ihren Bruder oder sich selbst. Wenn das zutraf, war er sich seiner Sache anfangs wohl sehr sicher gewesen. Glaubte er doch, mich zu kennen und meine Reaktionen im Schlaf vorhersagen zu können.

Ein Telefongespräch war für mich kein Beweis. Isabell konnte ihn von überall her angerufen haben, sogar aus der Raststätte. Das sagte ich ihm auch deutlich.

Piel schüttelte den Kopf. Das Gespräch mit meiner Schwägerin sei unvermittelt abgebrochen, sagte er, nach einem Entsetzensschrei und einem heftigen Poltern. Da habe er sich doch Sorgen gemacht und sie zurückgerufen. Und erreicht hatte er sie im Haus. Nicht sofort, es habe etwa zehn Minuten gedauert, ehe sie seinen Anruf entgegengenommen hätte.

In diesen zehn Minuten hatte Robert – laut Isabells Auskunft – das Haus verlassen, ich war in meinem Atelier verschwunden, sie hatte sich bei ihrem Bruder verkrochen. Und Jonas hatte kein Telefon im Zimmer. Sie habe es im Schlafzimmer klingeln hören, hatte sie Piel weisgemacht, und sich nicht sofort herausgetraut. Nun war sie zusammen mit Jonas im Schlafzimmer und hatte panische Angst, ich könne heraufkommen, ihr die Kehle durchschneiden und ihren hilflosen Bruder die Treppe hinunterwerfen. Damit hatte ich angeblich gedroht.

Das Telefongespräch hatte fast eine Stunde gedauert. Piel hatte ihr geraten, die Polizei zu verständigen, wenn sie sich in Gefahr wähnte. Aber das wollte Isabell ihrem armen Mann nicht antun. Seine geliebte Schwester von einer Streife abführen und in die Ausnüchterungszelle sperren lassen, es hätte ihm das Herz brechen können.

Dieses verdammte Aas! Isa hatte es wieder einmal verstanden, ihre Trümpfe geschickt zu ihren Gunsten auszuspielen. Eine geschlagene Stunde lang hatte sie Piel Honig ums Maul geschmiert, um ihn in der Leitung zu halten und sich ein Alibi zu verschaffen. Wozu die Polizei bemühen und dem geplagten Robert noch mehr Kummer bereiten, wenn man einen kompetenten Fachmann an der Strippe hatte, der das wilde Tier bändigen konnte.

Ich konnte nicht verhindern, dass ich prustend lachte. Aber die Vorstellung war zu komisch. Da sollte ich also blutrünstig ins Schlafzimmer stürzen, und sie wollte mir den Telefonhörer entgegenstrecken. Und im Hörer sang Piel dann ein Schlaflied oder murmelte eine Beschwörungsformel.

Piel konnte sich nicht aufraffen, es ebenfalls komisch zu finden. «Mia, Sie waren in der Nacht in einer Ausnahmesituation.»

«In der Situation bin ich seit neun Monaten», sagte ich. «Und in den vergangenen Tagen hätte ich allen Grund und drei Dutzend Möglichkeiten gehabt, diesem Weib die Gurgel durchzuschneiden und den Krüppel fliegen zu lassen. Und was ist passiert? Nichts, weil ich nichts tun konnte. Und da wollen Sie mir einreden, ich hätte meinen Bruder umgebracht.»

«Das habe ich nicht versucht, Mia», widersprach er. «Haben Sie das Gefühl, Sie könnten es getan haben?»

«Bleiben Sie mir vom Leib mit meinen Gefühlen», sagte ich. «Sie haben das Finale erlebt und waren zu dämlich zu begreifen, wozu es gut sein sollte.»

Gott im Himmel, war ich froh, dass ich längst mit Wolbert über Horst Fechner gesprochen hatte. Ich begriff jetzt endlich das gesamte Ausmaß des Plans. Isabell hatte gewusst, dass sie automatisch in Verdacht geriet und die Aussage ihres Bruders allein nicht reichte, sie als Tatverdächtige auszuschließen. Sie brauchte ein hieb- und stichfestes Alibi. Und das hatte sie sich beschafft, ausgerechnet bei meinem Therapeuten.

Wie hätte es denn ausgesehen, wenn ich bei Wolbert jetzt erst Horst Fechner wie ein Kaninchen aus dem Hut gezaubert hätte. Isabell hatte Fechner nur meinen Colt in die Finger drücken müssen. Das hatte sie vermutlich während der zehn Minuten getan, in denen Piel sich vergebens um seinen Rückruf bemühte.

Aber das wollte er einfach nicht begreifen. Und ich begriff immer mehr. Plötzlich wurde mir sogar bewusst, wie Wolbert sein Bedauern gemeint hatte, als ich sagte, ich hätte wohl doch nur geträumt. Das hatte ich nicht! Wolbert hatte es viel eher erkannt als ich. Horst Fechner war bei mir gewesen am frühen Morgen. Roberts Mörder hatte mir die Hand auf die Schulter gelegt und sich erkundigt: «Schläfst du, Mia?»

Ich hätte viel eher darauf kommen müssen. Der abfällige Ton, in dem er festgestellt hatte, dass sie eine Woche lang feiern könnten von dem, was ich getankt hatte. So hätte Robert niemals von mir gesprochen.

Ich wollte es Piel noch sagen. Aber er warf den ersten verstohlenen Blick auf die Uhr. Meine Zeit war um. Und unten vor dem Haus wartete Wolbert. Musste ich es eben ihm erklären. Er konnte ohnehin mehr damit anfangen als ein Psychotherapeut.

Aber ich war noch nicht bereit zu gehen. Da war noch eine Sache. «Robert war bei Ihnen», sagte ich. «Ich weiß das aus einer sicheren Quelle. Was wollte er von Ihnen?»

«Auskunft über Ihren Geisteszustand», sagte Piel sachlich. «Er erkundigte sich, ob Sie mir von Halluzinationen berichtet hätten. Er schien vorauszusetzen, dass ich beurteilen könnte, ob Sie mir ein reales Erleben oder eine irreale Wahrnehmung schildern.»

«Und das können Sie nicht», stellte ich fest.

Darauf antwortete er nicht. Er brachte mich zur Tür, wie er es immer tat, schüttelte mir die Hand zum Abschied und lächelte Zuversicht. «Wir sehen uns am Donnerstag zur gewohnten Zeit, Mia. Vielleicht können wir dann auf den Vorschlag von Herrn Wächter zurückkommen. Es wäre sinnvoll und auch für Sie selbst wünschenswert, sich Klarheit zu verschaffen. Es besteht durchaus die Möglichkeit, dass Sie sich nicht erinnern wollen. Sie verstehen, was ich meine. Sie neigen dazu, unliebsame Fakten zu verdrängen. Und Sie wissen, was immer wir bei unseren Sitzungen besprechen oder herausfinden. Ich darf keine Auskunft darüber geben, nicht einmal vor Gericht.»

Wenn ich zwei gesunde Arme zur Verfügung gehabt hätte, ich hätte ihm seinen faltigen Hals umgedreht. Er hätte mir auch auf andere Weise erklären können, dass er Robert die Auskunft verweigert hatte und mich für Kain hielt.

Wolbert schaute mir mit seinem obligatorischen Lächeln entgegen, öffnete mir die Wagentür und ließ mich einsteigen. Er fuhr sofort los, reihte sich in den fließenden Verkehr ein, den Blick hielt er stur geradeaus gerichtet.

Er brauchte gute zwanzig Minuten bis zum Polizeipräsidium. Während der Fahrt sprach er kaum ein Wort, aber er hörte mir wenigstens noch einmal zu, als ich ihm erklärte, dass ich nicht geträumt hatte, dass Horst Fechner Roberts Mörder und kurz nach dem Mord bei mir im Atelier gewesen war. An seiner Reaktion war jedoch deutlich zu erkennen, dass ich ihm ebenso gut hätte erläutern können, wie eine Wettervorhersage zustande kommt. Er zuckte nur einmal kurz mit den Achseln und lächelte sein wissend gütiges Großvaterlächeln dazu.

Dann ging er vor mir her über einen langen Flur zu seinem Büro oder Dienstzimmer, oder wie immer man das nennen mochte. Es wunderte mich nicht einmal mehr, dass der kleine Herkules uns bereits erwartete. Verdächtige Personen werden wohl immer von zwei Beamten vernommen, der eine spielt den Gutmütigen und der andere den Bösen. Hatte ich mir wirklich eingebildet, Wolbert sei auf meiner Seite?

Vielleicht! Aber dann wurde es höchste Zeit, dass ich etwas begriff: Auf meiner Seite war niemand mehr, nicht einmal Olaf oder Lucia. Wolbert brauchte den Knaben nicht zur Unterstützung. Er war sich seiner Sache sicher, sagte ihm nur Bescheid, dass wir uns jetzt ins Labor begäben. Das schaffte er allein. Wieder führte er mich über Flure und Treppen, diesmal hinunter in einen Kellerraum. Es war eine Menge Technik darin untergebracht, und einer von seinen Spezialisten stand schon zur Ouverture bereit.

Bevor sie mir das Band aus Roberts Anrufbeantworter vorspielten, fühlte Wolbert sich zu einer Erklärung verpflichtet. Ich sollte vorerst nur auf die Stimme des Mannes achten, nicht auf die Hintergrundgeräusche, darum sollte ich mich später kümmern. Hätte er mich nicht eigens darauf aufmerksam gemacht, wären mir vermutlich gar keine Hintergrundgeräusche aufgefallen, vielleicht hätte ich es für Bandrauschen gehalten. Aber es war ein anderes Rauschen.

Es war nicht viel auf dem Band. Die Aufzeichnung brach in dem Moment ab, als Robert den Hörer aufnahm. Bis dahin war eine Männerstimme zu hören. «Hier ist Biller.» Danach kamen nur noch wenige Sätze und die auch noch sehr gedrängt, als sei er in großer Eile.

Ich versuchte, mich auf die Stimme zu konzentrieren. Aber gleich nachdem er den Namen ausgesprochen hatte, sagte der Mann zwei Worte, die mir das Blut in den Kopf trieben und jede Konzentration zunichte machten.

«Hallo, Rob, schade, dass ich dich nicht persönlich erreiche. Ich habe alles beisammen, was du brauchst, um dir dein Problem vom Hals zu schaffen. Ging schneller, als ich dachte. Ich rufe dich wieder an, wir können uns dann …»

An der Stelle brach es ab.

Hallo, Rob! Das hallte mir sekundenlang durch den Schädel. Es war ein Gefühl von Eis rund um das Herz herum. Ich kannte nur einen Mann, der Robert so angesprochen hatte. Serge.

8. Kapitel

Seine Stimme klang nicht so wie sonst. Vielleicht lag es an der schlechten Bandqualität. Es war viel Rauschen im Hintergrund. Und noch mehr Rauschen in meinen Ohren. Ich begriff das nicht. Piel faselte in meinem Hinterkopf noch einmal von Verdrängen, sich nicht erinnern wollen.

Was ich wollte, kümmerte niemanden, nicht einmal meinen Verstand. Er hob einen winzigen Zipfel von der schwarzen Decke an, die sich über die Nacht gelegt hatte.

Und unter diesem Zipfel sah ich mich auf dem Bett in Serges kleiner Wohnung liegen. Unter dem Zipfel hörte ich mich fragen: «Was ist nun? Tust du mir den Gefallen? Es ist doch nichts dabei. Du rufst Robert an und sagst: Hier ist Biller.»

Serge tippte sich an die Stirn. «Und was soll der Quatsch? Was soll ich ihm anschließend sagen? Hast du überhaupt eine Ahnung, wer Biller ist?»

«Das will ich ja gerade herausfinden», sagte ich.

Ich schüttelte den Kopf, damit der Zipfel zurückfiel. Ich wollte das weder sehen noch hören. Wolbert hielt mein Kopfschütteln anscheinend für ein Nein, was das Erkennen der Stimme betraf, und gab sich vorerst damit zufrieden. Er ließ das Band ein zweites Mal vorspielen. Diesmal sollte ich auf das Rauschen achten.

Es fiel mir schwer, mich überhaupt noch auf etwas zu konzentrieren. Aber irgendwie schaffte ich es. Es gelang mir sogar, die Stimme auszublenden. «Hallo, Rob, schade, dass ich …»

Darunter lag ein fast gleichmäßiges Rauschen. Nun ja, es

hatte geregnet in der Nacht. Und ich hatte geduscht, nachdem Serge sich geweigert … Und als ich aus dem Bad zurückgekommen war, hatte er gesagt: «So, deinen Gefallen habe ich dir getan. Und wie geht's jetzt weiter?» Wenn ich es nur gewusst hätte.

Wolbert schaute mich an, so gelassen und gleichmütig, als ginge es nur darum zu erfahren, ob ich Kaffee oder Tee bevorzugte zum Frühstück.

«Ich nehme an», erklärte er, «dass der Mann ein Treffen vorschlagen wollte. Aber das konnte er Ihrem Bruder dann persönlich sagen. Und offenbar war Ihrem Bruder die Sache so wichtig, dass er es vorzog, den Mann noch in der gleichen Nacht zu treffen. Und Sie wollten das verhindern, Frau Bongartz.»

Jetzt kam er wohl auf seine Hypothese zurück. In meinem Kopf ging alles durcheinander. Vielleicht hatte er Recht, vielleicht hatte ich verhindern wollen, dass Robert das Haus noch einmal verließ. Weil ich genau wusste, dass es überflüssig war, dass es keinen Biller gab, jedenfalls keinen, der sich irgendwo draußen mit Robert treffen wollte.

Der Techniker fummelte an den Knöpfen seiner Anlage herum. Ich wartete immer noch darauf, dass Wolbert mich fragte, ob ich die Stimme erkannt hätte. Aber damit verlor er keine Zeit mehr. Er blätterte in seinem Notizbuch.

«Herr Torhöven will deutlich verstanden haben, dass Sie Ihren Bruder anschrien, du bleibst hier, oder es gibt ein Unglück.»

Ja, natürlich, warum auch nicht! Wenn Jonas es deutlich verstanden haben wollte! Ein Unglück hatte es dann ja auch gegeben. Jetzt sprachen wir wenigstens Klartext. Es war mir lieber als dieses scheinheilige Getue vom Vormittag.

Er musste mich doch gar nicht mehr fragen, ob ich die Stimme erkannt hatte. Er wusste es doch bereits. Vielleicht hatte Serge ein Geständnis abgelegt, vielleicht hatte Wolbert sich auch so längst seinen Reim auf alles gemacht. Hatte sich voll und ganz auf das verlassen, was Isabell und Jonas ihm serviert hatten.

Jonas hatte der Polizei das Gleiche erklärt wie mir. Angeblich war er in der Nacht von meiner Brüllerei aufgewacht und hatte eine Heidenangst um seine kleine Schwester ausgestanden, hatte sich mühsam in den Rollstuhl gequält, um ihr beizustehen, hatte ein Stoßgebet nach dem anderen zum Himmel geschickt, dass Isabell auf der Galerie geblieben war und sich nicht verpflichtet gefühlt hatte, ihrem Mann in der Halle Hilfestellung zu leisten. Andernfalls hätte nämlich der arme Jonas von oben tatenlos zusehen müssen, wie ich sie beide abmurkste. Mit einem Arm wäre mir das ja auch eine Kleinigkeit gewesen. Der Idiot!

Wolbert war nicht länger der freundliche und hilfsbereite Polizist. «Sie wollten verhindern, dass Ihr Bruder das Haus noch einmal verließ», wiederholte er. «Warum, Frau Bongartz? Wollten Sie nicht, dass er sich ein Problem vom Hals schaffte?»

Was war diesem Schwachkopf von Serge nur in den Sinn gekommen, solch einen Unfug daherzureden? Und dann auch noch auf dem Geschäftsanschluss, wo es für die Nachwelt erhalten blieb. Ich hatte ihm einen anderen Text vorgegeben. Das wusste ich jetzt wieder.

Er sollte so tun, als ob er Biller sei, aber er sollte nur um einen Rückruf bitten. Einen Rückruf zu einer festgelegten Zeit, wenn ich daheim war und mithören konnte. Ich hatte doch nur wissen wollen, was Robert vor mir verbarg, ob Biller ein Makler war oder ein Psychiater.

Wolbert ließ mir zwei Sekunden Zeit für eine Antwort, als die nicht kam, fragte er: «Trinken Sie häufig größere Mengen Alkohol?»

«Ist das von Bedeutung für Ihre Ermittlungen?»

Er zierte sich ein wenig. «In gewissem Sinne schon, Frau Bongartz, weil es innerhalb einer Familie zu einem Problem werden kann, wenn ein Mensch übermäßig trinkt und dann die Kontrolle über sich verliert. Hat Ihr Bruder Sie in letzter Zeit einmal gebeten, sich in ärztliche Behandlung zu begeben?»

Pause, ein fragender, durchaus noch freundlicher Blick. Den versuchte ich zu erwidern, wobei ich gleichzeitig den Kopf schüttelte.

«Na, Sie sind ja in ärztlicher Behandlung», stellte er fest und fuhr fort: «Als man Ihren Bruder fand, hatte er nichts bei sich, was mit diesem Anruf in Zusammenhang gebracht werden könnte. Ganz bestimmt keine Fotos von seiner Frau und Horst Fechner.»

Er lächelte mich an, fast so, als hätte er Mitleid. «Solche Fotos kann es auch nicht gegeben haben, Frau Bongartz. Der Detektiv, den Sie vor acht Monaten beauftragt hatten, hat korrekt gearbeitet. Horst Fechner hat sich damals ins Ausland abgesetzt, wir haben das überprüft.»

«Ich war für Robert nie ein Problem», sagte ich.

Wolbert nickte einmal kurz und versonnen, es war, weiß Gott, keine Zustimmung. «Sie waren gegen die Ehe Ihres Bruders?!»

Es klang nicht nach einer Frage, mehr nach einer Feststellung. Und warum hätte ich es leugnen sollen. Ich nickte.

«Und Sie haben sich nicht darauf beschränkt, Ihre Schwägerin beobachten zu lassen. Sie setzten Ihren Bruder unter Druck, diese Ehe zu beenden. Es gab deshalb in letzter Zeit häufig Streitigkeiten zwischen Ihnen und Ihrem Bruder?!»

Irrtum, es hatte zwischen Robert und mir niemals einen Streit gegeben. Und ganz gewiss nicht in der Nacht. Wolbert beachtete meinen Widerspruch kaum. Er gab sich wieder gutmütig. Es klang fast wie ein Seufzer, als er einräumte: «Ja, richtig, Ihre Gedächtnislücke infolge einer Bewusstseinstrübung.»

Und noch während er seufzte, zog er ein Medikamentenglas aus seiner Hosentasche. Es steckte in einer Klarsichthülle. Ich erkannte es trotzdem, noch bevor ich die Aufschrift gelesen hatte, meine Cliradon-Kapseln.

«Das fanden wir im Wagen Ihres Bruders», erklärte Wolbert und hielt mir das Glas entgegen. «Er gab Ihnen eine von diesen Kapseln, richtig?»

«Richtig», sagte ich.

«Erinnern Sie sich vielleicht noch daran, wie viel Alkohol Sie vorher getrunken hatten? Eine halbe Flasche oder weniger? Oder mehr?»

«Ein paar Gläser, fünf oder sechs. Aber es hätte auch ein Glas gereicht, es hätte bereits eine dieser Kapseln gereicht, sie enthalten Morphin.»

Wolbert schürzte die Lippen. «Nein, Frau Bongartz. Sie hätten drei oder vier von diesen Kapseln einnehmen können, Ihr Bewusstsein wäre davon nicht trüber geworden. Was ich hier in der Hand halte, ist ein Multivitaminpräparat. Es ist völlig harmlos. Auf dem Glas steht zwar Cliradon, Ihr Bruder hat sich damit sehr viel Mühe gegeben. Er hat eigens für diese Aufkleber und die Beipackzettel eine Druckerei beauftragt. Cliradon wurde vor einiger Zeit vom Markt genommen, es ist gar nicht mehr im Handel erhältlich.»

Ich glaubte zu ersticken. Und Wolbert lächelte weiter.

«Dann bleiben ein paar Spezialdrinks. Fünf oder sechs, sagten Sie. Es können auch sieben oder acht gewesen sein. Herr Heuser meinte, es wären sieben gewesen in der Bar und dann noch ein Glas in seiner Wohnung. Wie oft sind Sie schon gefahren, nachdem Sie acht Gläser von dieser speziellen Mischung getrunken hatten?»

Als ich ihm nicht antwortete, verlor sich sein Lächeln. «Ich frage Sie nicht wegen Trunkenheit am Steuer», sagte er ruhig. «Ich frage Sie, weil ich versuche, den Mord an Ihrem Bruder aufzuklären.»

Sie hatten sich noch einmal sehr ausführlich mit Serge unterhalten. Was er mir in den letzten Wochen serviert hatte, hätte nicht einmal ein Kleinkind betrunken gemacht. Robert hatte Serge vor drei Wochen gebeten, keinen Alkohol mehr an mich auszuschenken.

Meine Spezialdrinks bestanden seitdem aus einer raffinierten Mischung von verschiedenen Säften und Gewürzen. Wolbert hatte selbst probiert. Es schmecke recht kräftig und gehaltvoll, sagte er. Man müsse schon eine sehr feine Zunge haben und genau wissen, was einem kredenzt wurde, um zu bemerken, dass eine entscheidende Zutat fehlte.

«Wenn Sie in die Bar kamen», sagte er, «waren Sie meist in schlechter seelischer und körperlicher Verfassung. Sie hatten starke Schmerzen und waren ohnehin davon benommen, sodass Herr Heuser es riskieren konnte und es funktionierte. Für den Notfall hielt er allerdings ein leichtes Beruhigungsmittel bereit. Er räumt ein, dass er Ihnen in der fraglichen Nacht ein paar Baldriantropfen verabreicht hat.»

«Ich hatte daheim schon mehrere Gläser Wodka getrunken, ehe ich in die Bar fuhr», sagte ich.

Wolbert schüttelte den Kopf. «Nicht mehrere Gläser, Frau Bongartz. Es war vielleicht ein Fingerhut voll. Der Rest war Wasser. Ihr Bruder war sehr gründlich.»

Er schaute mich abwartend an, der Techniker tat es ihm gleich. Und in meinem Kopf flüsterte Piel wieder von Verdrängungsmechanismen. Ich verdrängte den Hass auf

Robert. Ich verdrängte Roberts deutliche Anzeichen von Missfallen und seine Kritik an meinem Verhalten. Ich verdrängte alles, was mir nicht in den Kram passte, schob es einfach beiseite, sodass ich nicht mehr darüber stolperte. Ich schuf mir unzählige kleine, schwarze Löcher und stopfte sie voll mit allem, was mein zerbrechliches Weltgefüge ins Wanken bringen konnte.

«Ich habe Robert nicht erschossen», sagte ich.

«Seine Frau hat ihn auch nicht erschossen», erklärte Wolbert.

Ich wollte nicht noch einmal alles wiederholen müssen, was ich ihm schon so ausführlich erklärt hatte. Aber was blieb mir denn sonst?

«Das musste sie doch auch nicht. Wenn Horst Fechner …»

Weiter kam ich nicht.

«Er ist tot», unterbrach Wolbert mich und ließ einen vernehmlichen Seufzer folgen. «Horst Fechner liegt seit vier Monaten auf einem Friedhof, Frau Bongartz. Die beiden Männer, die Jonas Torhöven am Frankfurter Flughafen abgeholt haben, waren Angestellte einer Mietwagenfirma.»

«Und warum hat Isa uns erzählt, es wären Freunde von Jonas?»

Wolbert seufzte. «Offenbar hatte Ihr Bruder seiner Frau dazu geraten, um jede Spekulation zu unterbinden.»

«Das ist doch nicht wahr», sagte ich, vielleicht schrie ich auch. «Das kann überhaupt nicht wahr sein! Robert wollte einen Krankenwagen zum Flughafen schicken. Isabell lügt! Sie lügt, wenn sie den Mund aufmacht.»

«Und was tun Sie?», fragte Wolbert.

Ich hatte nicht damit gerechnet, dass er mich noch einmal gehen ließ, aber er tat es. Er sorgte sogar dafür, dass ich heimgebracht wurde. Und dort saß ich dann. Dabei konnte ich gar nicht sitzen. In meinem Atelier hielt ich es nicht lange aus, ein paar Minuten. Nur ein Blick auf den Steinklotz in der Ecke und Roberts Stimme schallte in meinem Kopf.

«Warum quälst du dich damit, Mia? Warum lässt du ihn nicht endlich hinausschaffen? Isa hat doch Recht, wenn sie sagt, dass es dich nur unnötig aufregt, hier stundenlang zu sitzen und dieses Ding zu betrachten. Es ist kein Wunder, dass du dabei auf dumme Gedanken kommst. Aber kein Mensch in diesem Haus will dir etwas, Mia, ich ganz gewiss nicht. Ich will dir doch nur helfen. So kann es nicht weitergehen.»

Ein Blick auf die Wodkaflasche und Serges Kommentar dazu. Und die Wut im Bauch, Spezialdrinks, in den letzten Wochen nur noch Spezialdrinks, Wasser mit ein paar Tropfen Wodka und ein Multivitaminpräparat gegen die rasenden Kopfschmerzen.

Ach, verflucht, was sollte es denn! Es hatte doch gewirkt, die Kapseln ebenso wie die Drinks. Nur beim Wodka hatte ich das Wasser geschmeckt. Und irgendwie erleichterte mich das. Komplett irre konnte ich noch nicht sein. Vielleicht ging ich eines Tages als medizinisches Wunder in die Geschichte ein, als die Frau, die von Wasser und Fruchtsaft so besoffen wurde, dass sie einen Blackout hatte. Und die Kapseln, man sollte den Placebo-Effekt wirklich nicht unterschätzen, gewiss nicht, wenn es nur seelische Ursachen für die Schmerzen gab.

Hatten sie das auch gewusst? Frau Schür musste informiert sein, sonst hätte ihr mein Wodka nicht in der Kehle gebrannt. Aber hatten sie es einkalkulieren können? Hatte Robert seiner kleinen Hexe das Geheimnis anvertraut? Vielleicht um schön Wetter für mich bitten wollen mit seinem Verrat und nicht begriffen, dass er damit sein Todesurteil unterzeichnete. Ich hatte ihn nicht getötet, ich nicht, ich hätte ihm niemals wehtun können.

Und Horst Fechner war tot, seit vier Monaten schon. Und

seit sechs Wochen hatte Isabell das Haus nicht mehr für längere Zeit verlassen. Sie hatte es also geschafft, konnte ihre roten Krallen auf sämtliche Aktienpakete legen und sie im Interesse ihres Kindes verwalten. Ich wusste einfach nicht mehr weiter.

In mein Zimmer hinauf wagte ich mich nicht. Vielleicht wäre ich ihr auf der Galerie begegnet und hätte mir doch endlich ein Messer aus der Küche holen müssen. Sie sollte sterben, sie musste sterben, wenn ich es einigermaßen überleben wollte. Aber sie musste so sterben, dass Wolbert und seine Kollegen wie ausgemachte Trottel im Dunkeln tappten. Ich wollte nicht auch noch eingesperrt werden, nur weil ich eine Kakerlake zertreten hatte. Und jetzt waren zu viele Leute im Haus.

In Roberts Arbeitszimmer saß noch der Finanzexperte. In der Küche hantierte Frau Schür mit Töpfen und Pfannen. Lucia hielt sich in der Bibliothek auf. Ich ging schließlich in den Wintergarten. Robert hatte sich so gerne darin aufgehalten, als Kind schon. Bei schlechtem Wetter hatten er und seine Freunde zwischen den Pflanzen gespielt, und ich hatte mich in eine Ecke gesetzt und ihnen zugeschaut.

Ich wusste wirklich nicht mehr, was ich denken sollte. Es gab wohl so einen Punkt, an dem man nicht weiterwusste. Es war kein Zeichen von Schwäche, nur Zermürbung, Müdigkeit. Vorerst dachte ich nicht einmal im Traum daran, auf Piels Angebot einzugehen. Keine Hypnose. Wenn dieser Gartenzwerg sich einbildete, dass ich mich ihm völlig auslieferte, befand er sich im Irrtum.

Ich setzte mich in die Ecke, und als ich die Augen schloss, sah ich Robert vor mir. «Ich muss mir dir reden, Mia.»

Es war zwei oder drei Tage später gewesen, nachdem ich es abgelehnt hatte, mein Atelier für Jonas zu räumen, nachdem ich mich betrunken hatte und zu Serge geflüchtet war.

Am späten Nachmittag kam Robert zu mir in den Wintergarten. Er brachte Kaffee und ein wenig Gebäck mit, setzte sich mir gegenüber und lächelte. «Machen wir es uns gemütlich dabei.»

Und dann, hatte ich mich getäuscht, oder war da wirklich eine Spur von Sarkasmus in seiner Stimme gewesen: «Es wird uns bestimmt niemand stören.»

Robert goss uns Kaffee ein, legte sich ein Kuchenstück auf seinen Teller. Er ließ sich Zeit, ehe er zur Sache kam.

«Ich möchte dich um einen Gefallen bitten, Mia. Ich weiß, dass ich dir eine Menge abverlange, aber tu es mir zuliebe.»

Ich dachte schon, er wolle mir erneut mein Atelier streitig machen. Doch es ging um ganz etwas anderes. «Ich weiß, du bist nicht gut auf Jonas zu sprechen. Ich will da auch nicht weiter in dich dringen. Wenn du etwas gegen ihn hast, nehme ich an, du hast gute Gründe dafür. Könntest du dich trotzdem ein bisschen um ihn kümmern? Es geht mir im Prinzip nur darum, dass Isa …»

Als ich den Kopf schüttelte, brach er ab und presste kurz die Lippen aufeinander. Dann vollendete er seinen Satz. «Dass Isa ein wenig entlastet wird. Dass sie ein bisschen Zeit für sich findet, verstehst du? Sie braucht etwas Ablenkung, vielleicht mal wieder einen Nachmittag in der Stadt. Es gefällt mir nicht, wie sie sich für Jonas aufreibt. Sie ist nicht so kräftig, ich befürchte, auf Dauer wird sie gesundheitlich Schaden nehmen. Sie hat in den letzten Tagen häufig darüber geklagt, dass sie sich sehr abgespannt fühlt.»

Er meinte wohl in den letzten Nächten, aber so deutlich wollte er nicht werden. Das musste er auch nicht.

«Mia, das ist doch nicht zu viel verlangt», meinte er. «Wenn du Jonas nur ein oder zwei Stunden am Tag …»

Als ich erneut den Kopf schüttelte, brach er endgültig ab. «Gut, vergiss es», sagte er. «Aber dann beantworte mir wenigstens eine Frage. Es ist eine indiskrete Frage, ich will trotzdem eine Antwort, Mia. Du warst in den ersten Tagen oft bei ihm. Du warst auch einmal nachts bei ihm. Ich weiß das von Isa. Hast du mit ihm geschlafen, Mia?»

«Nein», sagte ich.

«Wollte er mit dir schlafen?»

«Nein», sagte ich.

Robert starrte auf seinen Kuchenteller. Sekundenlang war es still zwischen uns. Dann fragte er: «Meinst du denn, er wäre noch in der Lage, mit einer Frau zu schlafen? Ich sprach dieser Tage mit Mama darüber, sie hielt es für durchaus möglich. Und er ist noch sehr jung. Er vermisst es wahrscheinlich.»

«Was willst du von mir?», fragte ich. «Soll ich zu diesem Kerl ins Bett steigen und ihm einen schönen Nachmittag machen, damit deine Frau sich währenddessen anderweitig amüsieren kann?»

«Unsinn, Mia!» Er wurde heftig. «Ich dachte nur, dir sei in dieser Hinsicht vielleicht etwas aufgefallen.»

«Warum fragst du nicht Isa, ob er noch kann oder nicht? Sie zieht ihm die Hosen an und aus. Sie schiebt ihn ins Bad und wäscht ihm den Hintern. Wenn sich bei ihm noch etwas rührt, dürfte sie das inzwischen längst bemerkt haben.»

Robert nickte versonnen und stieß die Luft aus. «Isa möchte ich das nicht fragen.» Dann schaute er mir endlich wieder ins Gesicht. «Ich habe ihr noch einmal vorgeschlagen, eine Fachkraft zu ihrer Entlastung einzustellen. So hilflos ist er ja nicht. Es müsste reichen, wenn jemand für ein paar Stunden am Tag käme. Morgens und abends, nur um ihm aus dem Bett in den Rollstuhl zu helfen. Aber Isa ist dagegen. Ich begreife das nicht. Andererseits frage ich mich, wie wir beide uns verhalten würden, wenn ich im Rollstuhl säße und keine Aussicht mehr auf ein normales Leben hätte. Was würdest du für mich tun, Mia?»

Darauf musste ich ihm nicht antworten. Wir wussten beide, dass ich in solch einem Fall für ihn da gewesen wäre. In jeder Hinsicht. Aber seine Bitte hatte ich ihm abgeschlagen.

Es half ihm nicht mehr, wenn ich mich jetzt in Selbstvorwürfen erging. Ich konnte mich nur noch fragen, warum er mich überhaupt darum gebeten hatte, wo er doch wusste, wie ich zu Jonas stand. Und er hatte nicht nur mich gefragt, auch Lucia, als er sie um einen Besuch bat. Einen Menschen, der seine fünf Sinne beisammen hatte, eine ehemalige Krankenpflegerin. «Es geht etwas vor im Haus. Ich weiß nicht mehr, was ich denken soll, Mama.» Welch ein fürchterlicher Verdacht hatte ihn gequält, dass er einen Spion auf Jonas ansetzen wollte? Genau das war es doch.

Am Ende war es genau so, wie ich es Lucia gegenüber bereits angedeutet hatte. Wenn es nur um Isabells Entlastung gegangen wäre, hätte Robert mich nicht gefragt, ob ich mit Jonas geschlafen hatte. Und er hatte mich das nicht gefragt, um zu erfahren, worin sich die Spannungen zwischen Jonas und mir begründeten. So indiskret wäre er nie gewesen. Er hatte es mich nur aus einem einzigen Grund gefragt, da war ich mir ganz sicher. Um zu erfahren, ob die Möglichkeit bestand, dass Isabell mit ihrem eigenen Bruder schlief.

Im gleichen Augenblick, als mir das klar wurde, zog sich mir die Kehle zusammen. Horst Fechner war zwei Monate tot, und der Einzug von Jonas hatte verhindert, dass Isabell sich draußen nach einem Ersatz umschauen konnte. Da hatte sie sich an ihrem Bruder schadlos gehalten. Vielleicht von der ersten Nacht an. Warum sonst hatten sie das Zimmer abgeschlossen? Jetzt begriff ich auch, warum er mich abgewiesen hatte. Mit Isabell konnte ich natürlich nicht konkurrieren.

Das wäre ein Thema für den Donnerstag, dachte ich flüchtig, ein gefundenes Fressen für Piel. Am Ende erklärte er mir dann, dass ich meine geheimsten Wünsche und Sehnsüchte auf andere projizierte. Piel sollte mir den Buckel herunterrutschen.

Irgendwann kam Lucia in den Wintergarten, sah mich in der Ecke sitzen und reagierte erstaunt, vielleicht sogar argwöhnisch. «Hier bist du, ich habe schon nach dir gesucht. Du verkriechst dich, als ob du ein schlechtes Gewissen hast, Mia.»

Dann fragte sie mich nach meinem Wagen, stellte auch gleich fest, dass er nicht zur Reparatur in einer Werkstatt war, sondern von der Polizei beschlagnahmt. Sie hatte sich noch nicht hingesetzt, stand wie in Stein gemeißelt vor mir. Und ihr Gesichtsausdruck ließ keinen Zweifel daran, dass sie auf einer Erklärung bestand.

«Mach dir deswegen keine Sorgen», sagte ich. «Die Polizei will nur feststellen, ob mein Wagen absichtlich beschädigt wurde. Vielleicht wollte jemand verhindern, dass ich Robert folgen konnte in der Nacht.»

Das war nicht an den Haaren herbeigezogen, es war sogar sehr wahrscheinlich. Ich sollte gar nicht erst auf die Idee kommen, Robert zu folgen! Damit mein Wagen für einen Mord zur Verfügung stand! Um eine falsche Spur zu legen, die Spur in Öl!

Vielleicht hätte ich wirklich anfangen sollen zu malen, damals, wenigstens zu zeichnen, darin war ich immer gut gewesen. Ich hätte mir auch damit einen Namen machen können, eine Karriere aufbauen, Anerkennung finden, nicht nur die meines Vaters, sondern die der ganzen Welt. Ich hätte es vielleicht irgendwann geschafft, meinem Leben einen anderen Sinn zu geben als den, über Roberts Glück zu wachen. Und Robert hätte irgendeine andere Frau gefunden. Irgendeine, die vielleicht ein bisschen oberflächlich, vielleicht ein bisschen habgierig, vielleicht ein bisschen berechnend, aber nicht eiskalt, nicht skrupellos und auch nicht bereit gewesen wäre, ihn zu töten.

Lucia stand immer noch vor mir. «Wer, Mia? Du weißt es doch.»

«Ich dachte, ich wüsste es. Aber der Mann, den ich im Verdacht hatte, ist tot. Ich habe es erst heute Morgen von der Polizei erfahren. Jetzt weiß die Polizei nicht weiter. Und ich auch nicht.»

Endlich ging Lucia die zwei Schritte bis zu dem Sessel mir gegenüber, ließ sich etwas umständlich darin nieder und strich sich mit einer Hand über das Gesicht. Nach einem zittrigen Atemzug schaute sie mich an.

«Es ist alles so furchtbar. Ich begreife es nicht. Roberto war doch anfangs so glücklich. Wie hat er mir vorgeschwärmt von Isa, wenn er mich anrief in den ersten Wochen. Und, Mia, du hättest sie erleben müssen, als sie bei mir waren. Sie waren ein perfektes Paar, zwei so schöne Menschen. Dagegen war Marlies, sie wird mir verzeihen, was ich jetzt sage.»

Lucia schlug ein Kreuzzeichen und sagte: «Ein Trampel. Ich dachte, jetzt hat mein Roberto endlich die richtige Frau gefunden. Ich habe ein kleines Fest für sie gegeben. Isa war der strahlende Mittelpunkt, anders kann man es nicht ausdrücken. Du hättest die Männer sehen müssen, ihre Blicke. Sie lachte und tanzte und scherzte mit ihnen, aber ihre Augen waren immer nur bei Roberto. Hast du das kaputtgemacht, Mia? Wenn du es nicht warst, dann verstehe ich nicht, warum es kaputtgegangen ist. Mia, du musst mir alles sagen, was du weißt.»

Aber viel wusste ich ja nicht, das sagte ich ihr auch. Ich erzählte ihr von Isabells Betrug, von einem toten Liebhaber, von Roberts Verdacht gegen Jonas. Lucia hörte mit versteinerter Miene zu. Ich fragte sie, wann Robert ihr mitgeteilt hatte, dass Isabell schwanger war. Vor zwei Wochen erst, er hatte sie gleich angerufen, nachdem er es erfahren hatte. Und er war schon bei diesem Gespräch sehr bedrückt gewesen. Das wunderte mich nicht mehr.

Hätte er nur offen mit mir gesprochen. Hätte er nur nicht versucht, mich zu schonen. Dann hätte ich seinen Tod verhindern können. Ich hätte keine Sekunde gezögert, die zwei räudigen Hunde auf die Straße zu setzen. Ach was, ich hätte sie abgeknallt, weil zwei räudige Hunde es nicht besser verdient haben. Für Robert hätte ich das getan.

Dienstags wurde seine Leiche freigegeben. Ich rief Olaf an, er versprach, die notwendigen Formalitäten zu erledigen. Ich fühlte mich nicht dazu in der Lage. Und nach dem kurzen Gespräch mit Olaf fühlte ich mich noch elender.

Abgekanzelt und bloßgestellt, durchsichtig und durchschaut. Ich hätte ihm so gerne erklärt, dass ich nun endlich wusste, was Robert in den letzten Wochen gequält und was ihn das Leben gekostet hatte. Aber ich wusste, dass Olaf mir nicht mehr zuhörte. Lucia hatte mir zwar noch zugehört, geglaubt hatte sie mir nicht. Das ließ sie mich deutlich fühlen.

Bei Wolbert machte ich erst gar nicht mehr den Versuch, auf Jonas zu verweisen. Er kam am frühen Nachmittag in Begleitung des Buttermilchknaben. Seine Experten hatten auf der ganzen Linie gute Arbeit geleistet. Roberts Computer hatte bestätigt, was ich von der ersten Minute an behauptet hatte, kein Motiv im geschäftlichen Bereich. Die Tonbandaufnahme aus dem Anrufbeantworter war gründlich analysiert und in ihre Bestandteile zerlegt worden. Einmal das Rauschen, einmal die Männerstimme.

Wolbert verlangte, dass ich mir beides noch einmal getrennt anhörte, nicht nur ich, auch Isabell und Jonas wurden um ihre Aufmerksamkeit gebeten. Aber er ging nicht so weit, von mir zu verlangen, dass ich ihn hinaufbegleitete. Ich durfte mich in Roberts Arbeitszimmer der Stimme von Serge widmen.

Sie hatte durch die Trennung nicht eben an Qualität gewonnen, kam mir noch fremder vor, sehr viel fremder, irgendwie verzerrt oder verstellt. Anscheinend hatte Serge sich große Mühe gegeben, nicht gleich von Robert an seiner Stimme erkannt zu werden. Zweimal spielte Wolbert mir das kurze Bandstück vor, dann resignierte er vor meinem Kopfschütteln.

Und dann kam er auf meinen Wagen zu sprechen. Ein winziges Loch im Ölfilter. Bei laufendem Motor wurde das Öl förmlich herausgepresst. Seine Experten hatten ausgerechnet, mit welcher Geschwindigkeit ich wie weit gekommen wäre, zwei Liter Motoröl vorausgesetzt. Es hätte gereicht, einmal Rastplatz und zurück.

Es stellte sich nur noch die Frage, wie das Loch in den Filter gekommen war. Kein Verschleiß und keine Schlamperei in der Werkstatt, ein spitzer Gegenstand, vielleicht ein kleiner Nagel, und rohe Gewalt.

Wolbert betrachtete meinen Arm. Zum ersten Mal seit Tagen fühlte ich wieder so etwas wie einen kleinen Triumph. Hatte ich es Lucia nicht genauso erklärt? Es waren keine Hirngespinste, es waren nackte Tatsachen.

Und dann erklärte Wolbert, dass Robert montags in der Werkstatt gewesen sei, während sie die Inspektion machten. Er hatte mit dem Kfz-Meister gesprochen und ihn gebeten, das Fahrzeug stillzulegen. Nicht einfach nur gebeten. Fünftausend Mark hatte er dem Mann geboten, dafür sollte er sich etwas einfallen lassen, was mich nicht stutzig machte. Der Mann hatte sich geweigert. So vermutete Wolbert nun, dass Robert zu einem Nagel gegriffen hatte.

Ich sah da einen Widerspruch. Immerhin hatte Robert sich

erboten, den Wagen für mich … Wolbert sah keinen. Natürlich hatte Robert Motoröl besorgt. Aber wo stand geschrieben, dass er es auch hatte einfüllen wollen? Warum hatte er mir den Abschleppdienst ausgeredet? Es wäre wohl die letzte Fahrt für den Motor gewesen.

In mir hatte etwas abgeschaltet, schon ehe Wolbert mir erklärte, dass Robert es gewesen war, der mich ans Haus hatte fesseln wollen. Die Leiche meines Bruders war freigegeben, einer Leiche konnte ich nicht böse sein. Ich wäre auch dem lebenden Robert nicht böse gewesen. Irgendwie verstand ich ihn ja. Wenn ich mir vorstellte, er wäre ständig betrunken in der Gegend herumgefahren, ich hätte immerzu Angst um ihn haben müssen. Aber das hatte ich doch, unentwegt Angst um ihn. Unter der Angst war meine Liebe fast erstickt.

Und abends saß ich allein im Esszimmer. Lucia zog es vor, die Mahlzeit mit Isabell und Jonas einzunehmen. Ich dachte daran, Serge anzurufen. Es schien plötzlich, als ob er der letzte Mensch sei, an den ich mich noch wenden konnte. Vielleicht musste ich ihn fürs Zuhören ebenso bezahlen wie für die Stunden auf seinem Bett. Aber nicht einmal das wagte ich mehr. Ich hatte Angst, er hätte keine Zeit oder Angst vor mir.

Die halbe Nacht lag ich wach, grübelte und drehte mich damit nur im Kreis. Einmal Rastplatz und zurück! Horst Fechner war tot, Jonas saß im Rollstuhl, Isabell schlief mit ihrem Bruder, mein Therapeut gab ihr das Alibi für die Tatzeit. Und Biller war nur ein Name.

Auch am nächsten Morgen mied Lucia meine Gesellschaft, das Frühstück nahm sie zusammen mit Isabell im Zimmer von Jonas ein. Sie trug sogar selbst das Tablett hinauf.

Gegen zehn rief Olaf an, um mir mitzuteilen, dass Roberts Leiche in ein Beerdigungsinstitut überführt worden sei. Olaf sprach immer noch so distanziert, in knappen Sätzen, er vermied jedes persönliche Wort.

Er hatte den Termin für die Beerdigung auf den Freitag festsetzen lassen, um fünfzehn Uhr. Er hatte inseriert, zusätzlich ein paar Leute persönlich informiert.

«Lucia möchte ihn bestimmt noch einmal sehen», meinte er. «Die Möglichkeit dazu besteht am Nachmittag. Sie werden die Leiche herrichten, haben sie mir gesagt.»

Ob ich Robert noch einmal sehen wollte, schien ihn nicht zu interessieren. Er erbot sich, Lucia abzuholen und sie in das Beerdigungsinstitut zu bringen.

«Ich komme mit», sagte ich.

«Wie du möchtest», sagte Olaf kühl.

Er holte uns kurz nach fünfzehn Uhr ab. Eine gute halbe Stunde später standen wir zu dritt vor dem offenen Sarg. Olaf hielt Lucia am Arm, um mich kümmerte sich niemand. Es war auch nicht nötig. Ich kam zurecht.

Robert sah sehr gut aus, so frisch und lebendig wie schon lange nicht mehr. Der Ausdruck auf seinem Gesicht erinnerte mich an den Augustmorgen vor einer Ewigkeit, als er nackt und schlafend auf seinem Bett lag und ich vor ihm hätte niederknien mögen. So viel Unschuld, so viel Harmonie und keine Sorgen, keine Zweifel, nichts mehr, was seinen Frieden störte.

Ich schaute ihn an und konnte es nicht glauben. Nur an seiner linken Schläfe war eine etwas merkwürdig erscheinende Stelle. Es sah fast aus, als hätte man das Einschussloch mit Plastilin verstopft und überschminkt.

Und wie ich da vor ihm stand, wusste ich endlich, was ich zu tun hatte. Ob es mir selbst gefiel, spielte keine Rolle. Ich musste es ihm zuliebe tun. Ich musste mich von Piel hypnotisieren lassen. Zur Sicherheit wollte ich ein Tonband mitlaufen lassen, damit Piel mir anschließend keine Märchen erzählen konnte.

Ich glaubte nicht mehr daran, aber völlig ausschließen durfte ich es nicht. Dass Robert mir in seiner letzten Stunde noch etwas anvertraut hatte, was seinen Mörder oder die Mörderin überführen konnte. Vielleicht hatte ich auch etwas Verdächtiges gesehen auf dem Rastplatz.

Die Zeit bis zu dem Termin bei Piel war eine einzige Tortur. Ich saß in meinem Atelier und hörte den Stimmen zu. Den Stimmen im Haus und denen in meinem Kopf. Sie wechselten sich ab, manchmal wusste ich nicht, welche davon real waren.

Robert sprach mit Piel über Halluzinationen: Mia geistert nachts durchs Haus, sieht sie kleine grüne Männchen? Lucia sprach mit Jonas, der inzwischen anscheinend das gesamte obere Stockwerk für sich beanspruchte. Isabell sprach mit Frau Schür, sie hatte das Kommando im Haus an sich gerissen und bestimmte über den Inhalt der Kochtöpfe. Aber Robert noch einmal sehen, hatte sie abgelehnt. In ihrem Zustand traue sie sich das nicht zu, hatte sie gesagt, und vielleicht schade es dem Kind, wenn sie sich aufregte.

Es war fast eine Erleichterung, als ich dann am Donnerstag in ein Taxi stieg und mich zu Piel bringen ließ. Er kam sofort zur Sache. «Entspannen Sie sich, Mia.»

Zum ersten Mal lag ich bei ihm auf einer Couch, sonst saßen wir uns immer in zwei Sesseln gegenüber. Aber mit meiner Entspannung war es nicht weit. Piel gab sich redlich Mühe. Ich sollte mich auf seine Stimme konzentrieren, ausschließlich auf seine Stimme. Ich hatte Angst, einfach nur noch Angst.

Es funktionierte nicht. Piels einlullende Stimme versetzte mich nicht in Trance, nur in Panik.

«Sie dürfen sich nicht dagegen wehren, Mia.»

Nein! Aber ich durfte vieles nicht. Nicht laufen, nicht hüpfen, nicht lachen, nicht weinen. Ich durfte Robert nicht lieben und Serge nicht bezahlen. Ich durfte nicht einmal einen Scherz machen. Ich lag auf dem Bett, und Serge war wütend auf mich.

«Zieh dich endlich an und hör auf zu spinnen … Hast du überhaupt eine Ahnung, wer Biller ist?»

Nein! Das wollte ich ja gerade herausfinden. Und als ich aus der Dusche zurückkam, grinste Serge. «So, deinen Gefallen habe ich dir getan. Und wie geht es jetzt weiter?»

Das ging ihn einen Dreck an. Das war eine Sache ausschließlich zwischen Robert und mir. Und Robert kam. Robert war müde, ganz krank wirkte er. Er sprach mit Serge über einen weiteren Anruf, vergewisserte sich mit verstohlenen Blicken zu mir, dass ich nicht begriff, wovon er sprach. Aber ich begriff es sehr wohl. Und auf der Straße fragte ich ihn, wer Biller sei und warum er sich unbedingt jetzt noch mit ihm treffen musste, mitten in der Nacht.

«Du bohrst mir noch ein Loch in den Kopf mit deiner ständigen Fragerei», sagte Robert.

Das war keine Antwort. Im Wagen fragte ich ihn noch einmal. Robert wurde ein bisschen ungehalten. «Guter Gott, jetzt hör doch auf damit, Mia. Du bist im Augenblick wahrhaftig nicht in der richtigen Verfassung, um schwer wiegende Probleme mit dir zu erörtern. Ich möchte nicht, dass du eine Dummheit begehst. Du schläfst dich jetzt aus, und wenn du dich morgen besser fühlst, reden wir in aller Ruhe darüber.»

«Über Biller?»

«Ja, auch über den.»

Es war sehr lustig, fand ich. Er war mir auf den Leim gegangen. Ich musste lachen. «Da wirst du mir morgen aber eine Menge zu erzählen haben», sagte ich. «Ich weiß auch schon, was du mir erzählen wirst.»

Ich senkte die Stimme, sprach so tief, dass ich fast ein wenig nach ihm selbst klang. Früher hatten wir uns oft einen Spaß daraus gemacht. Ich hatte ihn imitiert und seine Freunde damit verwirrt. Jetzt verwirrte ich ihn, nicht mit der Stimme, nur mit dem, was ich sagte.

«Ich habe stundenlang im Wagen gesessen und auf Biller gewartet. Er ist nicht gekommen.»

Dann sprach ich in normalem Tonfall weiter. «Er kann nämlich nicht kommen. Weil er dich gar nicht angerufen hat. Serge hat dich angerufen. Ich habe ihm gesagt, er soll es tun, und er tut mir jeden Gefallen.»

«Ich weiß», sagte Robert nur. Er war so traurig. Ich verstand gar nicht, warum. Als er mir die Kapsel in die Finger gedrückt hatte, hatte er zu Serge gesagt: «Ich hoffe, das ist die letzte. Und ich hoffe auch, sie war das letzte Mal hier. Kommst du dir nicht selbst ein bisschen vor wie ein kleiner Schweinehund, ihre Situation so auszunutzen?»

«Ich nutze sie nicht aus», hatte Serge ihm geantwortet. «Ich habe noch nie einen Pfennig von ihr verlangt. Sie legt mir das Geld hin. Sie will es doch so. Vielleicht braucht sie das.»

«Sie braucht Ruhe, weiter nichts», hatte Robert gesagt. Und er wirkte so fest entschlossen, als er dann während der Fahrt zu mir sagte: «Ich kann doch nicht länger untätig zusehen, wie du vor die Hunde gehst, Mia. Wenn es umgekehrt wäre, hättest du auch längst etwas unternommen. Ich hätte Isa niemals ins Haus bringen dürfen, das ist mir inzwischen klar. Aber du wirst nicht mehr lange mit ihr unter einem Dach leben müssen, nicht mit ihr und nicht mit Jonas.»

«Du wirfst sie hinaus?», fragte ich. «Es wird wieder alles so wie früher.» Ich wollte ihn umarmen dafür, aber er wehrte mich mit einem Arm ab. Dabei lachte er leise.

«Nein, Mia. So wie früher wird es nie mehr. Das kann es auch nicht. Ich bin nicht mehr der kleine Junge, der stundenlang still auf einem Stuhl sitzen konnte, um sich von dir zeichnen zu lassen. Und du bist nicht mehr die junge Frau, die mir mit ihrer Stärke imponiert hat. Du bist krank, Mia. Du bist sehr krank. Jetzt bin ich der Stärkere, und ich muss etwas tun, damit du gesund wirst. Fragt sich nur, ob ich stark genug bin, es bis zum bitteren Ende durchzustehen. Es wird hart werden. Ich weiß nicht, ob ich hart sein kann.»

Und dann schob er mich auf das Haus zu. Er schloss die Tür auf, schob mich weiter durch die Halle. Er war sehr sanft und behutsam dabei. «Komm, Mia, komm, leg dich hin, ruh dich aus. Hast du noch Schmerzen?»

«Nein.» Schmerzen nicht. Ich war nur so steif im Innern.

«Dann ist es gut. Schaffst du es alleine ins Bett?»

«Nein.» Und die Panik. Ein Haus suchen! Hart sein! Das konnte er nicht. Das konnte er mir doch nicht antun.

«Komm, sei vernünftig, Mia. Ich habe nicht so viel Zeit. Biller ist nur auf der Durchfahrt. Er wird nicht ewig auf mich warten.»

Zuerst lachte ich noch, es klang vielleicht ein bisschen gemein. Es gab keinen Biller auf der Durchfahrt, das sagte ich ihm noch einmal klar und deutlich. Dann weinte ich ein bisschen. Nicht richtig, richtig weinen konnte ich nicht.

Robert wusste, dass es falsch war, nur ein bisschen Theater. Er glaubte mir nicht. Robert glaubte mir nie. Ich konnte sagen, was ich wollte. Dieses Weib da oben hatte ihn völlig um den Verstand gebracht. Und jetzt starrte sie auf mich hinunter. Amüsierte sich, lachte sich ins Fäustchen.

«Geh wieder ins Bett, Isa», rief Robert ihr zu. Aber sie blieb auf ihrem Platz und genoss ihren Triumph. Er schob mich wieder vor sich her, diesmal auf mein Atelier zu. «Hör auf mit dem Theater», sagte er. «Mein Gott, reiß dich doch zusammen, Mia. Hör mir zu, du musst dich ein bisschen zusammennehmen jetzt. Du hast keine Schmerzen mehr, es geht dir schon viel besser. Also, leg dich jetzt hin und gib endlich Ruhe.»

Es klang fast, als ob er wütend auf mich sei. Und dann schloss er die Tür. Und er drehte den Schlüssel von außen um. Ich rief nach ihm. Ich schrie, brüllte, schlug mit der Faust gegen das Holz, und draußen vor dem Haus röhrte der Motor seines Wagens auf.

Es gab keinen Biller auf der Durchfahrt. Robert hatte mich verlassen. Er hatte gesagt: «Es tut mir Leid für dich, aber ich kann nicht mehr, Mia. Ich kann wirklich nicht mehr.» Als er mich einschloss, hatte er das gesagt. Und ich hatte es deutlich gehört.

Das Fenster! Ich lief hin, riss es auf, stieg hinaus. Da war ein Balken, ich stieß mir den Kopf. Es tat so weh. Es tat so furchtbar weh. Und ich schrie: «Komm zurück, Robert, komm sofort zurück. Oder es gibt ein Unglück. Kein Mensch wartet auf dich.»

Kein Mensch, nur Piel, ein verschrumpelter Gartenzwerg, der den Schmerz in meinem Kopf völlig ignorierte. Er drängte: «Weiter, Mia, weiter. Wo sind Sie jetzt?»

Gott, war er blöd. Er musste doch sehen, dass ich auf seiner Couch lag. Mein Kopf schmerzte immer noch. Ich hatte mich höllisch an diesem verfluchten Balken gestoßen, war minutenlang ganz benommen gewesen.

Piel forderte mich dreimal hintereinander mit beschwörender Stimme zur Konzentration auf und bohrte: «Was tun Sie jetzt?»

Er war wirklich ein Trottel, er bemerkte nicht, dass ich aus den unergründlichen Tiefen meines schwarzen Lochs wieder an die Oberfläche gekommen war. Als es ihm endlich auffiel, erzählte er mir etwas von starken Emotionen, von abblocken. Ich blockte nicht ab. Es war alles wieder da.

Ich war um das Haus herum zur Garage getorkelt, ein Stück weit sogar gekrochen. Ich hatte die beiden Öldosen aus Roberts Garage geholt, die Motorhaube meines Wagens hochgestemmt. Es war eine elende Plackerei mit nur einem Arm. Ich hatte mich krampfhaft zu erinnern versucht, welchen Treffpunkt Robert genannt hatte.

Er hatte einen Treffpunkt genannt. Er hatte mir nicht geglaubt, dass wir ihn nur ein wenig hatten foppen wollen. Ich war so wütend auf Serge, ich war fest entschlossen, ihn bei der nächstbesten Gelegenheit zu feuern. Alle wollte ich sie auf die Straße setzen, alle. Und dann würde es mit Robert und mir wieder so sein wie früher. Auch wenn er es jetzt noch nicht glaubte.

Dann fuhr ich. Es ging ganz automatisch. Ich wusste sogar den Weg. Ein Rastplatz an der Autobahn. Und dann kam ich an, und da stand Roberts Wagen.

Es regnete heftig, aber ihn störte das nicht mehr. Er hatte die Scheibe auf seiner Seite ganz heruntergelassen. Der linke Ärmel seines Jacketts war bereits durchnässt, das linke Bein seiner Hose auch. Der Briefumschlag in seiner rechten Hand war noch trocken, aber der kleine Colt in seiner linken war feucht geworden.

Ich weiß nicht, wie lange ich neben seinem Wagen stand, ich weiß es wirklich nicht. Aber ich weiß noch, dass ich ihn nicht anrührte, weder den Wagen noch Robert. Ich konnte nicht. Da war dieses kleine Loch in seiner Schläfe und der dünne Blutfaden, der ihm über die Wange lief. Es war dunkel, aber ich sah das sehr gut.

Irgendwann beugte ich mich in den Wagen, nahm zuerst den Colt, dann den Umschlag an mich. Als ich in die rechte

Tasche seines Jacketts griff, berührte ich seine Hand. Sie war warm. Auch der Schlüssel zu meinem Atelier war warm.

Ich setzte mich in meinen Wagen, und zuerst wollte ich wirklich nur sterben. Es war doch die einzige Möglichkeit, bei Robert zu bleiben, ihm dahin zu folgen, wo er jetzt war. Aber dann wollte ich doch vorher noch wissen, warum er dorthin gegangen war, in die große Dunkelheit oder in den ewigen Frieden.

Es kam wohl darauf an, woran man glaubte. Ich glaube nur an die Dunkelheit, Robert hatte vielleicht an den Frieden geglaubt, also konnten wir nicht zusammenkommen. Und seine Gründe waren ganz einfach. Ein Mann zwischen zwei Mühlsteinen. Sein Brief war an mich gerichtet, nur an mich.

Ich liebe Isa, schrieb er, und ich liebe dich, Mia. Und ich weiß nicht, wie ich mich entscheiden soll. Ich stehe so tief in deiner Schuld, dass ich nicht einfach sagen kann, ich gehe jetzt. Aber bleiben kann ich auch nicht. Nicht einen Tag länger, weil du mich jeden Tag erneut unter Druck setzen würdest, dass ich Isa verlassen soll, dass ich sie fortschicken muss. Ich kann das nicht, ich liebe sie zu sehr. Und du Mia, du hast schon so viel für mich getan. Ich möchte, dass du noch etwas für mich tust. Du wirst nicht zusammen mit Isa und Jonas unter einem Dach leben wollen, du musst es auch nicht. Ich habe alles Notwendige veranlasst, damit sie für sich sind und du zur Ruhe kommst. Lass sie in Frieden gehen. Tu es mir zuliebe. Wie ich dir zuliebe gegangen bin.
Robert

Der Brief war auf dem Computer verfasst und nicht einmal per Hand unterschrieben. Und er war sehr schwülstig, fand ich. Es war nicht Roberts Stil. Romantik ja, Leidenschaft und innere Glut, aber kein Schmalz. Lass sie in Frieden gehen. Wie ich dir zuliebe gegangen bin.

Ich riss das Stück Papier in ganz kleine Fetzen. Die meisten behielt ich in der Hand. Ein paar wehten ins Freie, weil ich die Tür aufgelassen hatte, um den Brief lesen zu können. Ich hatte den Schalter für die Innenraumbeleuchtung nicht gefunden.

Dann fuhr ich los, hielt die linke Hand aus dem Fenster und ließ die Fetzen einzeln davonwirbeln. Warum sind die Autobahnen bei uns nur so gerade gebaut? Es gab keine Kurve. So ein Wagen fährt sich fast alleine, und er fährt immer geradeaus.

Natürlich gab Piel keine Ruhe. Er bohrte weiter. Was ich gemacht hatte, nachdem ich mir den Kopf am Balken vor meinem Fenster gestoßen hatte. Das ging ihn einen Dreck an. Er hätte mir doch augenblicklich die Schuld an diesem Desaster gegeben, ausschließlich mir, und so war es nicht.

Ich begriff noch nicht ganz, wie es war, dafür war der Schock zu groß. Aber ich kam schon noch auf die Wahrheit, da war ich mir ganz sicher.

Zu Piel sagte ich, ich wäre zurück in mein Atelier und auf die Couch gekrochen, weil ich vor Schmerzen fast verrückt geworden sei. Es war nicht einmal so weit von der Wahrheit entfernt. Ich war selbst ein bisschen tot, als er mich endlich in Ruhe ließ. Und er war ein bisschen blass, aber er hielt unsere Sitzung für erfolgreich.

Bevor er mich verabschiedete, riet er mir dringend, mit meinen neuen Erkenntnissen zur Polizei zu gehen. Angeblich waren ihm ein paar Widersprüche aufgefallen.

Robert hätte auf meinen Hinweis bezüglich des fingierten Biller-Anrufs reagieren müssen, meinte er. Beinahe hätte ich ihm doch noch gesagt, dass Robert nicht mehr vorgehabt hatte, auf irgendetwas zu reagieren.

Und die Sache mit dem Schlüssel! Sie versetzte Piel in noch größere Aufregung. Wer, um alles in der Welt, hatte denn die Tür zu meinem Atelier wieder geöffnet, wenn Robert sie abgeschlossen hatte und nicht mehr zurückgekommen war?

«Der Mörder», sagte ich, «wer sonst. Isa war zusammen mit dem Mörder bei mir, gegen Morgen. Sie haben sich davon überzeugt, dass ich nichts von allem mitbekommen hatte.»

Piel wiederholte seinen Rat in äußerst eindringlicher Form. Ich verzichtete darauf, mir von seiner Empfangsdame ein Taxi rufen zu lassen. Ich wollte nicht heim. Ich konnte nicht. Ich hätte Lucia nicht gegenübertreten können. Noch nicht. Da war noch so viel in meinem Kopf. Ich musste erst mit mir selbst ins Reine kommen.

9. Kapitel

Etwas länger als eine Stunde lief ich herum, eine Straße hinauf, die nächste hinunter, nichts weiter vor Augen als dieses Bild. Robert hinter dem Steuer, beide Hände kraftlos im Schoß. Warum hatte er sich zum Sterben solch einen gottverlassenen Platz aussuchen müssen? Warum war er nicht einfach in sein Arbeitszimmer gegangen oder in den Keller?

Er hatte doch den Colt aus dem Keller holen müssen. Oder hatte er den schon vorher geholt? Wann? Als er sich entschloss, für klare Verhältnisse zu sorgen? So hatte er es Serge gegenüber ausgedrückt, für klare Verhältnisse sorgen.

Es war sehr viel auf einmal, was mir durch den Kopf ging, es war ein bisschen chaotisch. Ich hörte Wolbert noch einmal fragen, ob Robert Linkshänder gewesen sei. Und später, als er mir die goldene Brücke baute. «Haben Sie nicht das Gefühl, es könnte so gewesen sein?» Und ich hörte meine energische Ablehnung in beiden Fällen.

NEIN! Verdammt! Völlig ausgeschlossen!

Und das war nicht die Ansicht einer Irren. Paranoia, Verfolgungswahn, ein Komplott gegen Robert und mich, nein! Es waren Tatsachen. Ich hatte Robert nicht in den Tod getrieben, weil Robert sich nicht selbst getötet hatte. Das konnte er mir nicht angetan haben. Sie hatten es nur so aussehen lassen.

Roberts Stimme geisterte mir durch den Kopf. «Es tut mir Leid für dich, aber ich kann nicht mehr, Mia.» Ich hatte ihm ja wirklich hart zugesetzt, und trotzdem war da diese Weichheit in seiner Stimme gewesen.

Wie anders dagegen die Stimme, die ich gegen Morgen gehört hatte. «Von dem, was sie getankt hat, könnten wir beide eine ganze Woche feiern.»

Das war es! Mir wurde heiß. Ich hatte den Beweis gefunden, einen hundertprozentigen Beweis.

Sie hatten nichts gewusst von Spezialdrinks und Multivitaminpräparaten. Sie hatten Roberts Fürsorge mir gegenüber nicht einkalkuliert und sich damit verraten. Warum war ich nicht sofort darauf gekommen, als Wolbert mich damit konfrontierte? Nun, man konnte nicht immer alles griffbereit haben. Aber jetzt hatte ich es griffbereit, jetzt fehlte mir nur noch der Mann zur Stimme. Und Horst Fechner war tot.

Ich mochte mir nicht vorstellen, dass Wolbert mich belogen hatte. Aber ich konnte mir auch nicht vorstellen, dass Isa innerhalb nur weniger Wochen einen Ersatz für ihn gefunden hatte, der dann auch noch bereit gewesen war, für sie zu töten. So schnell ging das nicht. Ich hatte etwas übersehen. Ich musste etwas übersehen haben. Vielleicht einen Gast aus dieser Bar in Frankfurt.

Irgendwann stand ich in einer Telefonzelle und rief Serge an. Ich wusste nicht genau, wo ich war. So konnte Serge mich auch nicht abholen, also hielt ich doch ein vorbeifahrendes Taxi an. Dann stand ich vor dem «Cesanne», vor der Hintertür. Und ich sah mich noch einmal mit Robert hinaus auf die Straße treten.

Als Serge mir öffnete, fühlte ich mich einigermaßen sicher. Ich war hungrig, zum ersten Mal seit Tagen wirklich hungrig. Serge briet mir ein paar Eier auf Toast und brühte einen starken Kaffee auf. Während ich aß, berichtete ich ihm, was die Sitzung bei Piel ergeben hatte, aber bis zu meinen Schlussfolgerungen kam ich gar nicht.

Anfangs hörte Serge mir noch schweigend und einigermaßen ruhig zu. Dann wurde er zusehends nervös und unterbrach mich. «Verdammt, Mia, Piel hat Recht. Da stimmt etwas nicht. Du musst zur Polizei gehen. Ich habe Robert nur einmal angerufen. Das mit Biller war mir zu blöd, verstehst du? Er hätte doch meine Stimme sofort erkannt, und er kennt auch Biller seit Jahren. Ich dachte, du hättest den zweiten Anruf übernommen.»

Wann denn, und von welchem Apparat? Er war doch die ganze Zeit bei mir gewesen. Ich hatte ihn mit dem Telefon allein gelassen, er mich nicht. Er wurde ein bisschen kleinlaut, als ich ihn darauf aufmerksam machte.

«Und was jetzt?», fragte er.

«Wenn du mich nicht unterbrochen hättest», sagte ich, «wären wir jetzt schon ein Stück weiter.»

«Tut mir Leid», murmelte er und wirkte ehrlich zerknirscht dabei. «Ich kann mir denken, wie du dich jetzt fühlst. Du hast es Robert ja wirklich nicht leicht gemacht. Das hast du eigentlich nie, und in den letzten Wochen hast du wahrscheinlich ein bisschen übertrieben. Trotzdem …»

Er brach ab und schüttelte den Kopf, murmelte weiter: «Ich hätte nicht gedacht, dass er sich eine Kugel in den Kopf schießt. Oder lügst du, Mia?»

Plötzlich wurde er wieder misstrauisch. «Es hat ihn doch jemand angerufen. Es hat ihm jemand dieses Treffen vorgeschlagen. Er muss Biller gesprochen haben.»

Immerhin wusste er, wer Biller war. Und er war auch endlich bereit, es mir zu erklären. Jetzt musste er ja nicht mehr befürchten, dass Robert ihm deswegen Vorhaltungen machte.

Eine merkwürdige Figur, hatte Robert diesen Mann genannt, so dürr, dass er eines fernen Tages bei der Auferstehung des Fleisches wohl liegen bleiben musste. Robert hatte Biller vor Jahren in Frankfurt an der Börse kennen gelernt. Zu dem Zeitpunkt war Biller noch als Finanzmakler und

Anlageberater tätig gewesen. Dann hatte er sich mehr und mehr auf ausländische Papiere festgelegt und seiner Klientel mit windigen Geschäften das Geld aus der Tasche gezogen.

Die meisten seiner Angebote entpuppten sich im Nachhinein als Phantasieprodukte. Warentermine für Mais, der bereits in der Sonne verdorrt war. Längst stillgelegte Minen in irgendeinem fernen Land, die kein Mensch auf ihre Produktivität hin überprüfen konnte, es sei denn, er wäre hingeflogen. Und wer machte sich die Mühe schon, wenn er nur in aller Stille ein wenig Schwarzgeld anlegen wollte. Zuletzt hatte Biller versucht, Investoren für diverse Projekte moderner Schatzsucherei zu finden.

An einem dieser Projekte hatte Robert sich vor gut zwei Jahren beteiligt. Und wie konnte es anders sein, es erwies sich als kleine Goldgrube im wahrsten Sinne des Wortes. Glück im Spiel, dachte ich noch einmal flüchtig. Das hatte er gehabt, aber auch nur dort.

Serge erzählte mir von einer spanischen Galeone, die in einem vergangenen Jahrhundert vor irgendeiner Küste gesunken und vor zwei Jahren wieder gehoben worden war. Robert hatte ihm davon berichtet, mir nicht. Robert hatte sich amüsiert über Biller, der ihm nach diesem Erfolg keine Ruhe ließ, der ihn für einen Glücksbringer hielt, vor allem aber für einen Investor, der weitere anziehen konnte wie ein Magnet eine Hand voll Eisenspäne.

Biller hatte Robert damals in diese Nachtbar geschleppt, um den Erfolg zu feiern. Biller hatte ihn mit Isabell zusammengebracht. Die beiden kannten sich flüchtig. Biller war wohl häufig Gast in dieser Bar und hatte sie Robert gegenüber als ein liebes Mädchen bezeichnet, das nur leider an den falschen Mann geraten war. Biller wusste sogar, dass dieses liebe Mädchen einen ehrlichen und rechtschaffenen Bruder hatte, der irgendwo in der Wüste schuftete, um ein paar Un-terprivilegierte mit Wasser zu versorgen.

Ob Biller Jonas Torhöven oder Horst Fechner ebenfalls persönlich kannte, wusste Serge nicht. So ausführlich hatte Robert sich nicht darüber ausgelassen.

Serge erzählte weiter, was er von Robert gehört hatte. Und während ich ihm zuhörte, begriff ich.

Biller kannte die halbe Welt. Er reiste viel, das brachte der Beruf als Schlitzohr wohl so mit sich. Er beherrschte ein hal-bes Dutzend Fremdsprachen, war mit verschiedenen Landes-sitten vertraut. Er war ein Mann, den man ohne weiteres da-mit beauftragen konnte, Vorfälle zu klären, die sich fernab der Heimat zugetragen hatten.

Einen Unfall zum Beispiel, bei dem angeblich ein Mann ums Leben gekommen war, der sich in Wahrheit nur ein per-fektes Alibi beschaffen wollte. So etwas ließ sich in einem Staat, in dem alles hübsch bürokratisch und nur mit einem Dutzend Formularen erledigt werden kann, nicht bewerk-stelligen. Dafür reiste man nach Hinterindien oder in den Kongo.

Mir kam ganz plötzlich, wie ein Blitz, der quer durch mein Hirn fuhr, die so genannte Erleuchtung. Isabell hätte es nie-mals allein geschafft, meinen Bruder aus dem Weg zu räu-men. Und ihr Bruder, der ihr vielleicht gerne geholfen hätte, saß im ersten Stock unseres Hauses fest. Sie hatte dennoch tatkräftige Hilfe gehabt, einen Mann, den kein Polizist der Welt mehr auf eine Fahndungsliste setzen oder des Mordes bezichtigen konnte, weil sein Name auf einem Grabstein stand. Konnte es ein perfekteres Alibi geben?

Mir hatte Robert nie von Biller erzählt. Aber er hatte mir anscheinend vieles nicht erzählt. Was Robert jetzt von diesem Mann gewollt, womit er ihn am vergangenen Mittwoch beauftragt hatte, wusste Serge nicht. Aber ich wusste es, es gab nur diese eine Möglichkeit. Ein halbes Dutzend Fremdsprachen, vertraut mit verschiedenen Landessitten, Mittel besorgen. Beweise dafür erbringen, dass Horst Fechner nicht tot war.

Wolbert hatte mir nicht gesagt, woran Fechner so plötzlich verstorben war. Ich wusste es auch so, ein Unfall. Irgendeine verstaubte, einsame Straße in einem fremden Land. Und irgendein armes Schwein, das zufällig des Wegs kam, hatte dran glauben müssen. Und plötzlich sagte Jonas in meinem Hinterkopf: «Verbrannt!»

Das war die Lösung. Vielleicht hatte Jonas sogar mitgeholfen, hatte seine Verletzung bei diesem Unfall erlitten. Künstlerpech, ein Risiko, das sie nicht einkalkuliert hatten.

Untergetaucht! Vermutlich war Fechner gleich nach Tunis aufgebrochen, als feststand, dass bei Robert mehr zu holen war als eine kleine Wohnung und ein bisschen Schmuck. Einen biederen, gutmütigen, rechtschaffenen und ehrlichen Menschen wie Jonas Torhöven verwandelte man auch kaum innerhalb weniger Stunden in ein habgieriges, skrupelloses Ungeheuer. Da brauchte es schon Zeit. Und Überzeugungskraft, vielleicht noch ein bisschen Schlagkraft hinterher.

Ich musste sofort zu Wolbert und ließ mir von Serge ein Taxi rufen. Dann saß ich ihm gegenüber, dem ewig grinsenden Beamten der Mordkommission. Sein Milchbube saß am Nebentisch und gab sich den Anschein, wichtige Akten aufzuarbeiten. Aber er blätterte nur darin und hörte zu.

Anfangs war ich noch einigermaßen ruhig, konnte gezielt fragen und bekam von Wolbert die Antworten. Sie hatten sich nicht nach Einzelheiten erkundigt. Sie hatten nur auf gut Glück in Frankfurt angerufen und von den dortigen Kollegen gehört, dass Fechner vor vier Monaten verstorben sei.

Nach Ort und Umständen zu fragen, war Wolbert nicht in den Sinn gekommen. Wozu auch, der Mann war tot und damit aus dem Rennen.

So ungefähr hatte ich es mir vorgestellt. Ich konnte nicht verhindern, dass ich etwas lauter wurde. Es war doch wirklich eine bodenlose Schlamperei. Ich hatte sie mit der Nase auf diesen Mann gestoßen, und sie taten nichts, saßen hier herum, spielten mit Tonbändern und klapperten die Apotheken und Druckereien ab, um mir die Hölle heiß machen zu können.

Sie ließen sich abspeisen mit einem «tot und begraben». Warum hatten sie nicht augenblicklich veranlasst, dass das Grab geöffnet und die Leiche exhumiert wurde? Das wäre doch das Mindeste gewesen.

«Ich will Ihnen sagen, wie und wo Fechner gestorben ist», sagte ich. Mag sein, dass ich dabei einmal kurz mit der Hand auf die Tischplatte schlug. Der Buttermilchknabe zuckte zusammen, als hätte ich ihn geohrfeigt. Er warf Wolbert einen Blick zu wie ein Hund, der auf das nächste Kommando wartet. Na, lauf schon und hol das Stöckchen.

Aber Wolbert winkte vorerst ab, lächelte mich an und murmelte: «Ganz ruhig, Frau Bongartz.»

Ich war nicht mehr ruhig. Ich konnte nicht verhindern, dass meine Stimme zu zittern begann, als ich weitersprach. Um das Zittern zu überdecken, sprach ich ein bisschen lauter. Aber ich versuchte sofort, meine Stimme wieder unter Kontrolle zu bekommen, als ich bemerkte, welch bezeichnende Blicke da zwischen Wolbert und seinem Handlanger hin und her gingen.

«Ganz ruhig, Frau Bongartz», sagte Wolbert noch einmal.

Ich nickte, ich konnte gar nicht mehr aufhören zu nicken. «Es war ein Unfall», sagte ich. «Horst Fechner ist dabei bis zur Unkenntlichkeit verbrannt. Passiert ist es irgendwo im

Ausland, wo die Behörden weniger gründlich sind, wo es auch nicht weiter auffällt, wenn ein Einheimischer plötzlich spurlos verschwindet, wo es genug Elendsviertel gibt, vermutlich in Tunis. Es könnte sich dabei sogar um den Unfall handeln, bei dem Jonas Torhöven sich seine Verletzungen zuzog. Ich halte Fechner für gerissen genug, einen Dummen zu suchen, der das Risiko für ihn trug.»

Wolbert fand meine Theorie sehr interessant und erkundigte sich, wie ich darauf gekommen war. Als ob das noch wichtig gewesen wäre. Aber ich bemühte mich.

Ich berichtete ihm von der Unterhaltung mit Serge. Ich erklärte ihm sogar, dass Serge in der fraglichen Nacht in meinem Auftrag hatte anrufen sollen, dies jedoch nicht getan hatte.

Das fand Wolbert noch interessanter. Aber am meisten interessierte ihn, auf welche Weise ich die Lücke in meinem Hirn aufgefüllt hatte. Und plötzlich ritt mich der Teufel, ich setzte alles auf eine Karte. Vorgetäuschter Selbstmord, mit allem, was dazugehörte, der Colt in der linken Hand, ein Abschiedsbrief. Aber dann hatten sie einen Fehler gemacht, sie hatten sich noch einmal in meine Nähe gewagt.

Wolbert nickte. Er tat nichts weiter. Er nickte, nicht ununterbrochen, nur sporadisch, aber es machte mich ganz krank. Ich wollte, dass er augenblicklich in Frankfurt anrief und seine Kollegen auf Fechners Spur hetzte. Das sagte ich ihm auch. Ich weiß nicht mehr, mit welchen Worten, aber dass ich aufstand, um meinem Verlangen ein wenig Nachdruck zu verleihen, das weiß ich noch. Und Wolbert verlangte im Gegenzug, dass ich mich zurück auf den Stuhl setzen sollte.

Er murmelte seinen blödsinnigen Standardspruch wie eine Beschwörungsformel. «Ganz ruhig, Frau Bongartz, ganz ruhig.»

«Dann tun Sie, was ich sage», sagte ich.

Er dachte gar nicht daran. Als er endlich zum Telefon griff, weil ich nicht aufhören konnte, ihm Vorhaltungen wegen seiner schlampigen Arbeitsmethoden zu machen, weil ich mich auch nicht wieder hinsetzen wollte und ab und zu auf die Tischplatte klopfte, da rief er Piel an.

Piel kam auch ziemlich schnell. Sie steckten alle unter einer Decke. Es interessierte sie einen Scheißdreck, wer Robert getötet hatte. Für sie war der Fall erledigt. Selbstmord. Und ich hatte sie auch noch auf diese Idee gebracht.

Aber sie hatten es ja ohnehin in Erwägung gezogen. Sie hatten nämlich ein paar von den Fetzen gefunden, die mir auf dem Rastplatz aus der Hand geflogen waren. Daraus hatten sie zwar nicht viel entnehmen können. Aber wenn sie die Waffe bei Robert gefunden hätten …

Ich konnte sagen, was ich wollte. Es hörte mir niemand mehr zu. Der kleine Herkules hielt mich fest, als Piel mir die Spritze gab. Piels blödes Grinsen und seine einlullende Stimme gaben mir den Rest. Ich musste ihnen noch so viel erklären.

Es fiel mir erst in dem Moment wieder ein. Wie ich heimgekommen war in der Nacht. Dass ich Isabells Renault vor Roberts Garage stehen sah. Dass ich das Knacken unter der Motorhaube hörte. Ein sicheres Zeichen, dass der Renault benutzt worden war, gerade eben noch. Und jetzt kühlte der Motor ab.

Und der Schatten am Fenster. Ich hatte ihn deutlich gesehen, ein großer Schatten in einem dunklen Viereck. Das Zimmer am Ende der Galerie. Aber so groß konnte Jonas nicht sein, selbst dann nicht, wenn er sich aus dem Rollstuhl stemmte. Es war Fechner gewesen, ich wusste es ganz genau. Und sie glaubten mir nicht, mochte ich noch so laut werden.

Es dauerte einige Minuten, ehe die Wirkung der Spritze

einsetzte. Ich nutzte die Zeit, wenigstens noch einen Versuch zu machen. Sie mussten augenblicklich mein Haus durchsuchen. Vom Keller bis zum Dachboden, jeden Winkel. Fechner war da. Er hatte das ideale Versteck gefunden, mein Haus. Es war groß genug, so viele Räume ungenutzt. Und die Schritte. Ich hatte doch Schritte gehört, als Isabell unterwegs war, um Lucia vom Flughafen abzuholen. Als ich im Keller saß, auf den Abdeckplanen für die Rosen, mit dem kleinen Colt in der Hand. Es war nicht mein Weinen und keine Einbildung, es war Fechner gewesen. Er wollte nachsehen, was ich tat und ob ich ihnen eventuell gefährlich wurde.

Niemand tat etwas. Sie standen um mich herum und gafften mich an. Piel wurde schon ungeduldig, schielte mit einem Auge auf seine Armbanduhr, hielt mit einer Hand meinen Arm, die Fingerspitzen auf den Puls gepresst.

«Es ist gleich vorbei, Mia.»

Es ist nie vorbei, du Hornochse, dachte ich. Du solltest dir dein Lehrgeld zurückgeben lassen. Und du da auch. Wolberts Gesicht zerfloss irgendwie, es wurde ganz breit, lief auseinander wie Kuchenteig. Und dann war es fort, alles war dunkel.

Es waren Schritte in der Dunkelheit, viele Schritte, und Stimmen. Die Stimmen von Isabell und Jonas, von Fechner und Robert. Robert saß in seinem Wagen und wartete. Und Fechner kam von der Seite und schoss gleich. Dann fuhr er weg, fuhr zu seinem Liebchen, um eine ganze Woche zu feiern mit dem, was ich getrunken hatte. Fruchtsaft und Wasser und Multivitaminkapseln!

Sie stachen mir in den Arm, wieder und immer wieder. Ich schwamm unter Wasser. Es war so schwer mit einem Arm, und ich war nie eine gute Schwimmerin gewesen. Isabell saß auf dem Rand, strampelte mit den Beinen und amüsierte sich. Und immer wenn ich dachte, dass ich es jetzt endlich zur Oberfläche hinauf schaffte und Luft holen könnte, kam ein neuer Stich und es ging wieder hinunter.

Ein Tag, zwei Tage, drei Tage. Robert wurde begraben, und ich war nicht dabei. Ich konnte mich nicht von ihm verabschieden, konnte noch nicht einmal um ihn weinen. Kaltgestellt, ausgetrickst. Isabell hatte mich, wo sie mich brauchte. Die Ratte hatte gewonnen und konnte sich in Ruhe darauf vorbereiten, ihr Balg in die Welt zu setzen.

Irgendwann kamen andere Stimmen in die Dunkelheit. Einmal hörte ich Piel, wie er mit einem Unbekannten sprach, vermutlich mit Fechner. Sehen konnte ich sie nicht, es war ja stockfinster. Sie wagten es nicht mehr, mir ihre Gesichter zu zeigen. Sie hatten Angst, dass ich sie erkannte und zur Rechenschaft zog. Auf ewig konnten sie mich schließlich nicht festhalten, das war Freiheitsberaubung. Und auch wenn sie ihre Gesichter vor mir verbargen, ich kannte sie alle, diese kleinen, nichtigen, unfähigen Stümper und Querulanten, diese habgierigen Ungeheuer.

Einmal hörte ich die Stimme von Wolbert. Auch er war nicht allein. Es war einer bei ihm, der ihm erklärte, ich könne nicht hören, was er mir sagte. Stümper allesamt, verließen sich auf ihre Beipackzettel, hatten keine Ahnung, dass man sich die in jeder Druckerei besorgen konnte. Multivitaminpräparate waren sehr gut gegen Kopfschmerzen. Robert hatte doch nur verhindern wollen, dass ich erneut süchtig wurde.

Mein armer Robert, mein Liebster. Ich wollte nicht mit ihm schlafen, wirklich nicht. Ich wollte nur, dass er glücklich wurde. Und manchmal dachte ich, ich hätte ihn vielleicht glücklich machen können. Serge hatte einmal zu mir gesagt, ich sei gut, wirklich gut, erstklassig, phantastisch im Bett.

Wenn ich nur nicht immer so wütend wäre, müsse ich niemanden bezahlen.

Ich hätte Robert bestimmt sehr glücklich machen können. Aber es wären immer nur ein paar Minuten gewesen. Und er war doch mein Bruder. Er war so sensibel, er hätte das nicht verkraftet.

Wolbert ließ sich nicht abfertigen, er glaubte auch nicht so unbesehen, was man ihm sagte.

«Frau Bongartz?», hörte ich ihn fragen. Es klang ein wenig besorgt. Er wiederholte es mehrfach: «Frau Bongartz? Wenn Sie mich verstehen können, dann blinzeln Sie oder zucken Sie mit den Fingern.»

Ich hätte ihm den Gefallen ohne weiteres tun können. Aber ich sah nicht ein, warum ich mich abmühen sollte. Meine Finger waren steif und die Augenlider viel zu schwer.

«Es hat keinen Sinn», sagte jemand.

Und Wolbert antwortete: «Dann sorgen Sie gefälligst dafür, dass es einen Sinn bekommt. So hatte ich mir das nicht vorgestellt. Es wird ja wohl andere Möglichkeiten geben, einen Menschen zu beruhigen. Ich komme morgen wieder. Wenn Frau Bongartz dann immer noch nicht ansprechbar ist, ziehe ich Sie zur Verantwortung. Arzt oder nicht Arzt, das interessiert mich nicht, Sie behindern die Ermittlungen in einem Mordfall.»

Es war wie Musik unter Wasser. Es war traumhaft, und es kamen keine Einstiche mehr. Wie lange sich mein Auftauchen noch hinzog, kann ich nur vermuten. Mit was sie mich voll gepumpt hatten, weiß ich nicht, aber der Stoff reichte noch für eine Weile. Zwei, drei Tage vielleicht, dann war ich so klar bei Bewusstsein, dass ich Gesichter erkannte. Fremde Gesichter, Ärzte, Schwestern, junge und alte, eilige und desinteressierte, denen es nur darauf ankam, dass ich meinen Teller Suppe leerte, dass ich die Pillen und Säfte schluckte, die sie mir kommentarlos servierten, zu denen es keine Auskünfte gab.

Am vierten oder fünften Tag kam Piel. Er gab sich jovial wie in alten Zeiten. Wie geht es, Mia? Wie fühlen Sie sich? Und immer so weiter. Ich gab ihm keine Antwort, ich fragte ihn nur, wann Wolbert denn käme. Er hätte doch gesagt, er wolle morgen kommen, und morgen müsse längst vorbei sein.

Piel wusste nichts von Wolbert, und hinter meiner Bemerkung vermutete er wieder irgendeinen Wahnsinn. Er bestand darauf, dass ich mit ihm sprach, sonst könne er meine Entlassung nicht befürworten. Ich sagte ihm, er könne mich kreuzweise. Danach verabschiedete er sich.

Und am nächsten Tag kam Wolbert endlich. Ich war immer noch müde, richtig benommen von all dem Zeug, das sie mir einflößten. Aber Wolbert behauptete, ich sähe sehr gut aus. «Wieder ein bisschen Speck auf die Rippen bekommen», scherzte er.

Er behauptete auch, diese Pillen und Säfte seien nichts weiter als Aufbaupräparate. Ich wäre bei meiner Einlieferung in einem besorgniserregenden Zustand gewesen, klapperdürr, nur noch knappe vierzig Kilo schwer und kaum noch in der Lage, auf eigenen Beinen zu stehen.

Dann kam er endlich zur Sache. Mit Serge hatte er bereits vor Tagen gesprochen, vor fast einer Woche, um genau zu sein. Aber alles hatte Serge ja nicht gewusst, hatte im Prinzip nur den nicht getätigten Biller-Anruf bestätigen können und bei der Gelegenheit auch erklärt, wer Biller war.

Ob ich mir das Band noch einmal anhören möchte, fragte Wolbert.

Ich schüttelte den Kopf, es kam mir überflüssig vor. Wir drehten uns doch wieder nur im Kreis. Am Ende hatte Biller selbst angerufen.

«Nein, das hat er nicht», sagte Wolbert.

«Woher wissen Sie das so genau?», fragte ich.

Er lächelte. Es war im Grunde ganz einfach. Und wenn ich nicht gar so sehr damit beschäftigt gewesen wäre, Serge für einen ausgemachten Idioten zu halten, der sich nicht an den vorgegebenen Text und die Spielregeln hielt, wäre es mir vielleicht aufgefallen. Es war das Rauschen auf dem Tonband.

Es war keine Dusche, es war auch kein Regen. Es war Verkehrslärm, gleichmäßig fließender Verkehr wie auf einer Autobahn. Vermutlich stammte der Lärm auch dorther. Nur hatte der vermeintliche Biller in der Nacht angerufen. Und nachts um zwei war der Verkehr auf einer Autobahn nur selten so dicht, dass er ein gleichmäßiges Rauschen erzeugte. Und an große Zufälle glaubte Wolbert ja nicht.

Aber er glaubte an Tonbänder, die man im Hintergrund abspielen ließ, während man telefonierte, vielleicht sogar aus Roberts Schlafzimmer. Zwei Hauptanschlüsse im Haus. Und es war auch für einen Mann im Rollstuhl kein Problem, von einem Raum in den nächsten zu kommen, wenn keine Treppe dazwischen lag. In dem nächtlichen Anrufer jedenfalls vermutete Wolbert Jonas.

Er war doch nicht so ein Stümper, dieser Polizist, wie ich immer gedacht hatte. Ich schaute zum Fenster hin, zum ersten Mal, seit ich in diesem Zimmer lag, ganz bewusst. Und ich wunderte mich ein bisschen, es waren keine Gitter draußen.

Wolbert war meinem Blick gefolgt und lächelte erneut. «Keine Psychiatrie», sagte er, «keine geschlossene Abteilung. Eine ganz normale Krankenstation, Frau Bongartz. Ich glaube, sie nennen das hier die Innere. Ich wollte Sie doch nicht aus dem Verkehr ziehen. Wer immer sich gegen Sie verschworen hat, ich gehöre nicht zu den Verschwörern.»

Jetzt grinste er breit.

«Vergessen Sie es», sagte ich.

Er nickte kurz und fragte: «Können wir dann anfangen?» Er sprach auch gleich weiter: «Es ist zwei Uhr in der Nacht, Ihr Bruder holt Sie aus dem ‹Cesanne› ab.»

Und noch einmal alles von vorne.

Es tat so entsetzlich weh, nicht im Kopf, nur in der Brust. Wolbert machte sich eifrig Notizen. Irgendwo in der Mitte fragte ich ihn, wo er denn heute den Buttermilchknaben gelassen hätte. Es interessierte mich gar nicht, ich wollte nur für zwei Sekunden an etwas anderes denken dürfen als an Robert.

Wolbert amüsierte sich über die Bezeichnung, fand sie aber passend. «Ich hatte so das Gefühl, mein Kollege ist Ihnen ein Dorn im Auge», sagte er.

Und weiter mit Roberts Wagen, mit diesem hirnrissigen Abschiedsbrief, mit der Heimfahrt, mit dem Tuckern unter der Motorhaube des Renault, mit dem Mann am Fenster. War da wirklich jemand gewesen? Ja, mit geschlossenem Auge sah ich es ganz deutlich. Es war keine Wahnvorstellung und nicht das Wunschdenken einer Irren. In Jonas' Zimmer stand ein sehr großer, sehr kompakter Mann am Fenster.

Sogar Wolbert räumte ein: «Möglich, dass Sie tatsächlich Horst Fechner gesehen haben. Ich will auch nicht ausschließen, dass er sich danach noch für einige Zeit in Ihrem Haus aufgehalten hat. Aber jetzt ist er nicht mehr da.»

«Sind Sie ganz sicher?»

«Absolut sicher, Frau Bongartz.»

«Und was macht Sie so sicher?», fragte ich.

Er erklärte es mir. Sie hatten das Haus durchsucht, zweimal seit meiner Einlieferung in die Klinik, vom Keller bis zum Dachboden, jeden Raum und jeden Winkel. Das erste Mal waren sie angerückt, gleich nachdem sie mich in einen Krankenwagen verladen hatten. Für so verrückt hatte Wolbert mich dann anscheinend doch nicht gehalten, vielleicht hatte er auch nur auf Nummer Sicher gehen wollen. Warum sie noch ein zweites Mal nach Horst Fechner gesucht hatten, erklärte er mir nicht.

Er wollte stattdessen wissen, ob ich mit Lucia über meinen Verdacht gesprochen hatte, dass Fechner sich im Haus versteckt hielt. Ich schüttelte den Kopf. Dass ich Lucia einen anderen Verdacht geschildert hatte, mochte ich ihm nicht sagen. Es kam mir im Nachhinein auch ein wenig absurd vor, dass Isabell mit ihrem eigenen Bruder geschlafen haben sollte. Auf Jonas hatte sie kaum zurückgreifen müssen, wenn Fechner sich in ihrer Nähe aufgehalten hatte. Und es mochte sich auch vor Roberts Tod Gelegenheit geboten haben, ihren Liebhaber ins Haus zu lassen.

Wolbert sah das ebenso. Bevor er sich verabschiedete, sprach er noch etwas aus, das ihm anscheinend seit geraumer Zeit auf dem Herzen lag. Er entschuldigte sich sogar. Sie hatten mich nie im Verdacht gehabt. Sie hatten nur gewusst, dass ich ihnen eine Menge verschwieg. Und da hatten sie mich eben ein wenig härter angefasst.

«Vergessen Sie es», sagte ich noch einmal.

Zwei Tage später wurde ich aus der Klinik entlassen, fünf Pfund schwerer, aber immer noch ein bisschen wacklig auf den Beinen. Isabell war daheim, Jonas natürlich auch. Wolbert hatte es mir erklärt. Es musste so sein. Noch hatten sie gegen Isabell nicht viel in der Hand, gegen Jonas praktisch gar nichts. Zuerst einmal mussten sie Fechner finden. Und bis dahin sollte ich mich verhalten wie gewohnt.

«Trauen Sie sich das zu?», hatte Wolbert mich gefragt. Und ich hatte genickt.

Lucia war nicht mehr da, als ich heimkam. Zuerst vermisste ich sie gar nicht. Sie war ja auch normalerweise nicht da. Dann dachte ich, sie sei nach Roberts Beerdigung abgereist.

Mein Wagen stand wieder in der Garage. Von Frau Schür erfuhr ich, dass Olaf sich um die Reparatur gekümmert hatte. Ich benutzte ihn sofort, um zum Friedhof zu fahren. Dort blieb ich ungefähr eine Stunde. Ich spürte gar nicht, wie die Zeit verging. Roberts Name auf dem Grabstein war ein Stück Ewigkeit, und dort hat Zeit keine Bedeutung mehr. Dort hat nichts eine Bedeutung.

Dann fuhr ich zurück und saß eine Weile im Atelier. Es war so still im Haus, kein Laut von oben. Sie konnten sich nicht mehr allzu wohl fühlen in ihrer Haut, zweimal eine Hausdurchsuchung. Das musste ihnen zu denken gegeben haben. Aber sie konnten auch nicht so einfach hier weg. Sie konnten nicht untertauchen wie Fechner. Ein Mann im Rollstuhl! Jetzt war er, wie Piel einmal gesagt hatte, mein Gefangener.

Frau Schür kam einmal zu mir und erkundigte sich mit verweinten Augen, wie es mir ging.

«Gut», sagte ich, «es geht mir so weit gut. Ein bisschen müde bin ich. Das sind noch Nachwirkungen der Medikamente, das wird vergehen.»

Frau Schür nickte mechanisch, stand noch einen Augenblick lang bei der Tür, dann ging sie wieder. Am Spätnachmittag ging ich zu ihr in die Küche. Ich bat sie um einen starken Kaffee. Und als ich gleich wieder zurück ins Atelier wollte, hielt sie mich am Arm fest.

Sie legte den Finger an die Lippen und schloss die Küchentür. Dann zog sie mich auch noch in eine Ecke, brachte ihr Gesicht nahe an das meine heran.

«Hat man es Ihnen wirklich nicht gesagt?», flüsterte sie. «Mir haben sie es verboten. Aber das kann man doch nicht verschweigen. So ein furchtbares Unglück. Die Frau Bongartz ist tot.»

Sie begann leise zu weinen und schüttelte ein paar Mal den Kopf dabei. Ich hatte das dringende Bedürfnis, es ihr gleichzutun. Die Frau Bongartz, hatte sie gesagt. Ich war immer nur Mia, und Isabell war für Frau Schür immer nur die junge Frau gewesen.

Ich war so leer, so träge. Frau Schür fasste sich nach einigen Minuten wieder und berichtete der Reihe nach. Es war schon fast eine Woche her. Lucia war bereits in ihre Heimat überführt und dort beigesetzt worden.

«Freitags rief ein Mann an», erzählte Frau Schür, «ein Herr Biller. Es war ziemlich spät. Ich hätte eigentlich schon weg sein sollen, aber ich war noch in der Küche.»

Als ich den Namen hörte, wurde mir heiß. Frau Schür hatte den Anruf in Roberts Arbeitszimmer entgegengenommen. Lucia hielt sich zu dem Zeitpunkt im Wintergarten auf. Biller verlangte ausdrücklich, Robert zu sprechen, nur Robert, sonst niemanden.

Frau Schür erklärte ihm, warum das nicht mehr möglich war, und bot ihm als Ersatz Frau Bongartz als Gesprächspartnerin. Biller lehnte es ab, mit Frau Bongartz zu sprechen. Mit ihr auf gar keinen Fall. Robert hatte ihn strikt angewiesen: «Wenn meine Schwester Ihren Anruf entgegennehmen sollte, legen Sie einfach wieder auf. Sie werden ihr keinerlei Auskunft geben. Meine Schwester ist nicht in der Verfassung, sich damit auseinander zu setzen. Da besteht die Möglichkeit einer Kurzschlusshandlung.»

Aber das hatte Biller nicht Frau Schür mitgeteilt. Das erfuhr ich später von Wolbert. Frau Schür hatte ihm nur umständlich erklärt, dass außer Roberts Mutter, seiner Frau und seinem Schwager niemand im Haus sei. Daraufhin hatte Biller verlangt, Lucia zu sprechen.

Frau Schür hatte das Arbeitszimmer verlassen, während Lucia mit Biller telefonierte. Worüber beide gesprochen hatte, wusste sie beim besten Willen nicht zu sagen. Aber sie wusste mit Sicherheit, dass Lucia gleich anschließend hinaufgegangen war. Sie hatte sie selbst noch auf der Treppe gesehen. Ob Lucia in ihr Zimmer oder in ein anderes gegangen war, darauf hatte sie nicht achten können.

Isabell war zu ihr in die Küche gekommen, um den Speiseplan für die nächste Woche zu besprechen. Und dann gab es ein Poltern. Frau Schür und Isabell stürzten gleichzeitig in die Halle. Und dort lag Lucia am Fuß der Treppe, mit einem gebrochenen Bein und gebrochenem Genick.

Ein Unfall, hatte die Polizei gesagt, ein tragischer Unfall, Fremdverschulden ausgeschlossen. Es war ja auch niemand da gewesen, der Lucia hätte die Treppe hinunterstoßen können. Sie hatten gründlich nachgeschaut, zum zweiten Mal. Und laut Protokoll war Isabell bei Frau Schür in der Küche gewesen. Und Jonas hatte in der Badewanne gelegen. Isabell sagte aus, dass Lucia ihr kurz zuvor noch geholfen hatte, Jonas ins Wasser zu setzen, weil sie stets diese Schwierigkeiten mit der Hebevorrichtung hatte.

Ich war körperlich immer noch so träge, aber mein Kopf war ganz klar. Es dürfte für Horst Fechner nicht schwer gewesen sein, in der Aufregung nach Lucias angeblichem Sturz ungesehen von Frau Schür zu verschwinden. Lucias Genick war nicht an einer Treppenstufe gebrochen, darauf hätten sie sich doch nicht verlassen können.

Ich führte Frau Schür zum Tisch, drückte sie dort auf einen Stuhl nieder und klopfte ihr noch einmal auf die Schulter. Dann ging ich in den Keller. Diesmal zog ich keinen Handschuh über, wozu auch noch.

Zwei Hausdurchsuchungen, aber sie hatten nach einem Mann gesucht, nicht nach einem Colt, und ich kannte mein Haus. Ich wusste, wohin ich etwas legen musste, das außer mir niemand finden sollte.

In der Halle stand ich noch sekundenlang am Fuß der Treppe, arme Lucia, ehe ich hinaufging, über die Galerie zu der Tür am Ende. Eingeschlossen hatten sie sich nicht. Ob sie dachten, man hätte mich als «geheilt» entlassen?

Isabell saß zusammen mit Jonas am Tisch, als ich eintrat. Sie sprang sofort auf, stellte sich hinter den Rollstuhl und umklammerte die Rückenlehne mit beiden Händen. Ich deutete mit dem Colt in die Zimmerecke, aber sie rührte sich nicht vom Fleck.

Blass war sie geworden, sehr blass, starrte mich an, als sehe sie ein Gespenst vor sich. Ihre Lippen bewegten sich, doch es war kein Laut zu hören.

Auch Jonas bewegte die Lippen, zog sie zu einem Grinsen auseinander. Mir war ein wenig schwindlig, immer noch die Folge dieser verfluchten Medikamente. Es war ein Gefühl, als ob das Zimmer zu schwanken begann. Ich musste kurz einmal das Auge schließen, es fest zusammenkneifen, um die Watte aus dem Hirn zu pressen

Ich hörte ein Geräusch in dem Moment, irgendein Rascheln, und als ich das Auge wieder öffnete, stand Jonas vor mir. Ich bin völlig sicher, dass er vor mir stand. Ich habe mir das nicht eingebildet. Ich war so erschrocken in dem Moment und ging automatisch einen Schritt zurück auf die Tür zu. Und Jonas kam einen Schritt nach vorne. Er hatte die Hand bereits ausgestreckt und wollte mir den Colt wegnehmen.

Es ging sehr schnell. Ich drückte zweimal kurz hintereinander ab, es war mehr ein Reflex als Absicht. Ich konnte es nicht einmal genießen, dafür war keine Zeit. Er zuckte zusammen, aber er kam noch einen Schritt weiter auf mich zu. Und Isabell schrie, anfangs nur: «Nein, nein, nein!» Sie übertönte damit sogar den dritten Schuss.

Dann gab sie dem Rollstuhl einen Stoß und brach in die Knie. Sie trommelte mit den Fäusten auf den Boden und schrie weiter. «Nein. Ich hab dir gesagt, wir müssen hier weg. Ich hab dir gesagt, sie bringt uns alle um. Ich hab es dir gesagt.»

Sie machte mich völlig konfus mit ihrem Gebrüll. Jonas stand immer noch aufrecht. Vielleicht dreißig Zentimeter von mir entfernt, so nahe jedenfalls, dass seine Fingerspitzen fast meine Hand berührten. Aber er grinste nicht mehr, in seinen Augen war etwas wie Ungläubigkeit. Er zog die ausgestreckte Hand zurück und presste sie sich gegen die Brust.

Da waren drei kleine Flecken, die rasch größer wurden, rote Flecken, Blutflecken. Mit der anderen Hand tastete er herum, als suche er noch nach einem Halt. Dann sackte er ganz langsam nach hinten und fiel zurück in den Rollstuhl. Und Isabell schrie immer noch: «Nein!»

Aber ich hatte nicht mehr das Bedürfnis, auf sie zu schießen. «So ist das», sagte ich nur.

Dann ging ich wieder hinunter in die Halle. Frau Schür stand vor dem Telefon, weinend, stammelnd, fassungslos den Kopf schüttelnd. Ich klopfte ihr im Vorbeigehen noch einmal auf die Schulter.

«Es ist vorbei», sagte ich. Dann ging ich in Roberts Arbeitszimmer und setzte mich an seinen Schreibtisch. Dort saß ich noch, als ein Streifenwagen vorfuhr.

Das Haus füllte sich rasch. Zuerst die beiden Uniformierten, von denen mir einer den Colt aus den Fingern nahm und neben mir stehen blieb, während der andere zuerst hinaufging und dann hinaus zu ihrem Wagen. Dann kamen weitere Polizisten, darunter auch Wolbert und sein Lehrling. Dann kam ein Notarzt, der sich jedoch nur noch um Isabell kümmern musste. Es kamen auch ein paar Sanitäter, die aber unverrichteter Dinge wieder abzogen. Und Piel, zu guter Letzt tauchte auch er noch auf, irgendein Schwachkopf hatte ihn alarmiert, und er stritt sich mit Wolbert herum.

Weil Wolbert meine Entlassung aus der Klinik betrieben hatte, weil Wolbert kein Fachmann war, nur ein blinder Idiot. Piel sagte tatsächlich ein blinder Idiot, taub für alle Warnungen. Er hätte ihn doch gewarnt und auf die Konstellationen im Haus hingewiesen. Mehrfach hätte er ihm ausführlich erklärt, man müsse mir Lucias Unfall auf jeden Fall noch in der Klinik mitteilen und mich anschließend einige Tage unter Beobachtung halten. Auf Frau Schür könne man sich nicht verlassen. Isabell und Jonas Torhöven sollten zu ihrer Sicherheit in einem Hotel untergebracht werden und so weiter.

Piel wollte mir eine Spritze geben. Wolbert verhinderte das. Er zeigte mir stattdessen einen Haftbefehl. Er schien direkt traurig zu sein, meinte, ich hätte mich völlig umsonst schuldig gemacht.

Etwa zu dem Zeitpunkt, als ich hinunter in den Keller gegangen war, hatte er einem Haftrichter gegenübergesessen, der nach Prüfung der vorliegenden Ermittlungsergebnisse einen Haftbefehl ausschrieb. Nur deshalb war er so rasch eingetroffen, weil er ohnehin auf dem Weg hierher gewesen war, um eine Verhaftung vorzunehmen.

Als ich die Namen auf dem Stück Papier las, musste ich lachen. Ich konnte auch so rasch nicht wieder aufhören damit.

Ich hatte Recht gehabt, in all den Monaten, nicht in jedem Punkt, aber von der ersten Minute an. Nur war ich bei allem Misstrauen und allen Vermutungen so blind gewesen, wie es blinder gar nicht ging. Was Wolbert mir da präsentierte, war ein Haftbefehl gegen Horst Fechner wegen Mordes an Jonas Torhöven.

Für den Mord an Robert, erklärte Wolbert mir später, als ich aufhören konnte zu lachen, müsse man sich mit Indizien begnügen. Und der Mord an Lucia könne wohl nicht aufgeklärt werden. Es sei denn, Isabell lege ein Geständnis ab. Derzeit war sie nicht in der Verfassung, eine Auskunft zu geben. Was mich betraf, ich brauchte auch keine Auskunft von ihr. Und Wolbert war da mit mir völlig einer Meinung.

Auch der Gerichtsmedizin waren Grenzen gesetzt. Und ein stumpfer Schlag war ein stumpfer Schlag. Ob er durch eine Handkante oder durch eine Treppenstufe erfolgte, konnte niemand mit letzter Gewissheit sagen. Fest stand lediglich, dass Lucias Bein nach Eintritt des Todes gebrochen war. Auch ihre Prellungen waren postmortal. Sie konnte sich bei einem Treppensturz als Erstes das Genick gebrochen haben.

Wolbert glaubte das nicht. Horst Fechner war wendig genug gewesen, Lucia mit einem Schlag zu töten, sie die Treppen hinunterzuwerfen, zurück in sein Zimmer zu hechten und sich in die Wanne zu legen. Wo ihm dann ein paar biedere Polizeibeamte wieder heraushalfen, weil die arme Isabell es allein ja nicht schaffen konnte. Dass Horst Fechner seit früher Jugend diverse Kampfsportarten betrieben hatte, war beinahe nebensächlich.

Wolbert und ich, wir brauchten keine Beweise mehr, wir wussten beide, wie es sich abgespielt hatte. Roberts Tod auf einem einsamen Rastplatz, Lucias Tod im letzten Zimmer an der Galerie. Und nicht zu vergessen, der Tod eines biederen, gutmütigen, rechtschaffenen, fleißigen Mannes mit Namen Jonas Torhöven, der mit den Machenschaften seiner kleinen Schwester nichts hatte zu tun haben wollen.

Und für den gab es eine fast lückenlose Beweiskette, zusammengetragen von Polizei, Flugpersonal, ehemaligen Kollegen, Firmenangestellten und einem klapperdürren Mann, der eines fernen Tages bei der Auferstehung des Fleisches liegen bleiben musste. Nun, dann konnte Biller mir ja Gesellschaft leisten, eines fernen Tages.

Vor fünf Monaten war Horst Fechner nach Tunis geflogen. Zu dem Zeitpunkt muss ihr Plan bereits bis ins kleinste Detail festgelegt gewesen sein. Fechner hatte einen Jeep gemietet, das Camp in der Wüste tagelang beobachtet und die Gewohnheiten von Jonas Torhöven ausgekundschaftet. In der Nähe gab es eine kleine Ortschaft mit einer Kneipe, dort trank er ab und zu ein Bier.

Dann hatte Fechner ihm an einem Abend auf der einsamen Straße aufgelauert, den Unfall arrangiert, Jonas aus seinem ramponierten Jeep in den Mietwagen geschleift und diesen in Brand gesetzt.

Anschließend hatte er als Jonas Torhöven der Baustellenleitung mitgeteilt, dass er einen Unfall erlitten habe und nicht mehr arbeiten könne. Nur gab es in Tunis keine Klinik, in der ein Jonas Torhöven nach einem Unfall behandelt worden wäre.

Das hatte Biller rasch herausgefunden. Und drei Tage nach Lucias Tod hatte er sich bei Wolbert gemeldet, immer noch aus Tunis, wohin Robert ihn geschickt hatte, um Einzelheiten über den Unfall seines Schwagers in Erfahrung zu bringen.

Biller wusste, was Robert aufgefallen war. Schritte in der Nacht, und er hatte angenommen, ich geistere durchs Haus. Und Wasserrauschen hatte er mehrfach gehört, nachts, als sonst alles still war im Haus. Zuerst hatte Robert geglaubt, dass ich ein Bad nähme. Dann hatte er morgens feststellen müssen, dass ich im Atelier übernachtet hatte.

Beim nächsten Mal war er zum Ende der Galerie gegangen. Das Zimmer konnte er nicht betreten, es war verschlossen. Und als er die Klinke drückte, hatte Jonas leise gerufen: «Bist du verrückt, mach, dass du ins Bett kommst. Willst du ihn unbedingt mit der Nase darauf stoßen.»

Robert hatte gewartet, und dann hatte er Schritte gehört. Zu Biller hatte er gesagt: «Ich weiß nicht mehr, was ich denken soll. Meine Schwester verlangt seit Wochen von mir, dass ich die beiden hinauswerfe. Sie behauptet seit Monaten, dass ich nach Strich und Faden betrogen werde. Ich fürchte, sie hat Recht.»

Mein armer Robert. Isabell musste aufgewacht sein in der Nacht, als er zum Zimmer am Ende der Galerie schlich und hinter der verschlossenen Tür die Schritte eines gelähmten Mannes hörte. Vielleicht hatte Fechner sein Liebchen auch nur am nächsten Tag zur Rede gestellt, was ihr denn einfiele, auch noch des Nachts zu ihm zu kommen, wo sie doch tagsüber genug Zeit und Muße hatten, sich miteinander zu vergnügen. Und dann hatte er sich anhören müssen, dass Isabell liebendes Weib gespielt und sich nicht aus dem Ehebett gerührt hatte.

Es gibt immer noch eine Menge Vermutungen, Dinge, die wir nie mit letzter Sicherheit wissen werden, es sei denn, Isabell bricht ihr Schweigen. Und daran glaube ich nicht mehr. Sie ist ein gerissenes Luder, sie wird rasch begreifen, dass sie nur den Mund halten muss. Ihr selbst kann man nicht viel beweisen, einen Liebhaber unter falschem Namen und mit falschen Ausweispapieren unter dem Dach des Ehemannes einzuquartieren ist leider nicht strafbar. Sie kann alle Schuld in Fechners Schuhe schieben und sich einen anderen suchen. Vielleicht einen, an dessen Geld man leichter herankommt.

Es ist mir ein kleiner Trost zu wissen, dass Roberts Versicherung die Zahlung verweigert und Olaf einen Rechtsanwalt mit der Wahrung meiner Interessen beauftragt hat. Auf mein Vermögen hat Isabell keinen Anspruch. Sie kann auch keine Ansprüche geltend machen, wenn sie ihr Kind in die Welt setzt. Sie ist tatsächlich schwanger, nicht von Robert, natürlich nicht.

Und das zu beweisen, wird nicht schwer sein. Olaf will sich auch darum kümmern, wenn es so weit ist. Er ist sehr bemüht, mir zu helfen, in jeder Hinsicht. Er will mich auch unbedingt aus der Untersuchungshaft frei bekommen. Ein halbes Dutzend Fachleute hat er aufgeboten, die besten Strafverteidiger, ein paar Koryphäen auf dem Gebiet der Psychologie. Piel unterstützt ihn natürlich auch. Der Gartenzwerg lässt einfach nicht locker. Aber wer schaut schon untätig zu, wenn ihm seine beste Einnahmequelle vor der Nase weggeschnappt wird. Und das auch noch im Namen der Gerechtigkeit.

Mord bleibt Mord. Und ich habe vor dem Untersuchungsrichter ausgesagt, es wäre ein geplanter Mord gewesen. Ich hätte schon kurz nach seinem Einzug in mein Haus erkannt, dass der Mann im Rollstuhl nicht gelähmt sein konnte. Ich hätte ihm in der ersten Woche einmal aus Versehen heißen Kaffee über die Beine gegossen. Da hätte er vor Schmerz aufgeschrien, und ich wäre stutzig geworden. Und dann hätte ich sie einmal belauscht und gehört, dass Isabell ihn Horst nannte.

Wolbert hat mir nicht geglaubt. Dass ich geschossen habe, hielt er für einen Reflex.

Nicht mit mir! Ich muss mich nicht hinter einem Reflex verkriechen. Ich habe den Mann erschossen, der mir meinen

Bruder, mein Leben genommen hat. Und ich wollte ihn erschießen. Als ich die Treppe hinaufging, wollte ich das. Ich wollte es ja eigentlich auch vorher schon. Und wäre es mir gesundheitlich etwas besser gegangen, hätte ich es schon vorher getan. Sollen sie mir erst einmal das Gegenteil beweisen.

Wie sich meine Aussage im Prozess auswirkt, werden wir sehen. Jedenfalls werde ich selbst entscheiden, was aus mir wird. Ich! Und sonst niemand.

Ich fürchte nur, Piel wird sich da irgendeinen Trick einfallen lassen. Er ist als Sachverständiger vor Gericht zugelassen, und Olaf besteht darauf, dass ich mit ihm rede.

Olaf träumt wieder, nicht von einer Hochzeitsreise in die USA, nur von Vollmachten. Vielleicht steckt doch in jedem Mann eine Spielernatur. Und es ist ein aufregendes Spiel, die Börsenkurse zu beobachten und mit ein paar Millionen zu jonglieren. Robert fand es immer sehr aufregend.

Als er mir damals nach unserem Unfall zum ersten Mal erklärte, wie es funktionierte, da sagte er: «Es ist wie ein großes Roulette, Mia, nur viel sicherer.»

Und dann begann es, mir ebenfalls Spaß zu machen. Ich lernte von Robert so viel darüber, ich glaube fast, ich könnte es jetzt alleine. Zuerst würde ich die zweite Hälfte vom «Cesanne» kaufen und mit Serge darüber reden, dass ich noch nicht zu alt bin, ein Kind zu bekommen. Vielleicht können wir uns da irgendwie arrangieren. Ich bin nicht kleinlich. Es würde mich wahrscheinlich nicht stören, wenn er sich nebenher solch ein Zuckerpüppchen hielte.

Dann würde ich ein paar Papiere abstoßen. Es hat da einen Wechsel in einer Chefetage gegeben, und der neue Mann scheint keine besonders gute Hand zu haben. Ich habe erst gestern in einem Wirtschaftsmagazin einen Artikel über ihn gelesen. Olaf versorgt mich mit derartiger Lektüre.

Er wird alles für mich tun, sagt Olaf. Für mich, mein Wohlbefinden und meine Freiheit. Aber mir liegt eigentlich nichts an meiner Freiheit. Sie war mir wichtig, solange ich sie mit Robert teilen konnte. Und jetzt, wo sie keine Bedeutung mehr für mich hat, werde ich sie nicht abhängig machen von einem Stümper, der mir jahrelang das Innerste nach außen gekehrt hat. Der alles, was er fand, doch nur in seine Schablonen pressen wollte.

Ich denke, ich werde bei meiner Aussage bleiben. Ich habe nicht in Notwehr und nicht aus einem Reflex geschossen. Ich habe geschossen, weil ich Isabell nicht lassen konnte, was ich selbst nicht mehr hatte, den Mann, der alles war. Und wenn sie ihn wirklich so geliebt hat, wie der Detektiv mir damals mitteilte, wird sie leiden. Nicht nur ein paar Wochen lang, sondern bis an ihr Lebensende, hoffe ich.

Ich leide auch. Vor allem nachts, wenn es so still ist, dass ich nicht zur Ruhe komme, denke ich oft, ich wäre lieber tot. Genau genommen hatte ich den kleinen Colt doch auch für mich gekauft.

Tagsüber fühle ich mich eigentlich ganz wohl. Es herrscht eine gewisse Disziplin, es herrscht Gleichmäßigkeit und Ordnung in einem Gefängnis. Und niemand macht Anspielungen über meinen Arm oder mein Aussehen. Niemand fragt mich, warum ich mich nicht endlich operieren lasse. Niemand sagt: «Jetzt, wo Robert tot ist, haben diese Narben doch ihren Sinn verloren.»

Plastische Chirurgie! Vielen Dank! Meine Narben sind das Ergebnis der plastischen Chirurgie. Sechsmal insgesamt habe ich sie mit ihren Messern an meinem Gesicht fummeln lassen, gleich in den ersten Monaten nach dem Unfall, als ich noch in der Klinik lag. Ich wollte doch wenigstens mein Gesicht zurückhaben.

Ich wollte es nicht einmal so sehr für mich, nur für Robert, um ihm die Schuldgefühle bei meinem Anblick zu ersparen. Vielleicht auch ein bisschen für Olaf, ein bisschen geliebt habe ich ihn doch damals. Jedes Mal versprachen mir die Chirurgen ein Wunder. Jedes Mal sah ich danach noch schlimmer aus.

Robert war der einzige Mann, der mich noch ansehen konnte, ohne den Blick zu senken, so wie Wolberts Lehrling es am Anfang immer tat. Nun gut, Serge schaffte das auch, aber den musste ich dafür bezahlen. Manchmal denke ich an ihn, an seine Ähnlichkeit mit Robert. An das, was Piel erst kürzlich dazu sagte. Dass Serge für mich ein Ersatz war, eine Illusion, Roberts Doppelgänger und damit die Erfüllung meines Traumes. Vielleicht wäre es schön, ein Kind von ihm zu haben. Vielleicht würde es eines Tages so aussehen wie Robert. Ach, ich weiß nicht.

Petra Hammesfahr

Petra Hammesfahr, 1951 geboren, lebt als Schriftstellerin und Drehbuchautorin in Kerpen bei Köln. Mit ihren Romanen «Die Sünderin», «Der Puppengräber» und «Die Mutter» eroberte sie auf Anhieb die Bestsellerlisten.

Die Chefin *Roman*
(rororo 23132)
Betty Theissen leitet die Firma ihres Schwiegervaters und geht ganz in dieser Aufgabe auf. Als ihr Mann die Existenz des Unternehmens durch seinen ausschweifenden Lebensstil aufs Spiel setzt, beschließt sie seinen Tod.

Roberts Schwester *Roman*
(rororo 23156)
Bei einem von ihrem Bruder verschuldeten Unfall wird das Leben von Mia Bongartz zerstört. Trotzdem ist ihr Robert wichtiger als jeder andere Mann. Dann ist Robert tot.

Die Sünderin *Roman*
416 Seiten. Gebunden
Wunderlich und als
rororo 22755
«Spannung bis zum bitteren Ende.» *Stern*

Der Puppengräber *Roman*
(rororo 22528)

Lukkas Erbe *Roman*
(rororo 22742)

Das Geheimnis der Puppe
Roman
(rororo 22884)

Meineid *Roman*
(rororo 22941)
«Zwei Frauen, die Männer und der Tod... Überraschende Spannung, die man nicht mehr aus der Hand legen will.» *Für Sie*

Die Mutter *Roman*
400 Seiten. Gebunden
Wunderlich und als
rororo 22992
Vera Zardiss führt ein glückliches Leben: Mit ihrem Mann Jürgen ist sie vor Jahren in eine ländliche Gegend gezogen. Mit den Töchtern Anne und Rena wohnen die beiden auf einem ehemaligen Bauernhof. Die heile Welt gerät ins Wanken, als Rena kurz nach ihrem 16. Geburtstag plötzlich verschwindet ...

Der stille Herr Genardy *Roman*
(rororo 23030)

Der gläserne Himmel *Roman*
(rororo 22878)

Weitere Informationen in der **Rowohlt Revue**, kostenlos im Buchhandel, und im **Internet:** www.rororo.de

rororo / Wunderlich

3723/6